Weihnachten ist kein bewegliches Fest, und doch hält es uns auf Trab. Das ganze Jahr über wissen wir, wann Weihnachten sein wird, und trotzdem steht es immer wieder unvermittelt vor der Tür. Ob wir es lieben oder hassen – Weihnachten ist wie kein anderes Fest mit unserem Leben verknüpft, es läßt sich weder aus dem Kalender noch aus dem persönlichen Leben löschen, verschieben, vor- oder nachfeiern. Dies zeigen auch die Geschichten der 45 Autoren aus den verschiedensten Kulturkreisen. Sie geben Einblick in die traulich-familiäre bis bitter-abgründige Weihnachtswelt. Sie berichten von gestern und heute, von nah und fern, von Kindheitserinnerungen und Entzauberungen durch Weihnachtsstreß. Ob in München, Athen oder in der Provence: Weihnachten steht überall im Zentrum der Gefühle.

Brigitta Rambeck ist promovierte Literaturwissenschaftlerin und lebt als Journalistin und Künstlerin in München. Bei <u>dtv</u> hat sie bisher die beiden Bände ›Mein Weihnachten‹ (20367) sowie ›Stille Zeit, heilige Zeit?‹ (20463) herausgegeben.

Weihnachtsbasar

Geschichten zur fünften Jahreszeit

Mit Vignetten von Jakob Kirchheim
und weiteren Abbildungen

Herausgegeben von
Brigitta Rambeck

Deutscher Taschenbuch Verlag

Für Walter

Originalausgabe
Oktober 2002
© Deutscher Taschenbuch Verlag GmbH & Co. KG, München
www.dtv.de
Das Werk ist urheberrechtlich geschützt.
Sämtliche, auch auszugsweise Verwertungen bleiben vorbehalten.
Umschlagkonzept: Balk & Brumshagen
Umschlaggestaltung: Catherine Collin unter Verwendung
einer Fotografie von © photonica/Yoshihi Tanaka
Satz und Repro: Fotosatz Reinhard Amann, Aichstetten
Gesetzt aus der Stempel Garamond 10,5/11,5 p
Druck und Bindung: Druckerei C. H. Beck, Nördlingen
Gedruckt auf säurefreiem, chlorfrei gebleichtem Papier
Printed in Germany · ISBN 3-423-20574-1

Inhalt

Im Lichte des Wohlstands

Wie es sich begab

Nostalgie und Kinderglaube

Zwischen den Welten

Fest ohne Grenzen

Edith von Welser-Ude, Engerl – Bengerl

Vorwort

Gleich nach dem Oktoberfest beginnt der Aufmarsch der Rauschgoldengel. Jetzt kommt die hohe Zeit der Weihnachtsfans, die nun endlich nicht mehr auf den Christmas Fair in Disneyland und Rothenburg angewiesen sind. Denn Weihnachten hat Konjunktur – nicht nur alle Jahre wieder, sondern all the year round – und das rund um den Erdball.

Weihnachten – Inbegriff der Seligkeit dem einen, Haßwort dem anderen. Kaum einer, der dem Christkind neutral begegnet. Das bestätigt auch das literarische Angebot zum Fest der Feste, das bunt gemischt ist wie die glitzernde Ware auf dem Christkindlmarkt. Da kommen Robert Gernhardt und Herbert Riehl-Heyse dem Ursprung des Festes auf die Spur, da berichten Uwe Johnson, Gerhard Polt und Fabienne Pakleppa von der Heiligen Nacht in harten Kriegs- und scheinbar gemütlichen Friedenszeiten, während Franziska Sperr, Walter Zauner und Anatol Regnier mit deftigen Psychokrimis aufwarten. Ein Blick über den Zaun bundesdeutscher Weihnachtswonnen mit Autoren wie Barbara Yurtdas, Francesco Micieli, Xiao Hui Wang und Eleni Torossi eröffnet neue Horizonte, ohne die uralte Erkenntnis zu entkräften, die Axel Hacke beim Blick ins Herz seines Sohnes machte: daß die wahren Wünsche nicht mit Geld zu erfüllen sind, aber dennoch mitunter in Erfüllung gehen. Manchmal sogar an Weihnachten. Denn nicht das Christkind »kommt in die Jahre«, nur wir haben das Freuen verlernt. Für die Kinder und Kind Gebliebenen aber rieselt noch immer leise der Schnee. Und so feiern all die duftenden, klingenden Weihnachtswunder, die der zeitgeist-bewußte Xmas-Snob als gefühlige Klischees abtut, fröhliche Urständ, wiederbelebt von der jüngsten Autorin dieses Büchleins, der 16jährigen Inga Wolf.

Brigitta Rambeck

Weiße Zeit

ROBERT WALSER

Der Schnee

Der Schnee fällt nicht hinauf
sondern nimmt seinen Lauf
hinab und bleibt hier liegen,
noch nie ist er gestiegen.

Er ist in jeder Weise
in seinem Wesen leise,
von Lautheit nicht die kleinste Spur.
Glichest doch du ihm nur.

Das Ruhen und das Warten
sind seiner üb'raus zarten
Eigenheit eigen,
er lebt im Sichhinunterneigen.

Nie kehrt er dorthin je zurück,
von wo er niederfiel,
er geht nicht, hat kein Ziel,
das Stillsein ist sein Glück.

MICHAEL BASSE

Weiße Zeit

Alles ist leicht an diesem morgen *das weiße licht ist nur
über den äther gehaucht* die hänge schwebend gebleicht
über den tieferen vierteln der stadt liegt nebel ruhig beinah
träge mischt sich der rauch aus kaminen in dieses weiß
nur die gräser die feinen verästelungen vom frost mit här-
terer glasur überzogen fast kristallen während die tünche
an häuserfassaden und giebeln kaum scheidet zwischen
schneerest und abgeblättertem weiß.

Alles ist leicht an diesem morgen die spärlichen laute unten
das gurren der tauben oben nichts dringt durch den
weißen film diese lichtemulsionen der sonne vor der die
wolken sich häuten und häuten die fotos im zimmer sich
häuten die uhr die schrift an der wand sich häuten zunehmend heller strömt das licht dieses tages durch alle räume
die fenster rahmen es weiß.

Alles ist leicht an diesem morgen weiß weiß weiß sind alle
meine gedanken erinnerungen an rom an die weißen katzen im colosseum die ich nicht sah nur die streunenden
tempeltiger auf der weißen treppe der schreibmaschine
von rom dieser katzenmilchstraße zum museo centrale di
risorgimento das immer noch dauert ja dauert die tage und
nächte davor sind weiß.

Brigitta Rambeck, Der Chinesische Turm im Englischen Garten

Alles ist leicht an diesem morgen die letzte nacht wird zunehmend weißer auf dieser morgenleinwand sind alle filme variationen in weiß das grün der platanen die marmorne synagoge zu rom so strahlend so weiß die bilder türmen sich übereinander zu einer immensen gestalt mit schwärenden gliedern die alles umhüllen fixieren zu einer letzten projektion in weiß.

Alles ist leicht an diesem morgen auch die schneller und schneller verrinnende zeit ging ein in die weiße magie des lichts wie in klänge von gamben ein gleiten ein zarter hauch fortgetragen in alle kabinette und spiegelsäle ein schimmern ein leuchten so enden die synästhesien der nacht die wortkaskaden das schlachten schleifen sezieren im hirn all der verstümmelten glieder rümpfe geformt gehärtet zu weißen torsi jetzt könnt er mich holen der schwarze der fährmann wie auch immer er fände mich willig mein antlitz weiß.

DAGMAR LEUPOLD

Winter

Sanft verschütten die Flocken
die Trümmer dieses Jahres bis sie
schön sind, festlich und weiß

an Bruchstellen Kristallglanz
himmlischer Fiktionen

INGA WOLF

Katzenweihnacht

Eine Sechzehnjährige berichtet

Es gibt eine Zeit im Jahr, die ist schöner als alle anderen Jahreszeiten. Diese Zeit kommt, wenn der Sommer lange vorbei ist und die bunten Herbstblätter schon alle von den Bäumen gefallen sind. In dieser Zeit werden die Tage kürzer und die Abende und Nächte länger. Es wird Winter.

Und wenn der Winter erst einmal da ist, dann ist Weihnachten auch nicht mehr weit. Abends sitzt man mit der Familie zusammen, redet bei Kerzenschein, und danach kuschelt man sich in warme Federbetten. Die Kinder freuen sich auf jeden neuen Tag, weil sie dann wieder ein Türchen im Adventskalender öffnen dürfen. Diese Zeit liebt Sarah sehr.

Heuer ist der erste Schnee früh gefallen – und es hat nicht aufgehört zu schneien. Sarah steht auf der Türschwelle und beobachtet die großen, nassen Flocken, die sachte durch die Luft schweben. Ihr kleiner Gefährte sitzt neben ihr. Sein weißes Fell unterscheidet sich kaum von dem Schnee, der fast zur Tür herein drängt. Er versucht mit seiner kleinen Pfote die Flocken zu fangen. Sie kitzeln ihn, schmelzen und werden zu Wasser, kaltem Wasser. Er schüttelt sich.

Sarah will ihn hochnehmen, doch der kleine Kater stürzt hinaus in den unberührten Schnee. Er ist erst diesen Sommer geboren und kennt Winter, Schnee und Kälte noch nicht. Als er merkt, daß das weiße Wunder am Boden genauso naß und kalt ist wie die tanzenden Flocken, flüchtet er. In großen Sprüngen kommt er zurück zur Tür, reibt seinen Kopf an Sarahs Jeans, schaut mit seinen blauen Augen zu ihr auf und maunzt. Sie nimmt ihn auf den Arm, drückt ihn an ihren dicken Wollpullover, und er schmiegt seine kalte Nase an ihren Hals. Gemeinsam schauen sie in den wundervollen Wintertag hinaus.

Die Erde ist weiß überzogen, die Bäume sind wie gezuckert, ihre nackten Zweige sind wieder geschmückt, nicht grün wie im Sommer, sondern in glitzerndem Weiß. Die Luft ist klar und kalt. Durch die schweren, schneegefüllten Wolken blinzeln einzelne Sonnenstrahlen. Ein herrlicher Wintertag! Dabei haben sie erst letzte Woche die zweite Kerze am Adventskranz angezündet.

Krümel, der Kater, maunzt wieder, und sie gehen zurück ins Haus. Zum Aufwärmen macht Sarah Milch warm für sich und ihre Katze. Krümel hat sein Schälchen schnell geleert. Als sein Frauchen einen Augenblick nicht aufpaßt, landet er leise auf dem Küchentisch und macht sich über Sarahs Milch her. Milch mit Honig schmeckt einfach besser. Erst als Johanna, die kleine Schwester, laut »Iiiii« schreit, wird Sarah auf den Mundraub aufmerksam, was sie allerdings nicht sonderlich stört. Sie und Krümel teilen schließlich alles miteinander. Mit immer noch skeptischem Blick folgt Johanna der Tasse mit den Augen bis zum Mund ihrer großen Schwester. Erst jetzt sagt sie, was sie will.

»Könntest du für mich einen Brief an das Christkind schreiben?« fragt sie schließlich. Aber klar doch, ist die Antwort.

Johanna kommt erst nächstes Jahr in die Schule und kann noch nicht schreiben. Sarah holt Stifte und Papier und sagt ihrer kleinen Schwester, sie könne ja ein Bild für das Christkind malen, mit allem, was sie sich wünsche, und sie würde dann darunter schreiben, was genau es ist. Die Kleine ist begeistert und fängt sofort an zu malen. Als sie fertig ist, gibt sie ihrer großen Schwester das bunt bemalte Papier. Sarah fängt an, die Bilder zu beschriften, wobei sie mißtrauisch von der kleinen Schwester beäugt wird. Doch dann springt der kleine Kater auf den Wohnzimmertisch und setzt sich auf das Papier. Sarah mag es gern, wenn er sie bei den Hausaufgaben unterbricht und sich so auf ihr Heft setzt, daß sie unmöglich weiterschreiben kann und sie dann mit ihm schmusen muß. Doch dieses Mal wird er weggeschubst, bevor er noch protestieren kann.

Inzwischen sind die Eltern heimgekommen. Sie haben einen tollen Baum gekauft, den schönsten seit langem. Er ist sehr groß, seine Äste sind gleichmäßig gewachsen, und seine Nadeln sind satt grün. Der kleine Kater steht staunend vor dem Baum. Er kennt diese Dinger aus dem Garten. Man kann seine Krallen daran schärfen, in den Ästen herumklettern und Vögel aufscheuchen. Doch dieser Baum ist irgendwie anders. Er riecht ganz intensiv, ein Geruch, den der Kleine nicht kennt. Trotzdem pirscht er sich näher heran. Doch als er den Baum beschnüffeln will, wird er von den spitzen Nadeln in die Nase gepiekst. Fauchend weicht er zurück und betrachtet das Ganze nun doch lieber aus sicherer Entfernung.

In den nächsten Tagen geschieht noch viel Seltsames. Das ganze Haus ist in eine verheißungsvolle Atmosphäre getaucht. Sarah ist viel öfter zu Hause und macht mehr mit ihren Eltern als sonst. Es scheint eine ganz besondere Zeit zu sein.

Beim Plätzchenbacken ist Krümel natürlich auch mit dabei. Es ist alles viel zu interessant, um etwas anderes zu tun. Und wie das schon riecht! Nicht nach Fleisch oder Katzenfutter, aber trotzdem ganz wunderbar. Er will den Teig probieren, doch Sarah ist dagegen und beschmeißt ihn mit Mehl. Er schüttelt sich und muß niesen, aber es ist doch sehr lustig. Dann arbeitet Sarah mit glänzenden Formen, die sie in den Teig eindrückt. Der Kleine will es ihr nachmachen und drückt mit seiner Pfote auf die Form. So spielen sie noch eine Weile das »Plätzchen-Spiel«, bis der Teig aufgebraucht ist. Als dann die Bleche im Ofen sind, sitzt er lange davor und schaut in das leicht orange Licht das Backofens, in dem die kleinen Gefährten, die ihm soviel Spaß gebracht haben, verschwunden sind.

Eines Tages werden Kisten und Kartons vom Dachboden geholt und ausgepackt. Krümel kann nicht widerstehen, obwohl er um den stachligen Baum immer noch einen großen Bogen macht. Er schnuppert und sieht sich all diese wunderlichen Dinge an, die da zum Vorschein kommen. Sie glitzern und blinken, die meisten sind kugelrund, geradezu perfekt zum Spielen. Vorsichtig schleicht er sich an. Sachte, ganz sachte, und nur als Sarah nicht hinsieht, berührt er eine Kugel. Sie ist nicht naß und nicht kalt wie die Schneeflocken, auch nicht spitz wie Tannennadeln. Schon langt er richtig zu und holt die Kugel ganz aus dem Karton heraus, was gar nicht so einfach ist und viel Pfotenarbeit erfordert – aber das wagt er erst, als sie aus dem Zimmer gegangen ist, um eine weitere Kiste mit Christbaumkugeln zu holen. Doch schließlich schafft er es und rollt die Kugel über den Boden. Sie rollt, und er jagt hinterher, holt sie ein und stößt sie wieder an. Noch nie hat er ein so tolles Spielzeug gehabt.

Plötzlich ein Schrei! Er hat gar nicht bemerkt, daß Sarah wieder hereingekommen ist. Sie schimpft, sieht ihn böse an und spricht sehr laut. Das hat er gar nicht gern. Jetzt wird er hochgenommen und auf das Sofa gesetzt. Verdutzt sieht er sie an – Unschuld im Blick. Doch Sarah bleibt hart. Die Kugel wird aufgehoben und bekommt ihren Platz ganz oben am Baum. Das ist gemein, denkt er. Mein schönes Spielzeug, so weit oben.

Aber schön ist er doch, der fertig geschmückte Baum. Überall hängen jetzt diese glitzernden Kugeln und noch vieles mehr. Am meisten fasziniert den Kater das Lametta, lange, glänzende Schlangen, die sich um die Äste des Baumes geschlungen haben und verheißungsvoll rascheln, wenn man sie fangen will. Doch das ist schwierig, und sie schmecken auch gar nicht gut. Trotzdem ist es schön, ihnen nachzujagen. Genauso herrlich ist es, die kleinen Krippenfiguren umzuschmeißen und festzustellen, daß sie immer wieder aufgerichtet werden.

Heute scheint ja ein ganz besonderer Tag zu sein. Im ganzen Haus riecht es nach Plätzchen und jetzt auch noch nach einer Gans, von der der kleine Kater schon vorher probieren durfte. Draußen fällt immer noch Schnee, obwohl die ganze Landschaft schon weiß ist. Die Geschenke sind alle vorbereitet. Das Einpacken war ein Riesenspaß gewesen. Ganz verrückt war Krümel nach dem Geschenkpapier und den Bändern gewesen. Sarah hatte Mühe, noch ein wenig heiles Papier für die Geschenke zu finden, so tatkräftige Hilfe hatte der Kater geleistet.

Und jetzt ist es so weit. Alle sind in Weihnachtsstimmung. Seit Stunden ist das Wohnzimmer nicht mehr zugänglich für Kinder und Katze. Die ganze Familie ist festlich angezogen, und zum Abendessen gibt es, wie Krümel schon weiß, eine sehr feine Gans.

Johanna ist schrecklich aufgeregt und schaut durch das Schlüsselloch, kann aber anscheinend nichts Interessantes erkennen.

»Was passiert denn jetzt?«, fragt die kleine die große Schwester und hopst aufgeregt auf der Stelle.

»Jetzt kommt das Christkind und bringt deine Geschenke.«

»Und deine?«

»Die hoffentlich auch«, antwortet Sarah, überlegen lächelnd. Ein helles Klingeln ertönt, und die Tür wird geöffnet. Johanna stürmt hinein und bleibt mit offenem Mund vor dem Baum stehen. Die grünen Nadeln, die bunten Kugeln und das silberne Lametta werden vom Glanz vieler Kerzen erhellt. Ein märchenhafter Anblick.

Jetzt darf ausgepackt werden. Für den Kater beginnt ein wunderbares Spiel. Soviel Papier und so viele bunte Bänder! Und keiner hindert ihn am Spielen. Doch plötzlich wird er hochgehoben. Er ist ganz erschrocken, bis er merkt, daß es Sarah ist. Schnurrend reibt er seinen Kopf an dem ihren. Sie hebt ihn noch etwas höher. Am Christbaum hängt eine Tüte. Sie knistert verheißungsvoll und riecht gut, nach etwas Eßbarem. Sarah öffnet die Tüte mit Katzenkeksen und hält sie dem Kleinen unter die Nase. Krümel läßt sich sein Weihnachtsgeschenk schmecken.

Sarah schaut sich noch einmal ihre Geschenke an und freut sich. Das Christkind war heuer besonders großzügig gewesen. Aber im Innersten weiß sie, daß sie ihr schönstes Weihnachtsgeschenk diesmal schon im Sommer bekommen hat: ihren Kater Krümel. Denn noch nie war die Vorweihnachtszeit so herrlich aufregend gewesen wie mit ihm. Und das allerschönste ist, daß sie auch nächstes und übernächstes und viele weitere Jahre nicht mehr allein dem Heiligen Abend entgegenfiebern wird, sondern daß Krümel, der Kater, mit dabei sein wird.

LEOPOLD KAMMERER

Eiszapfen

Angestaut mächtige Eiszapfenpracht!
Ungewollt lästige Dachrinnenfracht,
Längskristalle, tropfenentsprungen,
längst nicht alle formgelungen,
strotzende, willkürlich wilde,
stolzeste Wintergebilde
drohen herunter vom
Dachrandbereich,
angeschwollenen
Dolchen gleich,
edelstahl-
klingen-
grau,
nadel-
spitz.

Au
!

Wunsch und Erfüllung

AXEL HACKE

Lebst du Weihnachten noch?

Ein melancholischer Nachmittag. Ich hatte nicht viel gearbeitet, es ging nicht gut mit dem Schreiben. Es regnete feine, dünne Fäden. In der Küche hatte ich Paola etwas vorgejammert. Sie nahm mich in den Arm und sagte, ich solle mich ablenken, zu Luis ins Kinderzimmer gehen oder einen Spaziergang machen. Ich ging zu Luis.

Luis hatte seine Lego-Männchen auf dem Boden ausgebreitet. Ich stakste dazwischen herum wie ein Storch und warf dabei ein oder zwei von ihnen um.

Er rief: »Tritt nicht immer so auf den Kollegen herum!« Er sagte wirklich Kollegen.

Ich setzte mich aufs Bett. Blätterte in einem Comic-Heft.

Luis sagte: »Weißt du, was ich werden möchte?«

»Nein«, sagte ich.

»Ich möchte nicht Polizist werden. Ich möchte etwas werden, wo man nicht so früh aufstehen muß. Und wo man nicht ermordet werden kann. So etwas wie du von Beruf bist, möchte ich werden.«

»Luis, weißt du ...«

»Und Papaaa ...?!«

»Ja?«

»Lebst du nächstes Weihnachten noch?«

Wie lange ist es bis Weihnachten? dachte ich. 45 Tage. Das schaffe ich, dachte ich. Muß ich schaffen. Dann sehen wir weiter. Ermordet werden kann ich ja nicht. Schön ausschlafen – dann schaffe ich's. Nicht jeder Tag ist wie heute. Vielleicht geht es mit dem Schreiben besser ...

»Ganz bestimmt lebe ich, Luis. Warum sollte ich nicht mehr leben? Weihnachten ist nicht mehr lange hin.«

»Wie lange?«

»45mal schlafen«, sagte ich.

»Und weißt du, was ich gern zu Weihnachten hätte?«

»Was?«

»Ich hätte gern, daß du nicht tot bist.«

»Ja, das bekommst du sicher. Und was noch?«

Er nahm ein paar Lego-Feuerwehrmänner, setzte sie auf ein Feuerwehrauto und schob es auf den Knien rutschend durchs Zimmer.

»Dann wünsche ich mir«, sagte er, »einen Flieger und ein Militärauto, die können alles abwehren, was gefährlich ist. Ich wünsche mir ein Krankenhaus, damit ich mich hinlegen kann, so wie neulich, als mein Gehirn so erschüttert war, weißt du. Als ich die Treppe runtergefallen bin.« Er war wirklich die Treppe im Haus heruntergefallen und mußte zwei Tage im Krankenhaus liegen, mit Gehirnerschütterung, zur Beobachtung.

»Ja, das weiß ich noch.«

»Und das ganze Krankenhaus soll voll Popcorn sein, damit ich es essen kann, weil ich ja so wenig zu essen bekommen habe, wegen meinem Erschütterungsgehirn. Und ich wünsche mir, daß ich Trompete spielen kann.«

»Das kann man sich nicht wünschen. Luis, Trompete muß man lernen. Man muß Unterricht nehmen.«

»Gut, dann wünsche ich mir, daß ich einmal Unterricht habe und daß ich dann Trompete spielen kann.«

»Hmmmm...«, machte ich und sah zu, wie er Lego-Männchen auseinandernahm und wieder zusammensetzte. Oh, wie ich ihn beneidete um sein Leben! Mit so vielen netten Kollegen.

»Und ich wünsche mir«, sagte er, »daß es kein Zähneputzen gibt.«

»Und was ist mit den Bakterien, die deine Zähne auffressen, wenn du sie nicht wegputzt?«

»Dann wünsche ich mir, daß es keine Bakterien gibt.«

»Man kann es sich schon wünschen, aber es geht nicht in Erfüllung. Bakterien gibt es immer.«

Er hörte gar nicht zu. »Und ich wünsche mir noch tausend Schäkel und Karabiner, weil ich eine große Eisenmaschine bauen will, nein, noch mehr, acht-unendlich viele Schäkel und Karabiner, nein, neun-unendlich viele. Ist neun-unendlich mehr als acht-unendlich?«

»Ich glaube«, sagte ich. Er schwieg. Ich blätterte ein wenig in den Comics, dann stand ich auf, ging vorsichtig zwischen seinen Kollegen aus dem Zimmer und machte einen Spaziergang in die Stadt, um mich noch mehr abzulenken. Und um ein Krankenhaus voller Popcorn, einen Schnelltrompetenlehrer, neun-unendlich viele Schäkel und Karabiner und noch ein paar andere Kleinigkeiten zu besorgen.

ELLIS KAUT

Der Hase

»Warum ich nicht geheiratet habe?« wiederholte der alte Professor die Frage und sah wohlgefällig die hübschen Frauen um sich an, »das kann ich Ihnen gern verraten, obwohl ich fürchte, daß mich gerade Frauen nur ungern verstehen werden. Es steckt keine unglückliche Liebesgeschichte dahinter, wie Sie vielleicht glauben, keine bitteren Erfahrungen oder sonstige tragische Verknüpfungen. Es steckt nichts weiter dahinter als« – der Professor zögert etwas.

»Als Furcht«, ergänzte eine der Damen halblaut, errötete aber unter den mißbilligenden Blicken der anderen, denn der Professor war als furchtloser Vertreter seiner Ansichten, ja geradezu als Kampfgeist bekannt.

»Sie haben vielleicht recht«, der Professor sah die Sprecherin aufmerksam an, dann lächelte er. »Es ist schließlich keine Schande, zuzugeben, daß die Wucht eines weiblichen Gefühls furchteinflößend ist, auch wenn sie sich auf das schönste, zärtlichste darbietet.«

Den einsetzenden Protest der Damen wischte der grauhaarige Mann mit einer Handbewegung weg und fuhr fort: »Ich hatte als Knabe ein Erlebnis, dessen Bild immer dann vor mir auftauchte, wenn das Glück mit einer Frau seinen Höhepunkt erreicht zu haben schien. Ich war zwölf Jahre alt. Mein Vater mußte eine dienstliche Reise unternehmen, und meine Mutter begleitete ihn. Da diese Reise gerade in die Weihnachtszeit traf, schickte man mich zu einem Onkel. Er hatte eine große Stadtwohnung, kostbar eingerichtet, eine etwas übertrieben ehrgeizige und auf äußere Dinge bedachte Frau und ein achtjähriges Töchterchen. Ulrike hieß das Kind. Obwohl nun ein Junge von zwölf Jahren sehr herablassend auf achtjährige Mädchen blickt, gefiel mir diese zierliche Cousine mit ihren großen Augen und feinen Haaren.

Elisabeth Barmetler, Der Hase.
Hinterglasbild

Als ich bei meinem Onkel einige Tage vor Weihnachten ankam, war Ulrike krank. Die Mutter war darüber äußerst erregt, zudem kein Arzt feststellen konnte, was dem Kind eigentlich fehlte. Es hatte Fieber, aber keinerlei organischer Schaden war festzustellen. Ich leistete Ulrike ab und zu Gesellschaft, denn sie hatte ein ganzes Regal voller Bücher, die ich bei meinen Krankenbesuchen durchstöberte und entlieh.

Ulrike interessierte von all ihren Büchern nur eines, und zwar war das ein Hasenbuch mit vielen Abbildungen. Dieses Buch hütete sie eifersüchtig. Unter dem Siegel äußerster Verschwiegenheit erzählte sie mir auch, warum. Ihre ganze kindliche Liebe galt nämlich – einem weißen Angorahasen, den sie in einer Tierhandlung gesehen hatte. Dieser Hase war ihr einziges Sehnen und ihr einziger Weihnachtswunsch. Aber Mama war dagegen. In der kostbaren Wohnung einen stinkenden Hasen, das war undenkbar. Ulrikes Beteuerungen, daß ihr Hase geruchlos sei, daß sie ganz allein für das Tier sorgen wolle, daß sie ihr Fahrrad hergeben wolle, um an der Stelle für den Hasenstall Platz zu schaffen, nützten nichts.

Ulrikes Verzicht auf alle kostbaren Weihnachtsgeschenke zugunsten des Hasen wurde von ihren Eltern nur als Undankbarkeit betrachtet.

Ich verstand Ulrike gut, ich selbst hatte immer irgendwelches Viehzeug um mich, keine Hasen zwar, aber Laubfrösche, Schildkröten und Regenwürmer. Ulrikes Sehnsucht und Liebe zu dem Hasen rührten mich tief, und so schlenderte ich am nächsten Tag, ohne es mir selbst recht zuzugeben, in die Richtung der Tierhandlung und schaute mir den Hasen an. Es war wirklich ein besonders niedliches Tier. Ich fragte den Tierhändler, was es kostete, und stellte fest, daß ich es kaufen konnte, vorausgesetzt, daß ich meine ganze Barschaft hergab und sonst niemandem mehr zu Weihnachten etwas kaufte. Das Gefühl des großen Gönners und Glücksbringers überwältigte mich, ich zögerte nicht lang und erwarb den Hasen. Der Verkäufer war so entgegenkommend, ihn noch bis zum Heiligen Abend zu behalten.

Zuhause angekommen, schien mir Ulrikes Gesundung ganz in meiner Hand zu liegen. Ich brauchte ihr nur zu erzählen, daß ihr der Hase sicher sei. Aber ich wollte mir auch nicht die Weihnachtsfreude des Schenkens verderben, und so verbrachte ich viele Stunden an Ulrikes Bett und erzählte alle Geschichten, die ich jemals über Hasen erfahren hatte, und baute sie auf, uns beiden gleichermaßen zu Genuß und Qual.

Am Weihnachtsabend klappte alles großartig. Ich brachte den Hasen in einer Schachtel unbemerkt in mein Zimmer, und als der Onkel aus dem Weihnachtszimmer die Glocke läuten ließ und feierlich die Türe öffnete und uns alle hereinließ, stand ich mit meiner Schachtel da, in der es krabbelte und kratzte. Ich überreichte mein Geschenk, da ich ja nichts anderes mehr zu schenken hatte, der ganzen Familie, meinte aber doch, daß Ulrike es öffnen müsse.

Das Kind war immer noch blaß und fiebrig und stand vor seinem Geschenktisch mit höflicher Freude. Sie können es sich selbst vorstellen, wie mein Geschenk auf Ulrike wirkte. Selbst die Mama vergaß, über den Hasen entsetzt zu sein, als sie die beängstigend lautlose, erschütternde Freude des Kindes sah. Ulrike hatte den Hasen im Arm und sah ihn an und dann wieder mich und dann ihre Mutter. Als der Hase zu zappeln anfing, setzte sich das Kind

auf den Boden, den Hasen auf dem Schoß, und drückte ihn
an sich. Mir war diese Zärtlichkeit und Liebe nun doch fast
peinlich, ich wandte mich meinem Geschenktisch zu und
dankte überlaut und tat alles, um die eingetretene Stille
auszugleichen. Ich weiß nicht, wie lange ich mich nicht
mehr nach Ulrike umgesehen hatte, ich spürte nur, daß sie
immer noch am Boden saß und den Hasen fest an sich
drückte. Ich ging auch an Ulrikes Gabentisch und sagte
›ah‹ und ›oh‹ und fragte so über die Schulter weg das Kind,
ob es sich nicht auch über diese Bücher und das Kas-
perltheater und den Puppenherd freute. Sie sagte artig, daß
sie das alles ungeheuer freute, aber sie blieb am Boden sitzen mit dem Hasen und koste und drückte ihn. Endlich
sagte ihre Mutter: ›Komm, tu das Tier wieder in die Schachtel, wasche dir die Hände, und dann wollen wir essen.‹

›Ja, gleich‹, sagte Ulrike und blieb sitzen und drückte ihr
Gesicht in das Hasenfell. Schließlich sagte ich: ›Du mußt
ihn auch ein wenig laufen lassen, es ist viel lustiger, wenn er
herumläuft!‹ Da löste sie langsam und mit ungeheurer
Zärtlichkeit die Arme von dem Tier. Aber seltsamerweise
blieb der Hase ganz ruhig liegen. ›Komm, lauf doch‹, sagte
Ulrike und gab ihm einen ganz kleinen Stoß. Aber der
Hase rührte sich nicht mehr. Sie hatte ihn erdrückt. Verstehen Sie, erdrückt aus Liebe.«

DANIEL KEHLMANN

Die Legende von Basilius

Bedauerlich, doch nicht unbegreiflich, daß die Gestalt des
heiligen Basilius von Tarent nicht bekannter wurde. Basilius, seltsam verschwimmend vor dem Blick des Histori-
kers wie des Theologen, dürfte um die vorletzte Jahrtau-
sendwende in Kleinasien gelebt haben. Er zeichnete sich

durch Ernst und Gottesfurcht aus, verschenkte sein Vermögen, verschmähte den Ruhm, pflegte Kranke; und all das in solchem Maß, daß der Allmächtige beschloß, diesem Diener schon zu Lebzeiten ein nachdrückliches Zeichen der Gnade zu gewähren. Zu Weihnachten, in der Stunde der Geburt des Erlösers, trat die hohe, vor Schönheit furchtbare Gestalt eines Engels vor ihn. Dir ist, sagte er, ein Wunsch gewährt, irgendein Wunsch, welcher auch immer. Entscheide dich!

Es ist nicht bekannt, welche Gedanken Basilius durch den Kopf schossen, was für Regungen des Unglaubens sein Herz erfüllten. Dachte er an Salomon, der sich in gleicher Lage ein weises Herz erbeten hatte, fähig zu scheiden zwischen Gut und Böse? Erwog er nur eine Sekunde lang (und wer hätte das nicht), um Macht zu bitten, Reichtum oder Freiheit von Krankheit, um irgend etwas der einzigartigen Gnade nicht Angemessenes, um es sofort und erschrocken wieder zu verwerfen? Wir wissen es nicht, die Legende schweigt darüber. Doch wir wissen, daß er zuletzt die Augen aufschlug, dem Engel ins flackernde Angesicht sah und sprach:

Sinnlos und betrüblich die Schwäche unseres Körpers, seine Hinfälligkeit, die Notwendigkeit der langen Stunden des nächtlichen Todes, immer wieder und wieder. Schlummernd diene ich dem Herrn nicht, tue nichts Gutes, verfehle meine Bestimmung. Ich will Ihm nützlich sein zu allen Momenten, verstehst du mich, allen. Ich will nicht mehr schlafen. Angeblich stockte der Engel, zögerte, wandte sich einen Moment lang ratlos zu jenem unaussprechlichen Ort, dessen Gesandter und Emanation er war. Ich rate dir, sagte er dann, wähle etwas anderes!

Aber ich schwanke nicht, antwortete Basilius, vor dem Herrn. Nein, ich bestehe darauf. Ich will nicht mehr schlafen. – Also gut, sagte der Engel mit sichtbaren Zeichen des Unwillens, also gut! Von dieser Weihnachtsnacht bis zu der nächsten, und keine Sekunde länger.

Das ist nicht ganz fair, sagte Basilius, vorhin hieß es noch...

Und keine Sekunde länger, rief der Engel. So lange wirst du wach sein, jeden einzelnen Augenblick. Begreifst du, jeden! Und er verhüllte sich in Dunkelheit, und die Welt schloß sich um ihn wie ein Vorhang, und alles blieb zurück, wie es gewesen war, rätselhaft unbeschadet von seiner kurzen Anwesenheit.

Basilius wartete, und es wurde Nacht. Im Dunkeln ging er durch die Straßen, erfüllt von einer Fröhlichkeit, wie er sie nie gekannt hatte. Es wurde zwei und drei, er fühlte keine Schwäche. Er sank auf die Knie und betete, die Stunden vergingen, der Morgen kam, und er erhob sich leicht und voll Kraft wie nach sehr langem Schlaf.

Und die Tage folgten einander; Neujahr kam und ging, und Basilius machte sich vorsichtig mit dem ungeheuer Neuen vertraut: der Abwesenheit von Müdigkeit, der nicht nachlassenden Kraft zu allen Stunden. Er pries den Herrn, betete und pflegte die Kranken, und keiner glich ihm darin. Doch dann geschah etwas.

Was war es? Legenden neigen von Natur aus zur Ungenauigkeit; fest steht aber, daß sein Bemühen nach einer Weile schwächer wurde. Es scheint, daß die Größe der Schöpfung ihm nach und nach, und zu seiner eigenen hilflosen Verblüffung... Ja, was eigentlich? Daß sie ihm ins Entsetzliche umschlug. Wir wissen, daß Kranke immer häufiger umsonst nach ihm riefen, daß Bettler vergeblich die Hände vor ihm aufhielten; er übersah sie und ging weiter. Er war bleich und nervös geworden, sein Blick unstet, als wäre die Welt etwas Unwirkliches oder ein Traum.

Nicht, daß er müde war. Keineswegs; es kann und darf nicht bezweifelt werden, daß der Engel sein Versprechen erfüllte. Man kann auch nicht annehmen, daß ihm langweilig war. Im Gegenteil, die Wirklichkeit zeigte sich ihm jetzt in einem Reichtum, den unerschöpflich zu nennen keine Übertreibung wäre: der wolkenschattierte Himmel, die sanft gewölbte Erde, die von einem dünnen Riß gespaltene Decke seiner Kammer – gelb des Morgens, bläulich am Nachmittag, grau am Abend –, das kaum hörbare Rauschen der windstillen Luft, wenn man die Augen schloß ... Doch all dies endete nicht. Niemals, keine Sekunde; es gab einfach keine Unterbrechung darin.

Nullus hiatus, wie es Cusanus in seiner Betrachtung über Basilius ausdrückt: keine Lücke und kein Spalt, nirgendwo; das Entsetzliche, daß die Natur kein Vakuum kennt, überall und immer erfüllt ist, auch – und besonders – in der Zeit. Es kam Ostern, die Kirchenglocken sangen das Lob des Herrn, aber Basilius betete nicht. Er tat es schon lange nicht mehr.

Er ging durch die Straßen, sah die Häuser vorbeiziehen, es waren immer die gleichen, bei Tag und Nacht, sie waren immer da, umfaßt von der einen rauschenden, flimmernden Wirklichkeit. Ostern verging; jeder Abend wurde zu tiefer Schwärze voll aufblitzender, schon wieder verblassender Sterne, einem roten Leuchten am Horizont, der steigenden, der sinkenden Sonne, dem neuen Abend. Ein Leprakranker trat in seinen Weg, verzerrt von Fäulnis, Basilius stieß ihn weg. Er betete um Schlaf, um den Tod oder Ohnmacht, um einen einzigen Moment, in dem der Andrang der Welt gegen sein Bewußtsein nachlassen sollte. Doch umsonst, der Engel kam nicht wieder.

Es folgten Pfingsten, Allerheiligen, das Fest der jungfräulichen Empfängnis. Seine Tränen waren versiegt, seine Gleichgültigkeit vollständig, er verließ das Haus nicht, bewegte sich nicht mehr, wartete. Er kannte den Riß in der Zimmerdecke so gut, wie noch nie ein Mensch etwas gekannt hatte. Dann, endlich, das Weihnachtsfest.

Zugegeben, die Sache ist undurchsichtig, die Versionen unterscheiden sich. Es wird gesagt, daß Basilius am Heiligen Abend starb, den Namen des Herrn auf den Lippen, in Gebet und Dankbarkeit. Aber offen gesagt, daran glaubt niemand.

Wahrscheinlicher ist schon (aber entsetzlich auszusprechen), daß er sich das Leben nahm, sobald er wieder ein normaler Mensch war, sterblich wie alle und verletzlich, nicht mehr gebunden durch sein fürchterliches Vorrecht. Daß er das Warten auf die Dunkelheit nicht mehr ertrug und sie ganz und in Vollständigkeit empfangen wollte, sobald er nur konnte. Daß allein der Gedanke, nur eine Sekunde länger zu bleiben, ihm nun unerträglich war.

Eine andere Fassung behauptet, daß er sich bereits kurz zuvor, unfähig noch abzuwarten, dem alten Gegner überlassen hatte, und zwar ohne andere Bedingungen als der einen, ihn von der Schlaflosigkeit zu entbinden und aus der Welt zu holen, in die weiche Schwärze des Todes. Es kann vermutet werden, daß der Lichtträger, der Gefallene, Gottes vollkommenstes Geschöpf ihn voll Triumph aufnahm. Immerhin würde das den schlechten Zustand der Überlieferung erklären, die Peinlichkeit des Falles für Ihn und Seine Propagandisten, auch für den namenlosen Engel, der alles eingefädelt hatte. Eine letzte Version (doch sie ist häretisch und, schlimmer noch, ungereimt) besagt, daß Basilius in der Stunde der Wiederkunft des Engels erkannte, daß er nicht Basilius war und daß es auch den Engel nicht gab, daß alles Alptraum und fahle Täuschung gewesen und die bunte Welt, die sich bis zur Unerträglichkeit gegen seinen Geist gepreßt hatte, keinen Moment existiert hatte. Daß das Wachen ein Irrtum ist wie der Schlaf.

Sicher ist bloß, daß sein Dasein zu Weihnachten endete. Daß er ein Geschenk bekam, das er nicht tragen konnte und zurückwies, daß seine Legende verwirrend bleibt und nicht recht taugt zur Erbauung der Gläubigen. Allenfalls ist sie eine verstörende Erinnerung, daß wir hier nicht zu Hause sind und daß die Schöpfung eine allzu genaue Inspektion nicht verträgt. Daß bloß die tägliche Abwesenheit von ihr sie erträglich machen kann. Und selbst das nur für die kurze Zeit eines Lebens.

Plätzchenduft und Liebesmahl

HANNE WICKOP

Die drei Zuckerbäcker

Mein Nachbar, der über mir wohnt, heißt Viktor, ich nenne ihn auch meinen lieben Obenübermir, weil wir befreundet sind. Ich habe vier Katzen, und meine Küche ist klein. Er hat einen großen Hund. Beide frühstücken am Wochenende gern mit mir. Das geht so vor sich: Irgendwann zwischen neun und zehn Uhr klingelt es bei mir, ich eile zur Tür, öffne und blicke in traurige Hundeaugen. Sie kennen sicher diesen Blick aus braunen Augen, so von unten nach oben mit gesenktem Kopf. Es gibt auch Männer, die damit Erfolg haben. Beherrschen tun diese Technik aber nur die mit braunen Augen. Im Maul hat er eine Tüte vom Bäcker-Seppel, nicht mein Nachbar, sein Hund, und blickt mich aus großen, traurigen Augen an. Aber das ist nur Schau, denn er wedelt eifrig mit dem Schwanz und freut sich, als ich die leicht angesabberte Tüte aus seinem weichen Maul nehme und lobend seinen Kopf streichle. Orlando schreitet, an den Katzen vorbei, sofort in die Küche, während sein Herr nach oben eilt, um eine Dose Hundefutter und seinen Wassernapf zu holen. Orlando senkt seinen Kopf mit den Schlappohren und begutachtet die Reste auf dem Katzenteller, scharf bewacht von meinem Kater Napoleon, der nur auf einen Grund lauert, dem Eindringling eine überzuziehen. Ich bereite das Frühstück. Orlando steht brettelbreit im schmalen Durchgang zwischen Tisch und Küchenzeile, ich tänzle vorsichtig um ihn herum, immer bedacht darauf, weder ihn noch eine meiner Katzen zu treten.

Inzwischen trifft das Hundefutter mit dem Hundebesitzer ein. Unter uns, zum Katzenbesitzer kann man es nie bringen, von Katzen kann man nur erwählt werden. Während der Hund genüßlich schmatzt, klemmt sich sein Herr hinter den Küchentisch, damit er aus dem Weg ist, und ich brühe Kaffee auf, schrecke die Eier ab, breite noch schnell die mottenzerfressene Kaschmirdecke zwischen Herd und Tisch aus. Inzwischen hat Orlando seinen Napf leergefressen und schlabbert geräuschvoll das Katzenwasser. Napoleon, Pauline und Lady Hannibal trinken derweil demonstrativ aus seinem Napf, der im Flur steht. Während ich mich auf meinem Sitz niederlasse, plumpst Orlando auf seine Decke und rülpst vernehmlich. Napoleon, eigentlich satt, schleicht am Hund vorbei und leert den Katzenteller. Dann setzt er sich, schnurrend wie ein Generator, auf den Stuhl neben mich, stupst mich so lange, bis ich ihm möglichst unauffällig eine Scheibe Wurst zuspiele.

Orlando erhebt sich, und Pauline umschmeichelt ihn schnurrend. Läuft Slalom um seine Beine, maunzt Liebestöne, aber kaum senkt er seinen Kopf, um sie abzulecken, haut sie zu, zum Glück mit eingezogenen Krallen. Ganz ruhig hält der große Hund ihr seinen schönen Kopf hin, wirft uns einen seelenvollen Blick zu und läßt sich von der Dame abwatschen. Wart nur, meint sein Herr zu Pauline, wenn er erst ausgewachsen ist, macht er einmal schnapp, und du bist hin.

Eines Tages, es ist Freitag vorm ersten Advent, steht mein Nachbar Viktor mit Orlando in der Tür. Kann ich dir den Hund mal schnell dalassen, wir werden am Sonntag Weihnachtskekse backen, ich besorge jetzt die Zutaten. Könntest du Linus und Johannes anrufen? Wenn sie Lust haben, backen wir gemeinsam Plätzchen. Ihr könnt in meiner Küche backen, biete ich großzügig an, da habt ihr etwas mehr Platz als in deiner winzigen, wo es nicht mal einen Tisch gibt.

Am Sonntag, es ist fast Mittag, stehen alle drei mit Orlando auf der Matte, um in meiner Küche Weihnachtskekse zu backen. Sie haben reichlich eingekauft. Ein großer Karton mit allem, von dem sie annehmen, daß sie es zum Backen brauchen, steht neben ihnen. Sie schleppen ihn gemeinsam in meinen Flur, begutachtet von Hannibal, Pauline und Napoleon, die den Karton sofort entern. Damit könnt ihr ja ein Waisenhaus beliefern, staune ich. Viktor hat Angst, daß das Gebäck sonst nicht bis Weihnachten reicht, sagt Linus grinsend. Zu Hause waren die Kekse meist lange vor Weihnachten weg, verteidigt sich Viktor, mein Bruder war das, er hat sie immer aufgefuttert, flunkert er, nicht ich, dann scheucht er die Katzen aus dem Backkarton und findet zielsicher die Packung mit den Schokoladenblättern zum Dekorieren. Er öffnet sie und bietet jedem davon an. Schokolade ist ungesund, sagt er zum Hund, der ihn aus seinen braunen Augen von unten her anschaut, und schiebt ihm, als er sich unbeobachtet glaubt, heimlich ein Schokoblättchen ins Maul. Johannes eilt in die Küche und legt seine derzeitige Lieblings-CD, Händels ›Poppea‹, ein, damit ihm ja keiner zuvorkommt und wieder diesen Robbie Williams auflegt oder sonst etwas, das er für U-Musik hält und das er dann stundenlang ertragen muß, was für seine klassikgewöhnten Ohren eine Qual ist. Linus folgt ihm, stellt auf leise, weil bei dem billigen Apparat, einem Zeitschriften-Werbegeschenk, auch die besten Sänger schon bei halber Lautstärke nach Badewanne klingen.

Ich verteile Schürzen und ziehe ich mich mit meinen Katzen in mein Arbeitszimmer zurück. Von dort aus haben wir einen guten Blick in die gegenüberliegende Küche. Orlando legt sich natürlich gleich auf seinen Lieblingsplatz zwischen Tisch und Küchenzeile. Für Linus kein Problem, elegant tanzt er um das Hindernis herum. Ich erwähnte ja schon, die Küche ist klein. Viktor und Johannes stehen zu beiden Seiten des Tisches, Linus' Platz ist da, wo der Hund liegt, ein Golden Retriever, fast ausgewachsen. Ich rücke mit meinem Stuhl in den Flur vor, damit mir nichts entgeht, die Katzen rücken nach. Kater Waterloo ist inzwischen auch aufgetaucht und sitzt als graue Eminenz in der ersten Reihe. Die Herren haben ein Buch mit Rezepten für Weihnachtsgebäck aufgeschlagen, blättern eifrig und entscheiden sich für Zimtsterne. Am besten gleich von allem die dreifache Menge, meinen sie, schließlich sind wir drei. Ich halt mich raus, Kekse machen dick, und ich bin dick genug.

Also neun Eiweiße, sechshundert Gramm Puderzucker, eintausendzweihundert Gramm gemahlene Mandeln, sechs Teelöffel Zimtpulver und drei Päckchen Vanillezucker, liest Viktor laut vor. Linus schreitet über Orlando hinweg, beugt sich über den Karton und greift nach einer Zwölferpackung Eier. Beim Aufschlagen gerät ein wenig Eigelb mit in die Schüssel, macht nichts meint Johannes, das ergibt 'ne schöne Farbe. Mit Farben hat er's, zu den Bildern, die ich male, sagt er immer: Schön bunt. Bilder im Stil der alten Holländer sind ihm lieber. Linus, der die besten Muskeln hat, weil er im Beruf Tänzerinnen stemmt, als seien sie federleicht, was wahrscheinlich stimmt, wenigstens bei seiner Lieblingspartnerin, in die sich Johannes verguckt hat, Linus also schlägt die Eier zu Schaum. Viktor streut den Puderzucker ein, und Johannes fächelt aus den kleinen Tüten den Vanillezucker drüber, lächelt versonnen. Etwa eine Tasse vom Eischnee abnehmen und kühlstellen, liest Viktor vor. Mal drei, werfe ich als Zuschauerin ein, und gebt mir doch das Backbuch, dann habt ihr mehr Platz auf dem Tisch. Viktor windet sich um seinen Hund, der sich genüßlich dehnt, schiebt sich an Linus vorbei und reicht mir die Rezepte.

Mandeln und Zimt unter die Masse heben und dreißig Minuten kühlstellen, lese ich vor. Kühlstellen, wiederholt Orlandos Herr, räumt den oberen Teil meines Kühlschranks leer und stellt alles obendrauf, damit die große Schüssel mit der Eischneemasse reinpaßt. Dreißig Minuten, wunderbar, eine Zigarettenpause. Alle drei verschwinden auf meinem Balkon. Pauline weckt den schlafenden Hund, umtänzelt ihn und singt in zärtlichen Tönen. Er fällt wieder auf sie rein, lässt sich abwatschen und von seinem Herrn trösten, der gegen Pauline die bekannte Drohung ausstößt.

Zigarettenpause beendet, Backofen auf hundertfünfzig Grad vorheizen, das Backblech mit Backpapier belegen, zitiere ich aus dem Rezept, die Arbeitsfläche mit den restlichen Mandeln bestreuen und die Eischneemasse etwa sieben Millimeter dick darauf verteilen. Linus, bewaffnet mit einer hölzernen Kuchenrolle, bemüht sich, den auf dem Küchentisch verteilten Eierschneematsch gleichmäßig auf die vorgegebene Dicke auszuwalzen. Die Kommentare seiner Helfer bringen ihn in Rage, er hebt die Rolle, um seinen Peinigern eins auf den Kopf zu geben. Schadenfrohes Gelächter, denn beim Ausholen hat er sich über und über mit der breiigen Masse bekleckert. Johannes und Linus reiben ihn mit vielen frischgebügelten Geschirrtüchern sauber, Papiertücher hätten es auch getan, Orlando hilft mit seiner Zunge nach, die muß ich wenigstens nicht wie-

der waschen und bügeln, denke ich, dann kann es weitergehen. Mit Bratenwendern verstreichen sie jetzt zu dritt
die noch rohe, klebrige Masse. Für Zimtsterne brauchen
wir die Sternformen zum Ausstechen, meinen die drei
Zuckerbäcker, und jeder nimmt einen Stern. Meine Katzen und ich erheben uns, drängen in die Küche, in der
Hoffnung, von den Ausstechresten naschen zu können.
Doch Reste fallen nicht an, auch Sterne entstehen nicht,
obwohl die Männer eifrig auf die Masse einstechen. Wie
von Zauberhand schließen sich die Schnittkanten, sobald
die Metallsterne aus dem Teig gezogen werden. Ratlos
schauen sie mich an. Kippt die Masse doch einfach auf das
Backpapier auf dem Blech und stecht die Sterne nach dem
Backen aus, schlage ich vor. Mit den Händen schieben die
drei den Eierschaum über die Tischkante auf das Backblech. Orlando erwacht, erhebt sich, sein Kopf taucht
neben dem Kuchenblech auf, er gähnt und – schwupp –
hat er eine Ladung der klebrigen Masse im Maul. Das
schmeckt ihm so gut, daß er sich über das Blech herma-
chen will. Er wird in den Flur verbannt und wir mit ihm.
Ein zweites und ein drittes Blech werden mit der Masse
gefüllt und in den vorgewärmten Backofen geschoben.
Napoleon schleicht sich mit Hannibal schnell unter den
Tisch, um die Reste vom Boden zu lecken. Über dem Tisch
sind die Männer mit dem Ablecken von Bratenwendern
und Fingern beschäftigt, ich greife mir die Schüssel und
putze sie mit dem Zeigefinger sauber.

Wieder eine Zigarettenpause auf meinem Balkon. Nach
fünfundzwanzig Minuten ist der Zimtsternteig fertig gebacken, aber ausstechen lassen sich die Sterne auch jetzt
nicht. Also das Ganze einfach in kleine Quadrate zer-
schneiden. Etwas bröckelig wird das, aber Keksbruch gehört ja zu den schönsten Nascherinnerungen unserer
Kindheit.

Die ganze Wohnung duftet weihnachtlich. Jede Menge
Brösel für Hund und Katz, für die drei Zuckerbäcker und

für mich. Viktor spült und putzt den Tisch ab, Johannes studiert Keksrezepte und bietet einige zur Auswahl für den nächsten Backgang an. Linus, der im Flur am Boden liegt und mit Orlando schmust, eifersüchtig beäugt von Pauline, findet, daß Buttergebäck sicher einfacher zu machen sei, und man könne es auch so schön dekorieren mit Liebesperlen und Schokostreuseln. Ist alles im Karton, setzt er wissend hinzu. Und für mich bitte recht viele Herzen mit rosa Glasur, werfe ich ein. Viktor legt schnell die Piaf in den CD Player, was ganz im Sinne von Linus ist, der mitsingt und Orlando von bittersüßer Liebe vorschmachtet, wobei er zärtlich seine Ohren krault.

Für mich klingelt das Telefon, ein langes Gespräch mit einer Freundin hält mich davon ab, den drei Zuckerbäckern weiter auf die Finger zu schauen. Aber so, wie die sich gegenseitig frotzeln und herumalbern, scheint es ihnen einen Heidenspaß zu machen. Und von allem immer die dreifache Menge, höre ich sie kreischen. Weihnachtsgebäck werden wir wohl bis Ostern haben, wenn nicht Viktors Bruder vorbeikommt, oder mein Sohn, der wahnsinnig gern nascht, aber bei sich zu Hause nicht darf, damit er nicht irgendwann einmal so rund ist wie seine Mutter.

WALTER ZAUNER

Wintersterben

Die weihnachtlichen Freuden, denen sich unsere Familie stets mit großer Leidenschaft hingab, wurden leider immer wieder von tiefer Trauer jäh überschattet: Der Tod hatte die pietätlose Angewohnheit, unsere Familie mit Vorliebe so ziemlich genau zwischen dem vierten Advent und Dreikönig heimzusuchen. Der Tod meines Großvaters mütterlicherseits war der erste Todesfall in diesem Zeitraum, an den ich mich sehr anschaulich erinnern kann. Ich war sieben Jahre alt. Die ganze Verwandtschaft war am zweiten Weihnachtsfeiertag bei den Großeltern mütterlicherseits zu einem großen, gemeinsamen Weihnachtsmahl zusammengekommen, in dessen Mittelpunkt wie jedes Jahr Großmutters berühmte Gans nach Weissensberger Art stand. Aber dieser prächtige Braten war nur das Vorspiel zu den eigentlichen Höhepunkten des Weihnachtsmahls, den Nachspeisen. Es war nämlich in unserer Familie üblich, an diesen Feiertagen nicht nur ein, sondern gleich drei sehr ausgiebige Desserts nacheinander zu servieren. Und so geschah es, daß Großvater zwischen dem zweiten und dritten Dessert von uns ging. Es wäre ein friedliches, stilles Sterben gewesen, wenn ihm dabei nicht der silberne Löffel laut scheppernd in die halbgeleerte Dessertschale gefallen wäre. Onkel Fritz wollte als einziger die letzten Worte von Großvater vernommen haben: »Einmal reicht es.«

Sobald Großvaters mächtiger Leib ins Schlafzimmer gebracht worden war, lösten seine letzten Worte – geschwätzig wie unsere Familie seit jeher war, Trauer hin, Trauer her – eine sofortige und lebhafte Debatte darüber aus, was er gemeint haben könne. Kommentierte er damit das Leben an sich oder nur Großmutters reichhaltige weihnachtliche Süßspeisen? Man entschied sich mehrheitlich für Großvaters gewichtige Aussage das menschliche Leben als Ganzes betreffend, und so war auch bereits die Inschrift für seinen Grabstein gefunden: »Einmal reicht es.«

Großvater wurde noch vor Silvester im großen Familiengrab beigesetzt, in dem auch mein Vater vier Jahre zuvor beerdigt worden war. An seinen Tod konnte ich mich nicht erinnern. Aber bei Großvaters Beerdigung fiel mir das Sterbedatum meines Vaters ins Auge. Er war an einem 27. Dezember von uns gegangen. »Völlig unerwartet«, erzählte mir meine Mutter und wischte sich eine Träne aus dem rechten Auge, »er hat noch mit großem Genuß die Reste meiner geschmorten Rehkeule mit Morchelspätzle nach Tante Cillys Art vom ersten Weihnachtsfeiertag aufgegessen, ist in den Keller gegangen, um sich noch eine Flasche Meersburger Weißherbst heraufzuholen, und war nicht mehr heraufgekommen. Dabei hat er so gern gelebt, so gern gegessen und getrunken.«

Übrigens überlebte Onkel Fritz, der mit Mutters Schwester Klara verheiratet war, den Großvater nicht sehr lange. Er starb drei Jahre später am vierten Advent nach einem gemütlichen Abend mit weihnachtlicher Hausmusik, Bratäpfeln und selbstgebackenen Weihnachtsplätzchen, auf die er sich immer das ganze Jahr über freute und von denen er nach Meinung seiner Frau nie genug kriegen konnte.

Natürlich bemerkt es auch ein Kind mit der Zeit, daß die familiären Todesfälle immer in denselben Zeitraum fielen. Als ich meine Mutter fragte, warum bei uns immer in der Weihnachtszeit gestorben wird, wischte sie sich eine Träne aus dem rechten Auge: »Der Tod fragt nicht nach Weihnachten, der kommt, wann er will und wenn man noch so fröhlich Weihnachten feiert, wenn man es sich noch so gut gehen läßt und einem die Weihnachtsplätzchen noch so schmecken!«

Gerade für die weihnachtlichen Süßigkeiten ist unsere Familie berühmt in ganz Weissensberg. Ich bin sicher, daß nirgendwo schon so früh mit dem Backen begonnen wird und daß in keiner Familie derartige Mengen unterschiedlichster Plätzchensorten produziert werden. Diesbezüglich war ich allerdings das schwarze Schaf in meiner Familie. Ich aß schon als Kind lieber Essig- und Salzgurken als dieses süße, klebrige Zeug. Sehr zum Leidwesen meiner Mutter übrigens, die mich am liebsten nur so vollgestopft hätte mit ihrem Weihnachtsgebäck.

Als ich 12 war, starb mein Lieblingsonkel Wilhelm, der Mann der jüngsten Schwester meiner Mutter. Es war der Tag vor Silvester. Zwei Jahre später standen wir am Tag nach Neujahr an Onkel Jakobs offenem Grab. Ein kleiner Christbaum, an dem nach Weissensberger Brauch weißglacierte Pfeffernüsse hingen, brannte. Tante Rose sagte mit sanfter, trauriger Stimme: »Das war halt alles doch zuviel für meinen Jakob.« Dann wischte sie sich eine Träne aus dem rechten Auge und drückte ihre beiden Töchter Heidi und Rotraut an sich. Heidi war schon 23 und frisch verheiratet mit dem Weissensberger Eisenwarenhändler Kinkel, der leider auch nicht alt werden sollte. Er starb, als er sich mit Heidi am Heiligen Abend auf den Weg zur Christmette machte. Seine Beerdigung fand erst zwei Wochen später statt, weil die Erde zu tief gefroren war. Als es dann wieder genügend getaut hatte, flüsterte Heidi an seinem Grab: »Jetzt kommt er doch noch unter die Erde, mein Kinkel.« Ihre Mutter, meine Tante Rose, fügte leise hinzu: »Ja, ja, unsere Männer.« Dabei wischten sich Mutter wie Tochter jeweils eine Träne aus dem jeweils rechten Auge, und Tante Rose schaute mir dabei tief in die Augen und lächelte mich sanft an: »Aber du läßt dir schon noch ein bißchen Zeit, Bub, gell.«

Die Oma mütterlicherseits, die übrigens inzwischen 93 und geistig und körperlich immer noch sehr rüstig ist, streichelte damals an Kinkels Grab meine Hand: »Ja, ja, unsere armen Männer sind halt nicht stark genug für das Leben. Auch dein armer Vater war es nicht.« – »Aber, Großmutter, deswegen müssen sie ja nicht alle an Weihnachten sterben«, hakte ich nach, »warum nicht im Frühling oder im Frühsommer oder übers ganze Jahr verteilt wie bei anderen auch?«

»Ach, weißt du«, fuhr meine Großmutter fort und wischte eine Träne aus ihrem rechten Auge, »um diese Zeit herum sterben unsere Männer besonders gern, wenn's draußen kalt wird und die Nächte so lang sind. Sie sterben und lassen uns allein zurück, wo wir doch alles für sie gemacht haben. Gerade an Weihnachten, damit es ihnen gutgeht und sie sich wohl fühlen.«

Beim Leichenschmaus gab es die von Weihnachten übriggebliebenen Pätzchen, vor allem auch Kinkels Lieblingsplätzchen. Sie waren aus Nußteig mit Ananassaft und eine Kreation meiner Großmutter, die sie nach den berühmten Tränen der Frauen meiner Verwandtschaft mütterlicherseits »Weihnachtstränen« nannte. Trotz der Trauer um Kinkel schmeckten diese köstlichen Weihnachstränen allen sehr gut. Vor allem auch dem zweiten Mann einer Cousine mütterlicherseits. Ihn traf ich übrigens vorgestern auf dem Weissenberger Weihnachtsmarkt, als ihm seine Frau gerade eine Portion Schlesisches Weihnachtsgeschnetzeltes mit Sauerkraut und ein Glas Glühwein brachte. »Na, wir sehen uns ja in drei Tagen bei Großmutters Weihnachtsgans«, verabschiedeten wir uns. Wir sahen uns selbstverständlich nicht. Er starb am Tag vor dem Heiligen Abend kurz nach dem Abendessen. »Wenigstens nicht hungrig«, wie meine Großmutter in ihrer trockenen Art und mit einer Träne im rechten Auge anmerkte.

FRANZISKA SPERR

»Komm, du süße Todesstunde«

Sie hatten keine Schuld. Jeder, der sie kannte, wußte, daß sie freundliche, sanfte Wesen waren. Jeder, der sie sah, konnte spüren, daß sie ihre Mutter zärtlich liebten: Sie tätschelten ihr die müden Schläfen, umarmten sie, strichen mit ihren dicklichen Händen sanft über ihren Kopf. Wenn die Mutter traurig war, legten sie ihr die Kassette mit den Kantaten in den Apparat ein. Die Mutter liebte ihre Töchter auch so sehr. Sie waren ihr das Wichtigste auf der ganzen Welt, sie hat ihre Kinder immer umsorgt, umhegt, gefüttert. Besonders in der Weihnachtszeit, wenn es draußen kalt und unwirtlich war, sorgte sie im Haus für Wärme

Brigitta Rambeck, Der alte Nördliche Friedhof in München

und Geborgenheit, für Essen und Trinken. Es sollte ihnen an nichts fehlen. Schon in der Früh des Heiligen Abends duftete es im Haus nach ...

... aber fangen wir am Anfang an. Widmen wir uns dem Geschehen, so wie es sich wirklich zugetragen hat. Durch die Eisblumen an den Fensterscheiben erkennen wir die Rothaarige mit den grünen Augen auf dem blauen Sofa, die Blonde mit den braunen Augen auf dem abgewetzten Samtkissen auf dem Boden und die Blasse mit dem roten Mund im Korbsessel. Sie bewegen sich kaum, ab und zu steckt sich eine von ihnen eine Marzipankartoffel in den Mund, wie klein und weiß die Hände dabei wirken. Das ist der Anfang. Oder ist der Anfang auf der Autobahn, auf der Fahrt nach Wien, an Sentas zweiunddreißigstem Geburtstag? Der Anfang schiebt sein Ende vor sich her.

»Kommt essen! Meine Kinderlein, meine großen Mädchen! Meine schönen Töchter!« Die Mutter drehte sich einmal um sich selbst. Auf den schmierigen Kacheln des Küchenbodens drehte sie unerwartet schnell. Fast wäre sie gefallen, sie hatte keine Flügel. Eine fettige Böe fuhr unter die Schürze und klappte sie nach oben, vor ihr Gesicht. Die Mutter hielt jetzt beim Drehen das Gleichgewicht mit Mühe, und hinter dem weißen Baumwollstoff glühten ihre Augen vor Wonne.

»Hier, Senta, nimm den Untersetzer für die Pfanne, und du, Marie, die Suppenkelle und die Backerbsen. Vera, du trägst schon mal die Schüssel mit dem Gemüse und stellst sie auf den Tisch, dann brauchen wir nach der Suppe nicht aufzustehen. Sind die Löffel fürs Dessert gedeckt, Messerbänkchen, Knochenteller? Eine muß noch das Körbchen mit dem Brot richten, extra frisches Weißbrot zur Suppe habe ich besorgt, es riecht nach Hefe wie der Himmel und ist weiß wie der Schnee am ersten Advent. Und für jedes meiner Mädchen liegt ein Kalbsknochen mit Mark unten in der Suppenschüssel! Salz und Pfeffer bringt noch, und die Schnittlauchröllchen! Das weckt Tote auf. Knochenmark gibt Kraft!«

Sie setzten sich. Die Kerzenflammen auf dem Adventskranz flackerten unruhig. Die zarten Stühle stöhnten unter der schweren Last der Mädchen. Die dünnen Barockbeine hielten, was sie konnten.

»Eßt, meine Kinderchen, eßt! Wer weiß, wann ihr wieder etwas bekommt. Hauptsache, ich kriege euch drei immer noch satt, dann geht es mir gut!«

Die Mutter teilte aus. Die Suppenteller waren übervoll und tropften auf dem Rückweg von der Terrine zu den Plätzen auf die gestärkte Tischdecke. Egal. Mutters glühende Augen folgten jedem Löffel, der zum Mund ging, schienen jeden Löffel anzustoßen, kurz bevor er die Lippen erreichte. Schwupp, hinein damit. Die Mädchen scharrten mit den Füßen unter dem Tisch.

»Mit dem Messer hast du es leichter, Vera.« Mutters Glutaugen tauchten in die Suppenschüssel, leuchteten den Hohlraum aus, suchten den Boden ab, blieben hängen. »Du mußt das ganze Knochenmark herausholen, es ist alles für dich! Früher hatte Vater das Mark für sich alleine, aber jetzt hat jede von euch ihren eigenen Knochen mit dem dicken Batzen darin. Nun eßt! Im Mark ist alles drin, was stark macht! Schön, Senta, du hast es richtig gemacht! Salz, Pfeffer, und dann hopp! Rasch, Marie, rein damit! Ist doch nicht mehr heiß! Oder? Lauwarm schmeckt es nicht. Das Mark schmeckt nur, wenn es richtig heiß ist, wenn man sich fast die Zunge verbrennt. Dann ist es richtig. Auf heißen Tellern. Und vergeßt nicht die Backerbsen! Und den Schnittlauch. Wer will einen Tropfen Maggi, einen Spritzer Zitrone?«

Die Mutter ließ keine aus den Augen. Die Teller durften nicht leer werden, jedenfalls jetzt noch nicht. Sie nickte ihren drei Töchtern aufmunternd zu. Mit erbarmungsloser Fürsorge konzentrierte sie sich während des ganzen Essens auf die drei Teller ihrer Töchter. Als sie ein paar gebratene Zwiebelringe entdeckte, die Senta in ihrer Not zurückgelassen hatte, sagte sie: »Senta, mach den Teller leer, morgen soll die Sonne scheinen!«

Und Senta gehorchte. Und Marie auch. Und Vera ebenfalls. Waren Schüsseln, Töpfe, Näpfe, Teller endlich leer, sagte die Mutter:

»Wenn alles aufgegessen ist, war es zu wenig. Also eßt Kinderchen, eßt, damit nichts übrig bleibt.«

Die Mutter hatte ihre eigene Logik.

Senta, Marie und Vera wehrten sich nicht. Selbst an Tagen, an denen sie nicht hungrig waren, womöglich bereits auswärts gegessen hatten, gaben sie sich Mühe, die Mutter nicht zu enttäuschen. Sie aßen. Sie aßen auf, auch wenn nichts mehr ging. Sie fürchteten Mutters Enttäuschung, sie wollten ihre Augen glühen sehen, sie suchten nach dem zarten Rosa auf ihren Wangen, wenn sie sich erregte, aus Sorge, daß es nicht reichte, sie sehnten das zufriedene Lächeln auf ihren faltigen Lippen herbei, wenn alles verspeist war:

Rosenköhlchen und Käsewähe, Rinderlende, Maultaschen und Ochsenschwanz, Enten, Gänsekeulen und Schweinebraten, Fischfilet und Kalbsnieren, Schwenkkartoffeln, Griesnocken, Reibekuchen und Wirsingkohl, Sahnehering und Kräuterkrusten, Fleischbrätfüllsel und Apfelküchlein, Hammelschlegel und Muschelsuppen, Rehrücken, grüne Soßen, weiße Soßen, braune Soßen und Blattspinat. Wenn Teller und Schüsseln leer waren und sich die Bäuche gegen den Rockbund wölbten, beschwerten sich die Stuhlbeine noch mehr, brachen schier zusammen unter der Last. Erst dann beruhigte sich die Stimmung bei Tisch, wich die rote Glut in Mutters Augen einem faden seligen Hellblau. Endlich war sie ein bißchen zufrieden und grollte dem widerspenstigen Leben nicht mehr. Ihre Töchter litten mit ihr, sie wußten, was sie durchgemacht hatte: Trennungen, jede auf eine andere Weise, durch Tod, Untreue, Langeweile und, die letzte, wegen eines Auslandaufenthalts. Die Mutter hatte an jeder Trennung schwer zu tragen. Schwerer, sagte sie immer, schwerer als andere Frauen. Die Mädchen hatten Magendrücken.

Es kam vor, daß die Schwestern satt waren und die Töpfe noch nicht ganz leer, dann erzählte die Mutter von früher, als es nichts zu essen gab, oder von der ungerechten Welt, dem unergründlichen Willen Gottes und dem Schicksal derer, die nichts zu essen haben. In solchen Momenten wich aus ihren Augen das Feuer, die Glut war Asche geworden. Sie stützte den Kopf auf und sah auf einmal grau und teilnahmslos aus. Hin und wieder sang sie mit rostiger Stimme die erste Arie aus jener Bachkantate, die sie so sehr liebte: » ... / Mein Verlangen, / Ist den Heiland zu umfangen / Und bei Christo bald zu sein.« Sie konnte diese Kantate auswendig, oft kamen ihr bei ihrem Gesang die Tränen. Die Töchter atmeten schneller, sie verdauten und taumelten hinter ihr her, wenn sie sich in ihrer Melancholie verlor.

Ihre drei Mädchen hatte die Mutter fest im Griff.

»Ihr könnt ja nichts dafür! Ihr seid jung, und ich bin alt. Ihr denkt noch nicht an den Tod. Jetzt eßt wenigstens das Fleisch auf, damit morgen schönes Wetter wird!«

Sie kratzte in den Töpfen und schlug den Schwestern Kartoffelbrei und Lauchgemüse, ein Restchen Reis, ein übriges Tomätchen, den letzten Fasanenflügel, das sitzengebliebene Knöchelchen, Soßiges, Sahniges, Sämiges auf die Teller. Ihre Augen erwärmten sich zusehends, bis schließlich Töpfe, Pfannen, Schüsseln und Teller leer waren. Sie wurde wieder munter. Ihre Töchter indes quälten sich mit ihren vollen Mägen, stöhnten leise, wischten sich Schweißperlen von der blassen Stirn und rangen nach Luft.

Zum Abschluß gab es Likör aus Rosenblättern, Holunder und Aprikosen, darauf ein Verdauungsschnäpschen ex. So wurde schneller und gründlicher verdaut und Platz geschaffen für Windbeutel und Käsesahne, Himbeerrolle und Schweineöhrchen, Bienenstich und Nougatschnitte, Donauwelle und Kirschenplunder. Alles stand schon für den Kaffee bereit. Mutters Augen funkelten wieder, kleine Flammen über den ausgemergelten Wangen. Die drei Schwestern schwitzten weiter.

So gingen die Jahre ins Land.

Die Geschichte hat längst begonnen, der Anfang nimmt immer mehr die Züge des Endes an. Mit der Zeit waren die drei Schwestern immer dicker geworden. Vera und Marie betasteten ihre voluminösen Körper, griffen sich gegenseitig in die Speckfalten, wackelten an ihren Schenkeln, bis das Fleisch träge hin- und herschaukelte, befühlten ihre Specknacken, fuhren sich sanft über die wolkigen Arme. Oft waren sie sehr traurig, manchmal weinten sie.

Und dann kam der vierte Advent, Sentas Geburtstag, an dem die drei Schwestern mit Sentas Auto nach Wien fuhren. Die Mutter hatte ihnen beim Abschied das Versprechen abgenommen, bald anzurufen, um ihr mitzuteilen, wofür sie sich nun entschieden hätten: Sollte es am Heiligen Abend Kalbszunge oder Porterhousesteak, Apfel-Truthahn oder Orangen-Ente, glasierten Gänsebraten oder gefüllten Karpfen, Kartoffelbrei oder Serviettenknödel, Bohnen, Linsen oder Wirsingkohl, Biskuitroulade oder Karamelcreme geben? In ihrer Kochschürze stand die Mutter im Schneematsch auf der Straße und winkte. Sie winkte und weinte ein bißchen und rief ihnen hinterher. »Gebt Bescheid: Kartoffelbrei oder Serviettenknödel! Denkt an die Biskuitroulade! Laßt euch die Sachertorte nicht entgehen! Bleibt gesund! Grüßt mir Wien!« Bis das Auto um die Kurve gebogen war.

Auf der Fahrt hatten es die Schwestern lustig. Die Zeit auf der Autobahn verging im Nu. In Wien trennten sich die drei nicht, obwohl jede etwas zu erledigen hatte. Sie hakten sich unter und nahmen das Trottoir ganz für sich. Und wenn ihnen jemand dumm kam, kehrten sie in das nächste Wirtshaus oder Café ein und nahmen eine Kleinigkeit zu sich. Die Ober sagten Küßdiehand, und die Salzburger Nockerln zerschmolzen ihnen auf den Zungen. Ab und an ein Wienerschnitzel mit Erdäpfeln. Den großen Braunen zur Sachertorte, den kleinen Schwarzen zum Powidldatschgerl.

In einer mittelmäßigen Pension blieben sie über Nacht. Zu dritt im Doppelzimmer war es eng, im Schlaf hielten sie einander fest, daß keine aus dem Bett fiel. In einem Modehaus kauften sie sich neue Blusen und Röcke. Für die Mutter besorgten sie eine Strickjacke zu Weihnachten. Senta ging alleine in den Stephansdom und steckte eine Kerze an. Vera und Marie saßen im Café um die Ecke und warteten. Abends tranken sie in einer Bar zusammen neun Glas roten Sekt und stießen auf Sentas zweiunddreißigsten Geburtstag an. Als sie alles erledigt hatten, fuhren sie wieder nach Hause. Am Heiligen Abend wollten sie die Mutter nicht allein lassen.

Nehmen wir uns die Freiheit und rollen wir die Geschichte von hinten her auf. Dann könnten wir sagen, die Rückfahrt von Wien sei der *eigentliche* Anfang gewesen. Eine Reise nach Wien, harmlos, vergnüglich und keineswegs von langer Hand geplant. Und doch war nach dieser in reiner Unschuld angetretenen Reise nichts mehr wie zuvor.

Auf der Rückfahrt, etwa auf der Höhe von Traunstein, legten die drei Schwestern ein Gelübde ab: *Wir nehmen ab. Wir essen nicht mehr, auch wenn Mutter es will. Wir lassen uns davon nicht abbringen, auch wenn Mutter es will. Wir schwören es.* Sie gaben sich darauf die Hand.

An der nächsten Autobahnraststätte hielten sie an, parkten den Wagen, gingen an den Getränkeautomaten und zogen sich jede eine Dose Mineralwasser. Dann fuhren sie, ohne noch einmal anzuhalten, weiter.

Heiliger Abend. Der Christbaum funkelte, die Augen der Mutter funkelten, die Fensterscheiben beschlugen, die Geschenke stapelten sich, jedes mit Liebe und Sorgfalt verpackt, unter dem Baum. Die Strickjacke lag in einer silbernen Schachtel mit großer grüner Schleife. Wie so oft, ohne Rücksicht auf das Kirchenjahr, hatte die Mutter die Tonbandkassette mit den Bachkantaten in den Recorder geschoben. Wie so oft wartete sie auf ihre Lieblingskantate »Komm, du süße Todesstunde«, obwohl sie wußte, daß sie wieder weinen würde.

Nach der Bescherung saßen die drei Mädchen wieder an Mutters Tafel. Die frisch gestärkte Damastdecke umspielte ihre Knie, rieb ein wenig an den Nylonstrümpfen, elektrisierte die feinen Härchen auf der Haut. Die Kerzen flackerten, Wachstropfen fielen schwer auf die reine Decke. Der Raum war erfüllt von der herrlichen Alt-Stimme: »Mache meinen Abschied süße, / Säume nicht, / Letztes Licht, / Daß ich meinen Heiland küsse.« Der Tisch war mit Tannenzweigen und silbernem Lametta geschmückt, festlich gedeckt mit Großmutters feinem Geschirr. Das Brot lag aufgeschnitten im Körbchen, Suppenkelle und Untersetzer warteten schon auf ihren Einsatz, Töpfe und Schüsseln standen auf der Wärmeplatte. Salz und Pfeffer. Mutters Augen glühten ohne Erbarmen. Vera und Senta und Marie saßen ganz still. Keine reichte ihren Teller.

»Na, was ist? Leberknödelsuppe!«

Die Schwestern saßen regungslos. Die Mutter erhob sich und schöpfte Senta auf. Sie ging um den Tisch herum, bediente Vera von links hinten, Maria von rechts hinten mit ihrer Suppe. Die Brühe dampfte bernsteinfarben in den Tellern. In der Küche grunzte die gefüllte Gans im Ofenrohr. Die Mutter setzte sich auf ihren Platz, blickte hilflos lächelnd in die Runde.

»Na, was ist denn?«

Die grünen Augen suchten die braunen. Die braunen fanden die grünen. Der rote Mund im blassen Gesicht nahm wortlos Verbindung auf. Die goldene Suppe dampfte. Um die Gans im Ofenrohr war es still geworden. Die flauti dolci und die violini jubilierten, der Basso continuo hielt dagegen.

Vera stand auf, stellte sich hinter den Stuhl der Mutter, nahm ganz sachte deren Arme, drehte sie nach hinten und hielt sie fest, trotz des leisen Knackens der Gelenke. Und während im Accompagnato-Rezitativ die erste Flöte in Es das Totenglöcklein läutete, gefolgt vom großen Geläut in zweiter Flöte und dem Pizzikato der Streicher in C, nahm Marie mit der Rechten einen Leberknödel vom Teller, faßte mit der Linken die Mutter zärtlich am Kinn, zog den Kopf fest an sich, drückte gegen die hohlen Wangen, so daß der Mund sich öffnete. Behutsam drückte sie den Knödel in die geöffnete Höhle, erstickte den Schrei, schob rasch einen zweiten hinterher. Mutters grauer Blick suchte das Weite. Aus ihren Nasenlöchern entwich die Luft stoßweise.

Und nun folgten alle Kalbszungen, Maultaschen, Grieß-nocken, die Schweinebraten samt ihrer Kräuterkruste, Sahnheringe und Fleischbrätfüllsel, Soßen, helle, dunkle, bleiche, Ochsenschwänze und Muschelsuppen, Apfel-küchlein, zimten und fein, Hammelschlägel und Rinder-lenden, die rosigsten Himbeerrollen folgten in Windeseile den Entenflügeln samt Schweineöhrchen, Rosenköhlchen und Grilltomätchen, Knöchelchen, Klößchen, Bällchen, Weißbrotscheiben, Reibekuchen Blattspinat. Alles, alles stopften die Mädchen der Mutter in den Schlund zurück. Senta drückte den sich aufbäumenden Körper zurück in den Stuhl, Marie tupfte Soßenreste mit der Serviette ab, Vera spürte keinen Widerstand, die Gelenke knackten nicht mehr. Der Choral war fast am Ende: » ... / Und leben ohne Not / in himmlischer Freud und Wonne. / Was schadt mir denn der Tod?«

Die Mutter war nicht allein, als sie starb. Ihre Mädchen waren bei ihr. Die eine schloß ihr die Augen, die zweite faltete die Hände, die dritte sprach ein kurzes Gebet.

Thai-Curry

Karl Hartmann, seines Zeichens Studienrat für Deutsch, Latein und Ethik, 47 Jahre alt, verheiratet, zwei Kinder, hatte beim vorweihnachtlichen Einkauf bei »Penny« eine Flasche Sekt mitgenommen, die er jetzt auf den Küchenbalkon in den Schnee stellte. Als Überraschungsnachtisch. Zur Feier des Tages. Immerhin war heute der vierte Advent. Und morgen schon Heiliger Abend. Dann begann er mit dem Kochen. Er tat das gern, besonders an Wochenenden und am liebsten thailändisch. Der Tochter Susanne, 15, war das zwar oft zu scharf, der Ehefrau Brigitte (eben 40 geworden) auch, aber dem zwölfjährigen Malte schmeckte es prächtig. Ihm konnte es, wie dem Vater, nicht scharf genug sein.

Karl Hartmann schälte und zerteilte eine Zwiebel, warf sie in die Pfanne und gab, als sie glasig war, einen Eßlöffel Curry dazu. Rührte das Ganze mit zwei flachen Kochlöffeln durch, gab Putenfleisch hinein, kleingeschnitten und mariniert. Das Reiswasser brodelte auf. Karl Hartmann stellte die Kochplatte auf 1, jetzt brauchte der Reis noch genau zehn Minuten, hundertmal erprobt, todsicheres Rezept. Karl Hartmann zerkleinerte Austernpilze, wusch Lauchzwiebeln unter fließendem Wasser, zerhackte sie schnell und geübt, tat beides in die Pfanne, löschte das Gericht mit einem Schuß Sojasoße ab. Es zischte ordentlich und duftete fein. Karl Hartmanns Glatze war mit Schweißperlen bedeckt. Seine Brillengläser beschlugen. Er wischte sich den Kopf mit einem Geschirrtuch. Ehefrau und Tochter sahen das ungern, aber er war allein in der Küche. Er hob den Reistopf hoch und hielt ihn schräg. Kein Wasser zu sehen. Das Essen war fertig.

»Susanne, ist der Tisch gedeckt?« rief er aus der Küche. »Susanne!!!«

Immer das gleiche. Keine Zusammenarbeit. Karl Hartmann stellte den Reis auf Null, das Pfannengericht auf die unterste Stufe und lief zu Susannes Zimmer. Durch die Tür drang Musik. Susanne lag bäuchlings auf dem Bett, lesend, und bewegte die angewinkelten Beine im Rhythmus der Musik.

»Susanne, du hast den Tisch noch nicht gedeckt!«

»Ich komme«, sagte Susanne, ohne vom Buch aufzusehen.

»Wie bitte?«

»ICH KOMME!«

»Ja, aber bitte gleich. Man muß schreien gegen diese Musik.«

Malte kam aus seinem Zimmer. Er hatte rote Haare und Sommersprossen. »Ich helf dir, Vati«, rief er und lief voraus ins Eßzimmer. Als Karl Hartmann hinzukam, legte er bereits die Platzmatten aus. Karl Hartmann sah Tintenflecken an Zeige- und Mittelfingern der rechten Hand des Sohnes. Sein Herz krampfte sich zusammen. So gutherzig und offen, dieser Junge. Und so einfältig. Hoffentlich wird der dem Leben einmal gewachsen sein. Malte zündete die Honigkerzen am Adventskranz an.

»ESSEN KOMMEN! Malte, hol doch mal die Mutter...«

Karl Hartmann füllte Thai-Curry und Reis in Schüsseln. Das Gericht war ihm mal wieder gelungen. Perfekt sozusagen.

»Was gibt's zu essen?« fragte Susanne, ins Zimmer tretend. Sie trug weiße Leggings und ein dunkelblaues T-shirt. Hager von Gestalt wie der Vater, auch die Mundpartie unverkennbar. Die blonden Haare straff zurückgekämmt, Pferdeschwanz.

»Thai-Curry«, sagte Malte.

»Hoffentlich nicht wieder so scharf«, sagte Susanne und verzog das Gesicht. »Wo ist Mama?«

»Sie kommt gleich.«

»Wir setzen uns schon mal«, sagte Karl Hartmann.

»Die Hauptperson tritt immer zuletzt auf. Die Indianer schuften derweil. Kommt sie oder nicht?«

Sie kam.

Brigitte Hartmann. Von ihren Freundinnen Biggi genannt. Die schöne Brigitte. Strahlend, aufrecht, blond. Breit gebaut mit schweren Brüsten. Glatte Hände mit festen, mattlackierten Fingernägeln. Hellblaue Augen, volle Lippen. Immer elegant. Heute trug sie über dem Pullover einen Ledergürtel mit einer breiten Schnalle, locker, so daß er auf den Hüften aufsaß, dazu einen weiten, mehrfarbigen Rock aus weichem Stoff und Schnürstiefel bis über die Knöchel. Alle schwärmten für Brigitte. Sie war immer der Mittelpunkt.

»Was gibt's denn?« fragte sie und lächelte.

»Laß dich überraschen«, sagte ihr Mann, aber da hatte Brigitte den Deckel der Schüssel schon abgenommen. »Ach Liebling, *NICHT SCHON WIEDER*!« rief sie, »du *WEISST* doch, daß ich das nicht mag.«

»Was?« fragte ihr Mann, »du mochtest es doch sonst ganz gern?«

»Aber doch nicht so oft! Mein Gott, das ist immer so scharf, ich vertrage das nicht, begreif das doch mal! Und was ist hier drin? Sicher Reis. Wenigstens kann ich davon etwas essen …«

»Toll«, rief Karl Hartmann. »Entschuldige, daß ich mir die Mühe gemacht habe. Probier doch erst mal. Es ist gar nicht scharf.«

»Du kochst *IMMER* zu scharf«, ließ sich Susanne vernehmen.

»Also, macht was ihr wollt. Ich gehe spazieren, mir ist der Appetit vergangen.«

»Mein Gott, Karl, sei doch nicht kindisch! Susanne und ich essen Reis, da ist doch nichts dabei. Da braucht man doch nicht gleich *BELEIDIGT* zu sein!«

Karl Hartmann legte die Arme auf den Tisch und senkte sein Gesicht auf den leeren Teller. Wie lange konnte er durchhalten? Warum hatte er bloß diesen verdammten Thai-Curry gekocht? Fischstäbchen! Das wäre besser gewesen.

»Vati, es tropft von deiner Glatze«, hörte er Susannes Stimme.

»Also, wir essen jetzt«, sagte Brigitte. »Lass ihn schmollen, wenn er will.«

»Ich esse Curry gern«, sagte Malte.

»Dann ist doch alles gut«, sagte seine Mutter.

Karl Hartmann hob den Kopf und stand auf, ohne jemanden anzusehen. Er ging ins Bad, wischte sich die Glatze mit dem Handtuch, wusch sich das Gesicht mit kaltem Wasser, spülte den Mund aus. Im Spiegel blickte ihm sein kantiges Gesicht entgegen. Er brachte es nah ans Glas, sah graue Bartstoppeln und Haare, die unterhalb der Glatze abstanden und drohten, über die Ohren zu wachsen. Nicht mal zum Friseur konnte er sich aufraffen. »Ich *HASSE* dich«, sagte er zu dem Gesicht im Spiegel und knipste das Licht aus. Vor dem Eßzimmer blieb er einen Moment stehen und schloß die Augen. Dann ging er ruhig hinein.

Brigitte und Susanne aßen Reis und kleingeschnittenen Chicoree. Auf dem Tisch stand eine Flasche mit Maggi und eine mit mit italienischer Fertig-Salatsoße. Malte mampfte Curry. Niemand sagte etwas. Die Honigkerzen dufteten.

Karl Hartmann tat sich Reis und Curry auf und vermischte beides auf dem Teller. Das Essen war nicht mehr heiß, aber schmeckte ausgezeichnet. Wenn nur alles im Leben so einfach wäre wie Kochen, dachte er.

»Na, schmeckt euch die Fastenspeise?«

Die Frauen schwiegen.

»Was ich esse, schmeckt hervorragend und übrigens kein bißchen scharf. Soll auch gesund sein, die asiatische Küche, aber wie ihr wollt. Um ein langes Leben braucht ihr ja nicht zu bangen – ich sterbe sowieso als erster, und dann seid ihr alle Sorgen los.«

Die Frauen schwiegen weiter.

»Mir schmeckt es prima«, sagte Malte. »Was gibt's übrigens am Heiligen Abend? Das ist doch schon morgen!«

Die Worte trafen Karl Hartmann wie ein Schlag, doppelt stark wegen ihrer Harmlosigkeit. Denn vor ein paar Tagen hatte Brigitte ihm eröffnet, daß sie nach Weihnachten zum Skifahren nach Kitzbühl fahren würde – mit ihrem Freund, den sie ihm gegenüber nicht mehr verheimlichte. Der hatte dort eine Hütte aufgetan. Den Kindern würde man sagen, daß sie mit Kolleginnen aus der Schule verreise. Hartmann wußte seit etwa einem halben Jahr von ihrer Beziehung. Er hatte den Mann auch einmal gesehen, an einem Samstagvormittag vor dem Baumarkt. »Das ist Marco«, hatte sie ihn vorgestellt, »kein Italiener, obwohl er so aussieht.« »Hallo Karl«, hatte Marco gesagt und ihm die Hand hingestreckt und er, Karl Hartmann, der Jugendliche in Ethik unterrichtete, hatte sie ergriffen, knapp, aber doch.

Karl Hartmann fühlte, daß er sich einer Grenze näherte. Etwas in ihm warnte ihn, sie zu überschreiten. Beschütze deine Kinder, schoß es ihm durch den Kopf.

»Stimmt, Malte«, hörte er sich sagen, »morgen ist es so weit. Aber bevor wir Pläne machen, sollten wir vielleicht deine Mutter fragen, was sie vorhat.«

»Wieso, Mama? Was soll das heißen?«

»Das frage ich mich auch«, sagte Brigitte Hartmann kühl. »Kann es sein, daß deinem Vater die Aufregung zu Kopf gestiegen ist? Wir werden Heiligabend feiern wie jedes Jahr.«

»Und dann?« fragte ihr Mann wider besseres Wissen.

»Dann werde ich drei Tage mit meinen Kolleginnen verreisen, wie ich dir, und ich glaube auch Susanne, schon gesagt habe. Mutti will einmal ausspannen, Malte, und das kann man am besten mit Frauen. Wir fahren ins Gebirge zum Wandern. Drei Tage, was ist das schon? Silvester bin ich wieder da. Du kannst also deine Essenswünsche ruhig vorbringen.«

»Reiberdatschi«, sagte Malte.

»Von mir aus genehmigt«, sagte die Mutter. »Seid ihr einverstanden?«

Sie schaute lächelnd in die Runde.

»Von mir aus auch«, sagte Susanne ohne Begeisterung. Hartmann betrachtete seinen abgegessenen Teller. Er fühlte Röte im Gesicht und glaubte, dem Blick seiner Frau nicht standhalten zu können. »Dir werden sie auch schmecken, mein Lieber«, sagte Brigitte nicht unfreundlich und legte ihm die Hand auf den Arm. »Susanne, erzähl doch mal, was mit Gudrun los ist. Ist die immer noch krank?«

Hartmann hörte es von Ferne. Er versank in Gedanken. Sie hat einen Freund, dachte er. Na und? Muß man deshalb die Familie zerstören? Ich könnte den Sekt vom Balkon holen, der ist bestimmt schön kalt. Wir würden uns zuprosten, Malte würde auch ein Gläschen bekommen, die Stimmung wäre gerettet. Wir würden vielleicht ein bißchen Fernsehen, und ich wäre der *KLÜGERE*. Aber ich *BIN* nicht der Klügere! Die Performance, die sie eben hingelegt hat, würde mir *NIE* und *NIMMER* gelingen. Unterlegen bis in den Tod. Gehörnt in alle Ewigkeit. Jeder anständige Mann würde sich scheiden lassen. Ich kann es nicht. Scheiße, Scheiße, Scheiße.

»Es ist nicht so«, hörte er sich sagen. Die Worte kamen so unvermittelt und zusammenhanglos, daß alle aufblickten.

»Was ist nicht so?« fragte Susanne.

»Bist du übergeschnappt?« fragte Brigitte.

»Was meinst du, Vati?« fragte Malte.

»Ich meine genau, was ich sage: Es ist nicht so. Eure Mutter fährt zwar weg, auch für drei Tage, auch ins Gebirge, aber nicht mit ihren Kolleginnen, und darauf kommt es an, mir jedenfalls ...«

»Karl, ich warne dich!« rief Brigitte.

»Tu, was du willst. Aber was ich jetzt sage, wirst du anhören müssen.« Mit einem Satz sprang er auf. Sein Stuhl kippte nach hinten. Er stellte sich vor die Tür zum Korridor und hielt mit der linken Hand die Klinke fest. Malte schaute ihn ohne jede Regung an, Susanne hatte vor Schreck beide Hände an den Kopf gelegt. Brigittes Gesichtsausdruck war kühl und beherrscht. Um Mund und Augen spielte ein ironisches Lächeln.

»Wie gesagt«, fuhr Hartmann fort, »Brigitte fährt nicht mit Kolleginnen fort, sondern mit einem Mann. Er heißt Marco, der Nachname ist mir unbekannt, er ist auch, so viel ich weiß, kein Kollege. Eure Mutter bezeichnet ihn als Freund. Auch die Bezeichnung Geliebter wäre zutreffend, Lover, Boyfriend, wie ihr wollt. In jedem Fall ein Mann, den sie mehr liebt als euren Vater und dem sie mehr gibt als ihm. Nämlich sich selbst, ihre Gefühle, ihre Zuneigung, ihre Liebe, Treue, Loyalität und, ja, auch ihren Körper, der hier vor euch steht, den ich so geliebt habe, und immer noch liebe, aber für den ich anscheinend nicht mehr gut genug bin. Das ist die traurige Wahrheit und *LEIDER, LEIDER, LEIDER* bin ich nicht übergeschnappt!« Die letzten Worte schrie er heraus. Er hatte eine starke Stimme. Er konnte, wenn er wollte, den ganzen Pausenhof füllen. Spätestens jetzt hörten die Nachbarn mit.

Karl Hartmann ließ die Klinke los und riß mit beiden Händen sein Oberhemd auseinander. Die Knöpfe sprangen ab. Mit einem Ruck zerfetzte er sein Unterhemd. »Scheiße!« schrie er und rannte in die Küche. Geschirr krachte zu Boden. Er ergriff die Pfanne und haute sie auf die Herdplatte. Der Griff knickte ab wie ein Zündholz. Er hebelte die Balkontür hoch, rutschte aus und flog in den Schnee. Er kroch vorwärts, ertastete die eiskalte Sektflasche, zog sich am Balkongitter hoch. Auf dem Weg ins Esszimmer kam ihm Brigitte entgegen. Karl Hartmann holte mit der Flasche zum Schlag aus, traf seine Frau hart an der Schläfe.

»*VATI*«, kreischte Susanne. Malte versuchte, ihn von der

Mutter wegzuziehen. Hartmann schlug zum zweitenmal zu. Brigitte ging zu Boden.

An der Tür läutete es Sturm, jemand trommelte mit Fäusten gegen das Holz und schrie »Aufmachen!«

»Kinder, helft mir!« schrie Hartmann und stürzte zur Wohnungstür. Er stieß die Nachbarn zur Seite und lief auf die menschenleere Straße. Hier stand sein Auto, von Schnee befreit, weil er vor zwei Stunden einkaufen gewesen war. Den Schlüssel hatte er in der Hosentasche. Der Wagen sprang sofort an und schlingerte ein wenig, als er mit heulendem Motor auf die Kreuzung zuraste und mit voller Fahrt in die Seite eines von rechts kommenden Autos krachte. Er wachte erst im Krankenhaus auf.

So geschehen am vierten Advent des Jahres 2001 in einer Allgäuer Kleinstadt. Heute, fast genau ein Jahr später, soll das Urteil verkündet werden. Die Klage lautet auf Totschlag, versuchten Totschlag und schwere Körperverletzung in mehreren Fällen. Die Kinder Susanne und Malte treten als Nebenkläger auf. Brigitte Hartmann war noch auf dem Weg ins Krankenhaus einer Gehirnblutung erlegen. Der Fahrer des von rechts kommenden Autos, seine Ehefrau und eine Begleiterin erlitten schwere Verletzungen. Karl Hartmann zog sich bei dem Unfall Schnitte am Kopf zu. Er ist seither auf einem Auge blind.

Zeichen und Wunder

HENRI BOSCO
In der Weihnachtsnacht

*Hommage an die ›Ziege des Monsieur Seguin‹ von
Alphonse Daudet*

Die Zelte waren in einer geschützten Mulde am Fuß des
wilden Lubéron-Gebirges aufgestellt. Das Lagerfeuer lo-
derte mit gemächlich züngelnder Flamme. Ein gutes Ei-
chenfeuer. Wir wärmten uns.

Über uns ein ragte ein Steilhang. Der ganze Himmel
funkelte, im Westen, Osten, Norden und Süden; es regnete
Sterne ...

Wir betrachteten den Himmel. In einer Stunde würden
wir zur Christmette aufbrechen, drunten in Lourmarin.
Wir erzählten einander Geschichten. Jeder seine ganz eigene.

Nur einer hatte noch nicht gesprochen, Vincent.

Jetzt erhob er sich und berichtete:

Die Geschichte hat sich letzte Nacht ereignet. Ich hatte schon eine ganze Weile geschlafen, als ich in einem Wald erwachte. Um mich herum alte Pinien, Kastanienbäume, goldene Ginsterbüsche, ein wunderbarer Rasen, Glockenblumen, Fingerhut, Wildblumen aller Art...

»Seltsam«, sagte ich zu mir, »mir ist, als sei ich schon einmal in diesem Wald gewesen.«

In diesem Augenblick tauchte zwischen den Bäumen eine kleine weiße Ziege auf. Sie machte einige Sprünge, dann wälzte sie sich lustvoll im Gras. Es war eine sehr hübsche kleine Ziege. Sie kam näher, und mein Erstaunen wurde immer größer, denn ich glaubte, sie wiederzuerkennen: »Wo hab ich nur diese sanften Augen gesehen, das Unteroffiziersbärtchen, die schwarzen Hufe, die geringelten Hörner und den weißen Umhang aus Fell?«

Die Ziege beobachtete mich. Sie erriet meine Gefühle. Und so begann sie mit stolz erhobenem Kinnbärtchen wie unsresgleichen zu sprechen: »Sie fragen sich, wer ich bin, nicht wahr?« begann sie.

»Ganz richtig, denn ich bin ganz sicher, daß ich Sie schon einmal gesehen habe. Aber wo nur? Das weiß vielleicht nur Gott allein...«

Sie schaute mich mitleidig an: »Dabei bin ich eine berühmte Ziege: man nennt mich Blanquette.«

»Es gibt viele Blanquettes, mein Fräulein.«

»Nein, so ein Ignorant!« schrie sie auf. »Ja, lesen Sie denn nicht? Ich habe eine Geschichte, eine wunderbare Geschichte, die um die ganze Welt geht. Sagt Ihnen das gar nichts?«

Da ich immer noch schwieg, fügte sie hinzu: »Weil man Ihnen schon alles sagen muß: ich bin die Ziege des Monsieur Seguin.« Sie senkte die Augen mit gespielter Bescheidenheit.

»Ist das die Möglichkeit?« rief ich entzückt. »Ja, jetzt erkenne ich Sie ... diese Hörner, diese Schnauze, die zierlichen Hufe! ... Entschuldigen Sie meine Begriffsstutzigkeit ... Wie hätte ich auf die Idee kommen sollen, Sie in diesem Wald zu treffen? ... Ich glaubte doch, daß der Wolf Sie gefressen hat.«

Sie seufzte: »Schon wieder einer! Ich hätte diesem Dichter ganz entschieden nicht trauen dürfen.«

Ich war außerordentlich bewegt: »Mit wem habe ich nun eigentlich die Ehre?« fragte ich sie. »Mit Ihnen oder mit Ihrer Seele?«

»Mit mir, mein junger Freund, mit mir persönlich. Ich bin quicklebendig, der Wolf hat mich nicht gefressen. Aber das ist eine so unerhörte Geschichte, daß keiner, dem ich sie erzähle, mir glauben will.«

»Ich werde Ihnen glauben«, sagte ich.

Da holte sie tief Luft und erzählte mir folgende Geschichte: »Zugegeben, wenn der Wolf mich auch nicht gefressen hat, so war es doch knapp davor. Ich war erschöpft von den Verletzungen und den Strapazen eines Kampfes, der die ganze Nacht gedauert hatte, und beinahe wäre ich von meinem entsetzlichen Feind totgebissen worden, als sich plötzlich ein Busch bewegte und Donner, Blitz und Schwefeldampf mich blind und taub machten. Ich sah den Wolf auf der Stelle tot umfallen, alle vier Pfoten in der Luft und mit heraushängender Zunge; aber meine Erregung war so groß, daß ich es gar nicht genauer wissen wollte, und ich sagte mir: ›Das ist eine Einbildung. Du bist tot. Schließ die Augen und halt dich still.‹ Ich schloß die Augen und hielt still.

Da kam einer, packte mich und trug mich fort. Die Wanderung dauerte lange. Der Mann (es war sicher ein Mann, denn er roch nach Tabak) ging sehr vorsichtig, um meine Verletzungen nicht zu verschlimmern. Ich hörte ihn von Zeit zu Zeit löblicherweise mit innigem Mitleid murmeln: ›Armes Zicklein! Es ist ja regelrecht in Stücke gerissen.‹ Und obwohl es mich schmerzlich berührte, daß er mich so vertraulich als Zicklein ansprach, muß ich zugeben, daß mich sein Mitleid zutiefst rührte. Er hatte eine so schöne Stimme...

Ich begriff, daß wir wieder den Berg hinunterstiegen und bei Monsieur Seguin ankamen. Rasch erkannte ich seinen Geruch, atmete ihn mit Wonne ein, allerdings nicht ohne eine gewisse Unruhe wegen der Vorwürfe, die mir der gute Mann notgedrungen machen würde. Mir graut vor Vorwürfen, wie allen Ziegen, die diesen Namen verdienen. Und unglücklicherweise verbringt Monsieur Seguin, ansonsten gutmütig und aufmerksam wie alle Liebenden, drei Viertel seiner Zeit mit Genörgle um nichts.

Aber ich kannte sein Herz schlecht.

Kaum hatte er mich wiedergesehen, brach er in Tränen aus: ›Mein Goldstück, mein Schatz, meine kostbare Perle!‹ stöhnte er, entsetzt und entzückt in einem, und als ich ihn so gerührt sah, war auch ich erschüttert, obwohl ich nicht ungern vernahm, wie sehr man mich bedauerte, und mit Freude spürte, daß man mich umso mehr liebte. Indessen hielt ich die Augen weiterhin geschlossen, ich wußte ja inzwischen, daß ich nicht tot war, aber ich legte Wert darauf, den Kummer und die Klagen meines Herrn noch ein wenig zu verlängern, die meiner Selbstachtung so angenehm schmeichelten. (Sie werden sehen, daß der liebe Gott mich für diese Hinterlist rasch bestrafte.)

Es war übrigens schon eine Leistung, mich nicht umzusehen, denn ich brannte vor Begierde, meinen Retter kennenzulernen. Er sagte nichts, was mich ein wenig erstaunte. Vergeblich überschüttete ihn Monsieur Seguin mit den schmeichelhaftesten Worten, er schwieg. Neugierig geworden, warf ich ihm einen verstohlenen Blick zu. Da sah ich einen Mann mit starkem Bart, schwarzen, langen Locken und einem durchgeistigten Gesicht. Er machte einen sehr sanften Eindruck, und während ich ihn flüchtig ansah, inspizierte er mich wohlwollend. Wenig später ging er weg.

Nachdem Monsieur Seguin bis zum Abend seine Pflegekünste an mich verschwendet hatte, ließ ich ihn schließlich wissen, daß ich ins Leben zurückkehrte. Sowie er das merkte, rief er: ›Gott sei's gelobt!‹ und streichelte zärtlich mein Kinn.

›Wer ist‹, fragte ich mit leidender Stimme, ›dieser dunkelhaarige Mann, der mich gerettet hat?‹

›Das ist ein Dichter‹, antwortete mir Monsieur Seguin.

Ich hatte noch nie einen Dichter gesehen.

›Er wohnt in einer Mühle‹, setzte mein Herr hinzu. ›Das ist eine abwegige Idee; aber die Dichter sind alle so. Sie leben nicht wie jedermann! Dieser Dichter hat eben seine besondere Freude am Zirpen der Grillen.‹

Wir sprachen von etwas anderem. Ich war sehr lieb und versprach Monsieur Seguin unter heiligen Eiden, von nun an brav, vernünftig und gehorsam zu sein.

Und er glaubte mir; er wollte mir ja so gern glauben.

Wenige Tage später war ich wieder auf den Beinen.

Meine erstes Bestreben war, zur Mühle zu laufen, um den Dichter wiederzusehen. Aber er war ohne Vorwarnung abgereist und hinterließ in seinem Haus nur eine magere, verdrießliche Katze und einen alten Uhu mit Denkerkopf.

Enttäuscht kehrte ich zu Monsieur Seguin zurück; aber ich verhielt mich weiterhin brav. Mein Verhältnis zu meinem Herrn blieb hervorragend. Er liebte mich, und ich ließ mich lieben. Alles lief bestens.

Aber eines Morgens, als er gerade seine Zeitung las, sah ich, wie er kreidebleich aufsprang, das gräßliche Blatt von sich schleuderte und mit weit geöffneten Armen und verstörtem Blick auf mich zulief, so daß ich vor Angst beinahe in die Berge geflohen wäre.

›Der Elende! Der Elende!‹ stöhnte Monsieur Seguin.

›Was für ein Elender?‹ fragte ich.

›Natürlich dieser Dichter, bei Gott, dieser falsche Müller! Der Mann, der den Wolf getötet hat.‹

›Aber er war doch so schön und so sympathisch‹, antwortete ich.

›Ach, wirklich?‹ schrie Monsieur Seguin, außer sich. ›Na, dann hör mir mal zu!‹

Er nahm die Zeitung wieder auf, setzte sich die Brille auf seine lange Nase und las mir, mit vor Wut zitternder Stimme (der bedauernswerte Monsieur Seguin verstand sich nicht auf Wutanfälle, er geriet dabei ins Stottern) meine Geschichte vor, von vorne bis hinten, so wie Ihr sie selbst lesen konntet, in jenen ›Lettres de mon Moulin‹, die, wie man mir sagte, um die ganze Welt gegangen sind. ›Und am Ende, hat sie der Wolf gefressen‹, versicherte der Dichter. Er hatte mich ganz einfach getötet, er, mein Retter! …

Einen Monat später hielt mich die ganze Provence für tot. Monsieur Seguin war darüber so traurig, daß er bettlägrig wurde, und in weniger als einer Woche verließ er diese Erde, was mir großen Kummer bereitete, denn er war ein guter Herr, der es sehr wohl verdiente, eine Ziege wie mich zu besitzen.

Er wollte in meinem Gehege, nahe beim Stall, begraben werden. Aber da der Ärmste keine Erben hatte, ist sein kleines Gütchen an niemanden gekommen; und so ist es der Verwahrlosung preisgegeben. Das Gehege, der Stall und das Haus verfallen allmählich. Es ist eine Schande! …

Was mich angeht, bin ich, wie Sie sehen, traurig und berühmt, leider hilft das Berühmtsein nicht gegen meine Traurigkeit. Oft ist mir das Herz sehr schwer. Und wenn es allzu schwer wird in meiner Brust, dann komme ich in diesen Wald zurück und fresse ein wenig Gras. Hier hätte ich sterben sollen. Dann wäre der gute Monsieur Seguin noch am Leben …«

»Und der Wolf?« fragte ich.

»Es gibt keinen Wolf mehr«, antwortete sie. »Der Wolf, der mich beinahe gefressen hätte, war der letzte. Das ist schade! Ein richtiger Wald, ein Wald, der auf sich hält, braucht einen Wolf. Seit dieser Wolf tot ist, ist unser Wald ziemlich banal geworden. Bäume, nichts als Bäume … Man hat ja gar keine Lust mehr hinzugehen …«

Die Nacht brach herein. Plötzlich sprang die Ziege auf: »Hören Sie?« fragte sie mich.

Ich hörte nichts. Da schrie sie verzweifelt auf: »Aber hören Sie doch die Trompete, die Trompete, drunten im Tal...«

Vergeblich spitzte ich die Ohren.

»Was für eine Trompete, Blanquette?«

»Die Trompete von Monsieur Seguin, mein Gott! Hören Sie doch nur! Hören Sie!«

Mit einem Sprung war sie beim Pfad und machte sich unverzüglich auf den Weg ins Tal. Im Gebüsch verlor sie sich aus meinen Augen. Ich blieb allein im Wald zurück. Es wurde Nacht, so dunkle Nacht, daß meine Seele sich ein wenig verwirrte.

»Und wenn der Wolf nun doch nicht tot ist?« dachte ich.

Da hörte ich, von weit, sehr weit her, aus der Ebene herauf, den Ruf einer Hirtentrompete. Und ich sagte mir: »Das ist Monsieur Seguin, der jetzt auch mich ruft, so wie er Blanquette gerufen hat. Wahrscheinlich ist es im Wald nicht geheuer...«

Ich schlug nun meinerseits den Pfad ein, und ganz plötzlich war ich so leicht geworden, daß ich auf einem Mondenstrahl vom Bergesgipfel herabglitt, bis ich auf die andere Seite des Schlafs wechselte, und da verlor ich nach und nach den Faden meines Traums...

Das Lagerfeuer flackerte immer noch, wie ein Stern. Aus dem Dorf stieg der anmutige Ruf der Weihnachtsglocken herauf. Wir erhoben uns. Die Wege waren hart, die Luft frisch, die Seele bereit für Wunder.

Die Christmette war stimmungsvoll, vertraut, und jeder träumte dabei vom Paradies: einem guten ländlichen Paradies mit Gärten, Kindern und Hirten-Engeln, die eine Ziegenherde begleiten.

SOTI TRIANTAFILLOU

Das Weihnachtswunder – eine beinahe wahre Geschichte

Es war Heiligabend 1899, als das Schicksal des Dichters Alexander Koromilas besiegelt wurde. Den ganzen Tag schon wurde in Athen gefeiert, Straßenhändler verkauften Konfetti, und in der Ermoustraße kauften die Leute Süßigkeiten und Spielzeug. Alexander, von Natur aus melancholisch, hatte sein kurzes Leben mit Gedichten von Novalis und düsteren Nachtgedanken verbracht: jetzt ließ ihn die allgemeine Feststimmung an Selbstmord denken. Unter seinem Fenster, von dem er auf die Kapnikarea hinaussah, wogte eine einfältige, fröhliche Menschenmenge, die an roten Lutschern in Hahnengestalt lutschte und mit teuflisch lauten Tröten provozierende Geräusche erzeugte. Alexander hätte Weihnachten lieber weit weg von Athen verbracht, wenn ihm nicht vor der Reise mit Eisenbahn oder Kutsche gegraut hätte. In den Verkehrsmitteln drängte sich der Pöbel, übelriechende, lärmige Athener Familien, die ihm neben den Selbstmordgedanken auch noch unerträgliche Kopfschmerzen bereiteten. So blieb er in der Stadt, mürrisch und Tod oder Erlösung erwartend.

Während er so darüber nachdachte, wieviele großartige Dichter ihrem Leben selbst ein Ende gesetzt hatten, sei es aus Überdruß oder aus Abscheu vor der törichten und oberflächlichen Welt, ging Alexander nach draußen, um einen neuen Hut zu kaufen. Den würde er auf jeden Fall brauchen: sollte er sich umbringen – mit dem Dolch wie Heinrich von Kleist oder mit der Pistole wie Werther – so müßte er immerhin tadellos gekleidet sein und außer einem geistreichen Abschiedsbrief einen präsentablen Leichnam hinterlassen. Sollte er sich nicht umbringen, hatte er auf dem Ball von Herrn und Frau Pomoni zu erscheinen: Er konnte die Einladung nicht ablehnen; die Familie Pomoni hatte das bekannteste Juweliergeschäft in der Ermoustraße, belieferte den königlichen Hof und war sehr interessiert am Umgang mit Künstlern und Dichtern. Sie luden ihn jedes Jahr ein, und alle Jahre wieder ging er hin, sobald er seinen Drang nach Selbstauslöschung überwunden hatte. Der neue Hut war eine conditio sine qua non, und so begab sich Alexander auf einen Schaufensterbummel in der Aioloustraße. Im Geschäft des Kiriakos Goutakis sah er mit Abscheu wollene Unterhemden hängen, Unterhosen und grobe Kniestrümpfe, Gummigaloschen, karierte Decken und Krawatten mit dem gleichen Karo in kleiner, also kleinkariert. Ein Stück weiter fiel sein Blick im Schaufenster eines Buch- und Schreibwarenladens auf das neue Werk des Satirikers Georgios Souris mit dem Titel ›Tagebuch eines Griechen‹. Alexander fand, daß es sich nicht lohne, in einer Welt zu leben, die man mit Herrn Souris teilen mußte, der komische kleine Gedichte mit Reimen folgender Machart schmiedete: Messer – Fresser, Schuft – Blumenduft, Mund – Schlund, rein – Dreckschwein, Arschbacke – Jacke. Einen Augenblick lang trug er sich mit dem Gedanken, nach Hause zurückzukehren und mit dem alten Hut auf dem Kopf seinem Leben ein Ende zu setzen, allein deshalb, weil Souris schrieb, was er eben so schrieb. »Schunddichter haben Schweinegesichter«, reimte er seinerseits. Dann besann er sich wieder und ging weiter: er mußte doch einen neuen Hut kaufen.

Alexander Koromilas war neunundzwanzig Jahre alt, Einzelkind und endlich inzwischen elternlos. Sein Vater, Offizier und Adjutant König Georgs, wurde 1894 durch einen Hufschlag getötet – die Mutter, die zwanzig Jahre lang als Pianistin an der Musikhochschule in Athen gewirkt hatte, starb 1896 an Typhus. Es waren keine tragischen Todesfälle: beide waren überraschend dahingeschieden. Nach Alexanders Ansicht war Oberst Koromilas ein subalterner Höfling gewesen, ein kriecherischer Untergebener der Königin Olga und dazu noch ein stümperhafter

Reiter (deshalb auch der tödliche Pferdetritt); während Frau Koromilas, geborene Bafa, (wiederum nach Alexanders Meinung) ihr nobles Instrument ganz entsetzlich malträtiert hatte, obgleich sie das Mazurkaspielen virtuos beherrschte. Vielleicht war sie untalentiert, vielleicht hatte sie auch bei ihren maßlosen Mazurkaübungen das Klavierspielen verlernt. Alexander war als Kind einsiedlerisch und schweigsam, wenn er aber einmal den Mund aufmachte, konnte er außerordentlich ausfallend werden. Deshalb ermutigte ihn keiner zum Reden: weder sein Vater, der sich ständig im Palast aufhielt, noch seine Mutter, die vom Klavier vereinnahmt war, auch nicht seine Amme Ilse, ein deutsches Dienstmädchen, das eine Familie Krepmaier aus München angeschleppt und irgendwann nicht mehr gebraucht hatte. Die Krepmaiers waren eine alte bayerische Sippe, deren letzte Generation Fahrräder herstellte. Sie pflegten engen Kontakt mit den Koromilas; jeden Donnerstag hatten sie einen Jour fixe, an dem sie Karten und Dame spielten. Vom sechsten bis zum sechsundzwanzigsten Lebensjahr verbrachte Alexander die Donnerstage in der Krepmaierschen Bibliothek, wo er zu seiner großen Überraschung entdeckte, daß die Welt unermeßlich groß war und man auch nach entfernteren Orten reisen konnte als Faliro oder Xerotagaro. Als er das begriffen hatte, wandte er sich leidenschaftlich der Dichtung zu und nahm Abstand von der Banalität dieser Welt. Seine Familie wurde ihm zum Objekt der Verachtung: die Mazurkas seiner Mutter erschienen ihm dekadent, die aufgeblähte Haltung seines Vaters fand er provinziell. Bei näherer Betrachtung kam ihm der Oberst wie ein Schäfer mit aufgezwirbeltem Schnurrbart, Fustanella und Schnabelschuhen vor, mit hochmütig zum Himmel gereckter Nase; der Anblick seiner Mutter – das tiefe Dekolleté, der Schmuck von Pomonis – löste in ihm Anfälle von Frauenfeindlichkeit aus. Ilse verstand zumindest seine Worte, wenn er ihr Heine vortrug: »Vergiftet sind meine Lieder./Wie könnte es anders sein?/Du hast mir ja Gift gegossen/Ins blühende Leben hinein.« Sie bekreuzigte sich: »Iß doch ein bißchen Honig, zur Beruhigung!« riet sie ihm. Aber Alexanders Seele war bitter, und nichts und niemand konnte ihn beruhigen.

Als er achtzehn wurde, schickte ihn seine Familie zum Studium nach Wien. Alexander wollte nach Deutschland, nach Düsseldorf, wo Heine geboren wurde, oder nach Weimar, wo Schillers Gebeine ruhten. Die Koromilas aber kannten den Sekretär der österreichischen Botschaft, und dieser Sekretär – Fehnburg war sein Name – stellte Alexander eine Wohnung in der Nähe der Universität, in der Maria-Theresien-Straße, zur Verfügung. So fand sich Alexander also in Wien wieder, und obwohl ihm am Anfang alles gefiel – die Donau, die kaiserlichen Gärten, die Tanzabende im griechischen Konsulat –, war er nach einem Jahr durchdrungen von Schwermut, Traurigkeit und Lustlosigkeit, ein Anfall von Weltschmerz erfaßte ihn. Er studierte deutsche Philologie, fühlte sich in seinem Element, war tief in die sächsische Lyrik eingetaucht. Glücklich aber war er nicht. Er wußte nicht, woran es lag. »Wohin auch immer der Reiter geht, er nimmt seinen Kummer mit...« Nun war er doch der Hitze Athens, dem Geschrei der Salepverkäufer, den barbarischen Gewohnheiten der Wasserträger (sie umwickelten die Fässer mit Leinensäcken, um das Wasser frischzuhalten, was ihn ekelte), den Mazurken seiner Mutter und den Ausflügen nach Xerotagaro entflohen. Ein Jahr lang hatte er kein Kopftuch gesehen, keine Trachtenschürze, keinen Fes, kein Loukoumi, keine antiken Ruinen. Dennoch litt er an Appetitlosigkeit, wurde von Tag zu Tag dünner und blasser, so bleich, als habe er Tuberkulose. Damals geschah es, daß er zum Dichter wurde. Er schrieb: »Meine Seele, du rollst hinab in die Klüfte der Berge, in die Einsamkeit der Boulevards.«

Jetzt, wie er bei seinem Gang durch die weihnachtliche Menschenmenge so zurückdachte, fiel ihm ein, daß es etwa zehn Jahre her war, daß er zum Dichter geworden war: 1889, Ende Januar, Wien war eingeschneit, man hatte gerade den Weihnachtsbaum am Rathausplatz abgeschmückt. In jenen Tagen hatte er erfahren, daß in Mayerling, wenige Kilometer vor der Stadt, Kronprinz Rudolf seine Geliebte, eine Blondine namens Mary Vetsera, umgebracht hatte und anschließend sich selbst – mit derselben Pistole. Dieses Ereignis hatte Alexander erschüttert und ihn zu dem Gedicht ›Das Blut im Schnee‹ angeregt. Jetzt kam er sich albern vor, wie er da einen neuen Hut kaufen ging in einem kleinen, provinziellen Balkanladen voller Bettler und Reliquien glanzvollerer Epochen. »Ach«, dachte er in seltsamem innerem Aufruhr, »da blickt man zurück auf eine Geschichte voll von Großstadtgeheimnissen, schicksalhaften Ereignissen und blutigen Romanzen. Und heute? Heute gehe ich einen Hut kaufen bei einem Provinzler von Hutmacher. Und hinterher puste ich mir vielleicht das Hirn aus, in einer Wohnung bei der Kapnikarea.«

Der doppelte Selbstmord in Mayerling hatte ihn zum Dichter werden lassen, er selbst aber hatte nichts Ergreifendes zu erzählen: noch nie hatte er geliebt – wenn man von einer kurzlebigen Liebelei mit Frau Liane Weber absieht, die einen literarischen Salon in Wien unterhielt und ihm, außer daß sie ihn gehörig ranließ, auch noch einen berühmten Theaterschriftsteller vorstellte, der aber leider im selben Jahr starb, in dem Alexander ein Dichter wurde, wenige Tage vor Weihnachten 1889. Ludwig Anzengruber hieß der treffliche Mensch, der den Löffel abgab, während Alexander Frau Weber begattete und seine ersten Verse schmiedete. Ein Verhältnis ist jedoch eine Sache, eine romantische Liebe eine andere: Alexander begann sich zu fragen, wie es die romantischen Dichter geschafft hatten, sich so ohne weiteres so tief zu verlieben. Die Liebe schien ihm, statistisch betrachtet, ein außerordentlich seltenes Ereignis zu sein.

Alexander wählte einen grauen Filzhut mit schmalem

Band und flanierte, in Erinnerungen versunken, durch die Straßen. Plötzlich erfaßte ihn der heftige Wunsch, noch einen Tag lang zu leben, um zu sehen, was sich in der Stadt und auf dem Ball der Pomonis ereignen würde. Er kaufte sich die ›Poikile Stoa‹, eine bunte Illustrierte, und setzte sich in eine Konditorei am Omonia-Platz, um sie zu lesen und eine Masticha zu trinken. Ein Journalist schrieb unter dem Pseudonym »Bohemien«: »Die Frauen im zwanzigsten Jahrhundert werden nicht mehr die süßen unschuldsreinen Blüten, vielmehr die Inkarnation der Treulosigkeit sein! Die häuslichen Engel werden sich in Teufel verwandeln!« Alexander seufzte: wohin er auch blätterte, überall las er düstere Prophezeiungen für das zwanzigste Jahrhundert: es ging um den Verfall der Werte, ja das Ende der Menschheit. Journalisten und Philosophen sprachen von Hungersnöten, Erdbeben, Überschwemmungen, Sodom und Gomorrha, von apokalyptischen Reitern, die ins neue Jahrhundert rasten, vom Chaos im Land, ja auf dem gesamten Planeten. Alexander mußte zugeben, daß bereits jetzt das Chaos regierte – jedenfalls in Griechenland –, und er wunderte sich einen Augenblick lang, wie die Menge feiern und trommeln und pfeifen mochte, obwohl vermutlich der Weltuntergang bevorstand.

Diese Vorstellung beunruhigte ihn sofort wieder zutiefst, wie es so seine Art war, gleichzeitig aber fühlte er Trotz in sich aufsteigen, denn auch an Trotz hatte es ihm nie gefehlt. Er wollte das Ende seines Lebens selbst bestimmen. Diese Entscheidung sollten nicht Götter oder Dämonen treffen. Während er seine Masticha zahlte (einen Zehner), warf er einen herablassenden Blick auf die Stammgäste der Konditorei, die lautstark mit der linken Hand ihre gelben Komboloi spielten, während sie mit der anderen Hand in der gleichen Lautstärke die Spielsteine auf das Tavli knallten. Alexander ging mit gleichmäßigem Schritt nach Hause. Er schlug den Mantelkragen hoch: es war kalt. »Ich werde mir ein Stündchen Schönheitsschlaf gönnen«, dachte er, »um ganz frisch für den Ball zu sein.« Er legte sich aufs Sofa – kein Gedanke daran, daß er sich vor gerade mal zwei Stunden erstechen oder eine Kugel durch den Kopf jagen wollte. Vor seinem Fenster ließ der Lärm allmählich nach, die Geschäfte schlossen, die Menschen versammelten sich in ihren Häusern zum Weihnachtsschmaus. Alexander versank in seinen Schönheitsschlaf und träumte, er sei gestorben. Er träumte das Gedicht von Heine: »Ich weinte gestern bitter in meinem Traum; daß ich tot sei, hatte ich geträumt« ... und wachte schweißgebadet auf, erleichtert, daß sein Herz schlug und noch am rechten Fleck war.

Er öffnete das Fenster, die Nacht war hereingebrochen. »Der Nacht heiliger Zauber, geheime Mächte der Schöpfung«, dachte Alexander, und eine Woge von Optimismus überflutete ihn, ohne zu wissen warum. Er zog sich sorgfältig an, rasierte sich, setzte das scharfe Messer an die Wange, ohne die so oft ausgemalte Bluttat auch nur mit einem Gedanken zu streifen, und machte sich auf den Weg zur Villa der Pomonis.

Im Auto sinnierte Alexander, während er auf den schlammigen Straßen durchgeschüttelt wurde, daß in wenigen Tagen das neue Jahr begänne und Athen wie alle Städte wachsen würde, daß die Zivilisation vielleicht sogar fortschreiten würde, und die Athener weniger Knoblauch essen, ihre Fese wegwerfen und normale Hüte tragen würden wie normale Menschen. Wer weiß?

Während er die Treppe hinaufschritt, die mit unzähligen Gaslampen beleuchtet war, fühlte er, daß sein Herz nicht mehr an seinem gewohnten Platz war: daß es flatterte und umherschwebte wie ein Papierdrache im Wind.

In der Eingangshalle, neben dem prächtig geschmückten Weihnachtsbaum, begrüßte Frau Pomoni (die nach Alexanders Meinung mindestens zweihundertzweiunddreißig Jahre alt sein mußte) die Gäste – und neben ihr stand ihre Nichte Julia. Kein Zweifel: sie war das schönste

Philipp Otto Runge, Musizierender Engel. Zeichnung

Geschöpf, das seine Augen je erblickt hatten. Als sie einander vorgestellt wurden, erhob sich sein Herz aus neunundzwanzig Jahren Elend und Niedergeschlagenheit und begann zu schweben; kurz: er bekam Herzflattern. Julia sagte: »Frohe Weihnachten«, und zum ersten Mal in seinem Leben wünschte sich Alexander ganz tief drinnen noch viele, sehr viele weitere Weihnachten. Dann forderte er sie unverzüglich auf, mit ihm die Mazurka zu tanzen.

Gen Bettlehem

Weihnachten stand vor der Tür, als ich sie aufmachte. Als ich sie wieder zumachte, stand Weihnachten immer noch vor der Tür. Das wußte ich, und das wird mir auch jeder glauben.

»Wir kommen gleich«, sagte ich zu Weihnachten, als ich die Tür nochmals aufmachte. »Maria räumt gerade ihr Kosmetiktäschchen ein, in einer Stunde fahren wir los, nach Bettlehem, wie du dir vielleicht denken kannst, und du kommst mit.«

»Bettlehem?«

»Ja, laß dich überraschen, in Bettlehem sind noch jede Menge Zimmer frei.«

Ich hatte mir schon gedacht, daß Weihnachten stutzen würde, schließlich hatte es in Bethlehem vor Jahren schlechte Erfahrungen gemacht. Und daß ich nach Bettlehem und nicht nach Bethlehem fahren wollte, damit hatte es nicht gerechnet.

»Jozef, wo steckst du? Der Koffer geht nicht zu.«

»Weihnachten steht vor der Tür.«

»Wie? Was?« Im Nu stand Maria neben mir und sah auf das hübsche, kleine Engelchen. Auf fünf Jahre würden es die meisten schätzen, dabei ist es sicher viel, viel älter.

»Kommst du mit?« fragte Maria.

»Klar komm ich mit«, sagte Weihnachten, »wenn ich schon am Morgen des 24. Dezember vor eurer Tür stehe, dann will ich auch am Heiligabend mit euch zusammen feiern.«

Maria sah mich irgendwie fragend an, sie begriff das Ganze nicht so recht. Ich dagegen, praktisch veranlagt, gelernter Schreiner, bat Weihnachten, noch kurz zu warten, bis wir unsere Siebensachen zusammengepackt hätten.

Warum ich mit Maria unbedingt nach Bettlehem fahren

wollte? Ich denke, es hängt damit zusammen, daß Betten gewissermaßen mein Leben sind. Mein Hobby ist die Schlafforschung, zugegeben, ein ungewöhnliches Hobby, aber bei mir zahlt es sich aus. Ich bin ein Glückspilz. Meine Schreinerei läuft hervorragend, ich produziere nicht nur Betten, sondern ganze Schlaflandschaften, denn als Schlafforscher, der die nächtlichen Freuden und Nöte seiner Kunden kennt, kann ich auch auf die verstiegensten Wünsche eingehen. Als mir die Prospekte aus Bettlehem ins Haus flatterten, wußte ich, daß es für mich als Schreiner, Schlafforscher und Liebhaber das Traumziel sein mußte.

Nachdem ich das Gepäck im Wagen verstaut hatte, fragte ich Weihnachten, wo es denn Platz nehmen möchte: »Vorne neben mir oder hinten neben Ma-?« »Fahrt ihr beiden nur zusammen«, unterbrach es mich, »ich fliege neben euch her, Bewegung tut mir gut nach der ewigen Steherei.« Dabei lachte es uns beide so lieb an, daß wir schnell einstiegen und losbrausten.

Ich hatte alle Mühe, mich auf die Fahrbahn zu konzentrieren, weil ich sehen wollte, wie unser Engelchen neben uns herflog. Die kurvenreiche Strecke hier auf dem Land war mir zwar vertraut, aber bei dem ziemlich starken Gegenverkehr konnte ich mir keine Unaufmerksamkeit leisten. Vielmehr mußte ich aufpassen wie nie zuvor, weil viele Autofahrer das Engelchen natürlich entdeckten und ziemlich fassungslos ihren Hals verdrehten.

Auf der Autobahn drückte ich aufs Gas. 160, 170, 180 km/h, da legte unser Engelchen noch einen Zahn zu und flog uns im Handumdrehen einen halben Kilometer voraus. Dann schien es sich umzusehen, drosselte sein Tempo, bis wir es wieder eingeholt hatten, flog dann ganz dicht an Marias Fenster, um ihr in allerbester Laune zuzuwinken.

Maria küßte mich auf die rechte Wange. »Du bist ein Schatz«, schwärmte sie, »wenn die Fahrt schon so losgeht, dann bin ich ja gespannt, was wir erst in Bettlehem erleben werden.« »Es kommt darauf an, für welches Hotel du dich entscheidest, Liebling, aber du warst ja mit meiner Vorauswahl einverstanden.« »Ach Jozef«, hauchte sie, »du ahnst ja gar nicht, wie sehr ich mich freue.« Und schon wieder setzte sie einen süßen Schmatz auf meine Wange, genauer gesagt, hinter mein Ohr. »Allein schon der Name des Orts... Da kommt man ja ins Träumen«, sagte sie und fügte strahlend hinzu: »›Wie man sich bettet, so liebt man‹, ich möchte wetten, daß mir das mein Schlafforscher in Bettlehem beweisen will.«

Aber – wo war Weihnachten? Wir hatten es aus den Augen verloren. »Weihnachten kommt bestimmt gleich wieder«, tröstete mich Maria mit fester Stimme und ließ ihre Blicke dabei unruhig in alle Himmelsrichtungen schweifen. Da sah ich, wie es über die Autoschlange vor uns auf unseren Wagen zudüste. Vollbremsung, keine Gefahr, das Engelchen hatte seine Flügel weit ausgebreitet, einen Bogen um uns gezogen und kam diesmal an mein Fenster herangeflogen. »Ihr müßt die Autobahn verlassen und die B14 nehmen«, sagte es, »vor euch ist ein Riesenstau, nach 800 m könnt ihr aber abfahren.« »Wird gemacht«, sagte ich, dankbar für diesen wertvollen Hinweis, »gut, daß wir dich heute dabei haben.«

Maria holte die Prospekte von Bettlehem heraus und sah sich die einladenden Abbildungen an. Die Preise brauchte sie nicht zu beachten, ich war wirklich bereit, sie zu verwöhnen. Weihnachten stand tagelang vor der Tür, das habe ich diesmal sehr ernst genommen.

Tandaradei, unter der Linden sein Bett aufzuschlagen, war jetzt im Winter nicht möglich, also auf ins Art-Hotel, in dem jedes Apartment von einem Künstler eingerichtet ist. Oft verrückt, aber großartig. Wir hatten zu Hause die Fotos eines nach dem anderen angesehen und uns für die Suite »Golden Lullaby« entschieden.

Der Hotelboy geleitete uns hin. Maria drückte sich an mir vorbei und ging als erste hinein. Weihnachten blieb artig vor der Tür und gab dem Hotelboy zu verstehen, daß er jetzt gehen könne.

Zunächst war Maria hellauf begeistert. Das Kuschelbiotop war in ein flirrendes, leuchtendes Hellgrün getaucht, die Wände waren in einem weichen, zurückhaltenden Pflaumenton gehalten. Ein Traum! Doch plötzlich entdeckte Maria in der Wand eine Tür, dann noch eine und noch eine, insgesamt sieben. »Hier kann ich nicht bleiben«, klagte sie, »bei meinem Antilopenschlaf mache ich nachts kein Auge zu.« Und ich als Schlafforscher und Kenner von Alpträumen konnte ihr da nur recht geben.

Damit war unsere erste Entscheidung getroffen: Ab ins Bellevue!

Das schönste Liebesbett kann man vergessen, wenn das Bad nicht den Erwartungen entspricht. Im Bellevue, das versprach der Prospekt, waren die Bäder Spitzenklasse. Ich ließ mir den Schlüssel für die Maisonette im 3. und 4. Stock geben, nahm Weihnachten an meine Hand, die es jedoch abschüttelte, weil es viel lieber nach oben flog.

Maria zog die Schuhe aus, spürte den warmen Fußboden, sah sich von allen Seiten in den großen Wandspiegeln an und äußerte sich anerkennend über die großzügigen Ablageflächen für Fläschchen und Döschen. Rutschfester Badewannenvorleger, hochfloriger Frottee, alles vom Feinsten. Dazu noch eine Außendusche auf der Terrasse. Heiß duschen unter freiem Himmel, das konnte mir durchaus gefallen. Maria auch. Bis sie feststellte, daß die Bademäntel auf den Betten fehlten und das Bett nicht einmal aufgedeckt war. Da gab mir die – vielleicht doch schon sehr Verwöhnte zu verstehen, daß wir noch das dritte Hotel begutachten sollten.

Weihnachten flog uns voraus, machte Schleifen rund um den Rathausturm und den Dom, tauchte ab in den Stadtpark und landete trotzdem noch vor uns auf den Stufen des Atlantis-Hotels. Maria, inzwischen schon einigermaßen aufgeregt, stürmte zum Empfang und fragte nach einem Apartment. Da entgegnete ihr achselzuckend der Empfangschef: »Sorry, we are totally booked out, wir sind ausgebucht.« Ernüchtert sah sie mich an. Sie war den Tränen nahe.

»Mein Name ist Jozef Ka –, Jozef mit z –« »Das ist natürlich etwas anderes, mein Herr, ich habe Ihr Fax erhalten, entschuldigen Sie bitte, gnädige Frau.« Und er gab mir einen herrlich verschnörkelten Schlüssel für unser Zimmer, das einzige, das ich vorsorglich in Bettlehem hatte reservieren lassen. Ich kenne doch meine Frau.

Maria klopfte das Herz, als ich sie jetzt zu ihrem Traumzimmer führte. Schon im Prospekt hatte es ihr am besten gefallen, ich hatte sie allerdings im Glauben gelassen, es sei schon besetzt. Im Atlantis gab es keinen Lift. So mußten wir uns unseren romantischen Hochsitz über viele Stufen erobern. Maria nahm meine Hand. Je weiter wir nach oben kamen, desto dämmriger wurde es, an den Wänden flakkerten Kerzen in Messingkandelabern, und im obersten Stockwerk gaben nur noch die Flügel unseres Engelchens einen gewissen Schein. Behutsam steckte ich den Schlüssel in die einzige Tür.

Wieder betrat Maria als erste den nur schwach beleuchteten Raum. Ein Zauber lag über allem: Ein silberner Schimmer floß über die Wände aus zartblauer Seide – es war der Mond, der durch das gläserne Kuppeldach, zunächst noch zart und verschämt, seine Strahlen schickte. In einer Stunde würde sich wohl sein volles Licht über die Bettlandschaft ergießen. »Das ist ja himmlisch«, jubelte Maria, fiel mir um den Hals und erdrückte mich schier vor Freude. Der Prospekt hatte nicht zu viel versprochen.

Weihnachten? Ich hatte das Engelchen fast vergessen; artig, aber unruhig stand es vor der Tür. »Ihr bleibt im Mondzimmer, ich hab' es geahnt«, sagte es, »ich lasse euch jetzt ein Weilchen allein. Muß noch ein wenig in Bethlehem nach dem Rechten sehen. In knapp zwei Stunden bin ich wieder zurück. Wenn ihr später beim Galamenü sitzt,

fliege ich rechtzeitig wieder bei euch ein.« »Wieso ›rechtzeitig‹?« »Weil ich dann noch einen Weihnachtswunsch
habe, den ihr mir unbedingt erfüllen müßt.« »Und der
wäre?« »Jozef, frag jetzt nicht so viel, Maria wartet sicher
schon sehnsüchtig auf dich.« Und schwuppdiwupp war
Weihnachten aus meinen Augen.

Machte Maria inzwischen etwa ein Nickerchen?

»Ein Nickerchen«, sagen wir Schlafforscher, »ist jede
Ruhepause von ungefähr 20 Minuten Länge, die von Be-
wußtlosigkeit, aber nicht von einem Pyjama begleitet
wird.«

Maria machte aber kein Nickerchen. Sie lag hellwach
und erwartungsvoll unter ihrer Daunendecke. Ohne Pyjama...

Das zwölfgängige Menü konnte sich sehen lassen, wir
speisten vorzüglich: Atlantis-Schnittchen mit Sevruga-
Kaviar, gebratenen Hummer mit Löwenzahnsalat, Stein-
butt auf getrüffeltem Kartoffelschaum, »Duett« von Peri-
gord-Gänseleber und Rebhuhn. Mousse au chocolat in
drei Farb- und Geschmacksvarianten... Und dann erst die
Weine!

»Guck mal!« riefen mehrere Gäste beinahe gleichzeitig,
als sie Weihnachten durch das Speisesaalportal herein-
schweben sahen. Auch die abgebrühtesten Fernsehfreaks
rieben sich die Augen und sahen gebannt zu, wie das Engelchen sich zwischen Maria und mich stellte. »Frohe
Weihnachten«, sagte es, glücklich uns wieder zu sehen,
»frohe Weihnachten«, sagten auch wir und die Gäste an
den Tischen neben uns. »Kommt schnell mit raus«, sagte
unser Engelchen, »es hat geschneit, und wie es geschneit
hat, und es hört auch so schnell nicht wieder auf!« Tatsächlich. Durch die Fenster der Empfangshalle sahen wir dicke
Flocken wirbeln.

»Und dein Weihnachtswunsch?« fragte ich Weihnachten, »willst du ihn uns jetzt verraten?« »Schlittenfahren!«
sagte es, wie aus der Pistole geschossen. »Hör mal«, sagte

ich, »hast du denn gewußt, daß es heute abend noch schneien würde?« »Na klar«, sagte das Engelchen und lächelte fast ein wenig selbstgefällig. »Aber wir sind ja gar nicht darauf eingerichtet. – Wo sollen wir jetzt einen Schlitten und einen Schneeanzug herbekommen?« fragte Maria. »Ein Concierge kann – fast – alles«, flunkerte Weihnachten, »und dein Jozef erledigt den Rest.«

Kurz nach Mitternacht standen wir auf dem frisch beschneiten Schlittenberg. Das Schneetreiben hatte kaum nachgelassen, der Wind blies ordentlich. »Bist du denn wirklich noch nie Schlitten gefahren?« fragte ich Weihnachten, das schon vorne auf dem Schlitten saß. »Noch nie, ich schwör's euch«, sagte das Engelchen, »setzt euch endlich hin, ich kann es kaum erwarten.« Ab ging die Post. Im Nu hatten wir ein rasantes Tempo drauf, Maria schrie, daß ich bremsen solle, während Weihnachten vor Freude quietschte. Doch schon im nächsten Augenblick überschlugen wir uns, ich lag als erster im Schnee, neben mir kreischte Maria, während Weihnachten jauchzend weiter den Hang hinunter kugelte. Erst ganz unten hielt es nach uns Ausschau, schüttelte sich den Schnee ab und flog ganz schnell wieder zu uns herauf. »War das ein Spaß!« jubelte es, »doch mir reicht's trotzdem. Außerdem wißt ihr ja, daß ich euch wieder verlassen muß.« Maria konnte kaum stehen, so daß ich sie unter dem Arm faßte. »Das ging jetzt alles aber sehr, sehr schnell«, sagte ich zu Weihnachten, »doch, du hast recht, Heiligabend ist vorbei. Du warst ein wunderbarer Begleiter. Diesen Weihnachtstag werden wir nie vergessen.« »Nur keine Tränen«, rief das Engelchen, als es durch die tanzenden Schneeflocken flatterte, »ich komme ja wieder, nächstes Jahr, ganz bestimmt.«

In Bettlehem blieben wir noch drei Tage. Maria hatte sich etwas erkältet, genoß aber trotzdem – oder vielleicht sogar deshalb? – vergnügt den geruhsamen Aufenthalt, den wir überwiegend im Bett verbrachten. Er blieb nicht ohne Folgen. Neun Monate nach Weihnachten, an einem

Spätsommertag, brachte sie unseren kleinen Jossi zur Welt.

Daß ich ihm eine wunderschöne Wiege aus Ahorn und Birnbaum baute und dabei alle Register meiner Drechsel- kunst zog, versteht sich von selbst. Maria stillte das Kind, ich wickelte es nach der Arbeit, und auch nachts war ich an Marias Seite und erlebte einen Jossi, der genüßlich an ihrer Brust nuckelte. Das gab mir die Gelegenheit, ein ganz neues Kapitel meiner Schlafforschungen anzugehen.

Jossi hatte anscheinend große Schwierigkeiten beim Einschlafen. Unruhig wälzte er sich hin und her und ballte die Fäustchen, als wolle er einen unsichtbaren Feind ab- wehren. Es war, als fühle er sich beobachtet. Da entschied ich mich, es mit meiner Schlafforscherei nicht zu übertrei- ben.

Und tatsächlich schlief er von da an ganz prächtig durch. Das war Ende November. Der Nikolaustag war nicht mehr fern, und bald stand auch schon Weihnachten wieder vor der Tür.

Im Schatten der Geschichte

Deutsche Kriegsweihnacht

Der nachfolgende Text ist dem 1942 erschienenen Buch ›Deutsche Kriegsweihnacht‹ entnommen, herausgegeben vom Hauptkulturamt in der Reichspropagandaleitung der NSDAP. Außer dieser »Verordnung« zum liniengetreuen Feiern enthält das 150 Seiten starke Buch u. a. Gedichte und Geschichten mit Titeln wie »Deutscher Winter«, »Unser Tannenbaum vor Moskau«, »Das Hohelied der Mutternacht«, »Das Weihnachtskind auf dem großen Treck ins Reich« sowie Feldpostbriefe und »Gedanken an den Führer von Dr. Goebbels zum Weihnachtsabend 1941«. Das Werk nutzt die emotionalen Qualitäten der weihnachtlichen Feststimmung, um die Kriegsmoral der Soldaten im Felde und der Familien im Vaterland zu stärken.

Vorschläge zur Gestaltung einer Feierstunde

Die Weihnachtszeit bringt uns im wesentlichen drei Feiern:

Die Wintersonnenwende als Feier der Mannschaft,

die Volksweihnachten – Feierstunde der NSDAP als Feier der Gemeinschaft und

das Weihnachtsfest als Fest der Familie.

Die Durchführung von Feierstunden der NSDAP »Deutsche Kriegsweihnacht« – Volksweihnachten – gerade im Kriege ist schon deshalb nötig, da viele Mütter und Frauen allein sind und wenigstens in der Gemeinschaft der Partei eine schöne Feier in der Weihnachtszeit erleben sollen. Unsere Feierstunde darf aber trotzdem nicht Ersatz für die Weihnachtsfeier in der Familie sein. Es muß deshalb darauf geachtet werden, daß an Vorweihnachtsfeiern des Guten nicht zuviel getan wird. Wir dürfen das Erlebnis des Weihnachtsfestes und des Lichterbaumes nicht vorwegnehmen.

Die in der Vorweihnachtszeit sonst üblichen, von Einheiten der Gliederungen und Verbände, von Betrieben und Vereinen usw. veranstalteten kameradschaftlichen Zusammenkünfte sind keine »Weihnachtsfeiern«.

Man sollte diese Veranstaltungen nur im engsten Kreise als vorweihnachtliche Feiern oder Kameradschaftsstunden durchführen. Ihr Sinnbild ist auch nicht der Weihnachtsbaum, sondern der vorweihnachtliche Lichterkranz.

Auch die Feierstunde der NSDAP ist eine vorweihnachtliche Feier, die die Gemeinschaft der Ortsgruppe oder des Dorfes vereinigt, um das Erlebnis der Gemeinschaft in das Weihnachtsfest der Familie hineinzutragen.

Ihr Sinnbild wird im Kriege, unter Berücksichtigung, daß viele Frauen und Mütter kein rechtes Weihnachtsfest in der Familie feiern können, der Weihnachtsbaum sein.

Die nachstehenden Vorschläge einer Feierstunde zur Kriegsweihnacht wollen anregen und helfen. Sie bringen die Gestaltung einer Feierstunde – einer vorweihnachtlichen Feier.

Nach Ablauf unserer Feierstunde besteht die Möglichkeit, daß die Feiergemeinschaft noch in kameradschaftlicher Geselligkeit zusammenbleibt. Ein »Programm« soll dabei aber nicht abgewickelt werden. Das Zusammensein kann fröhlich sein, muß aber den Charakter unserer vorangegangenen Feierstunde wahren. Wenn es irgendwie einzurichten geht, sollte der gesellige Teil in einem anderen Raum als die Feierstunde stattfinden.

Grundriß der Feierstunde:

Die Durchführung dieser Feierstunde muß in einer klaren national-sozialistischen Deutung erfolgen. Eine Gefühlsverkitschung darf sich nicht einschleichen. Doppelt wichtig ist das in dieser Zeit, die all unsere Härte beansprucht. Die Gedankenführung in dieser Richtung muß bei aller Empfindsamkeit auch hier männlich klar und weltanschaulich eindeutig sein.

Die Feierstunde der NSDAP »Deutsche Kriegsweihnacht« soll die Gemeinschaft vertiefen. Hier muß gerade jede Polemik unterbleiben.

Mittel und Mitwirkende:

Die Mittel können – was die musikalische Gestaltung betrifft – nur örtlich bestimmt werden. Überall jedoch wird eine Singgruppe von BdM, HJ, Arbeitsdienst oder Werkschar, gegebenenfalls auch eine Kindersingschar zur Verfügung stehen. Die gemeinsam zu singenden Lieder (Zettel mit Liedertexten auslegen) müssen von einem Chor getragen werden. Orchester oder kleine Spielgruppen werden für die Feiermusik und die Begleitung kleinerer Lieder benötigt. Im übrigen enthalten die später angeführten Weihnachtsmusikausgaben auch gut geeignete Klaviermusik. (Harmonium ist nicht erwünscht.) Großangelegte Feiern mit der Möglichkeit, Orgelmusik anzusetzen, werden selten sein.

Der Redner muß in der Lage sein, einen Redetext auch

gut lesen zu können. Besser ist eine gut »gelesene« Feierrede als eine freie, aber dem Charakter der Feier sprachlich und gedanklich nicht genügende Rede.

Die Sprecher für die Lesungen dürfen nur nach der Eignung, die Dichtungen gut und lebendig sprechen zu können, ausgesucht werden. Die Feier muß gut vorbereitet werden!

Es folgen in den »Vorschlägen«zehn Programmpunkte mit detaillierten Angaben zu Musik- und Gedichtbeiträgen sowie eine »Gedankenführung zu einer Feierrede«:

Das Gelöbnis

Deutsche Weihnacht – Fest der Wiedergeburt allen Lebens! Seit Urzeiten vollzieht sich in der Natur der stete Wechsel von Leben und Tod, das große »Stirb' und Werde«. Unter diesem Naturgesetz steht der ewige Kreislauf allen Lebens. In der Familie fühlen wir jene Kraft, die in diesem Gesetz liegt. Und aus dieser Kraft wissen wir um jene seelische Macht, aus der auch Weihnachten geboren wurde: um die Gemeinschaft der Familie, der Sippe, des ganzen Volkes!

Wie aus tiefer Winternacht die Sonne zu neuem Leben erwacht, so fühlen wir in uns selbst die stille, heilige Zeit, die Zeit der Erneuerung des Lebens. Im großen Geschehen der Natur tritt ein junges Jahr mit seinem starken Licht in die Welt, im Leben steht die Mutter als ewige Spenderin neuen Seins vor uns. So sprachen unsere Ahnen von einer heiligen »Weihenacht«, so wurde das Kind in der Wiege zum Symbol des sich immer erneuernden Lebens. Und wie der Weihnachtsbaum, der ganz mit der Mutter Erde verwurzelt ist, zum Sinnbild der ewigen Gesetze des Sterbens und Wiedererwachens der Natur geworden ist, so kündet die Weihnacht von der frohen Wiedergeburt allen Lebens.

Alfred Zacharias, Weihnachtlicher Julbaum. Holzschnitt 1937

Wenn wir aber, meine Volksgenossen, von der Wiedergeburt allen Lebens sprechen, so denken wir dabei an unser ganzes Volk, an unsere tapferen Soldaten, an die Millionen arbeitender Menschen in der Heimat! Aus ihrer Treue, Tapferkeit und Arbeit erblüht neues Leben. Und über allem steht: die deutsche Mutter! – Sie hat dem Volke die tapfersten, treuesten und fleißigsten Söhne geschenkt – wir alle leben aus ihrem Leben! Wer könnte je die vielen Stunden, Tage und Nächte zählen, die eine Mutter für ihre Lieben opfert! Wir aber wollen in dieser Stunde allen unseren tapferen Müttern für ihre Liebe danken und in Ehrfurcht vor ihrem vollendeten Leben stehen, das sich in uns erneuern soll. Mit uns allen gemeinsam gedenken auch die Söhne draußen im Kriege der Mutter.

Die Feier klingt aus mit den beiden letzten Programmpunkten:

Nach der Feierrede:
Zwei BdM-Mädel stecken mit brennenden Kerzenstöcken die vier Kerzen an dem Weihnachtsbaum oder am Weihnachtskranz an. Ein Hitlerjunge spricht:
»Wir haben nun die Lichter angezündet und jedes Licht soll einen Gedanken in uns aufleuchten lassen.
Die Lichter sollen brennen – für die Helden, die für Deutschland starben.
Die Lichter sollen brennen – für die Frauen und Mütter unserer Gefallenen.
Die Lichter sollen brennen – für alle deutschen Mütter. Sie schenken unserem Volke die Unsterblichkeit.
Die Lichter sollen brennen – für unsere Soldaten an der Front!
Die Lichter sollen brennen – für alle Deutschen in der Fremde!
Die Lichter sollen brennen – für unser Vaterland – Deutschland – und unseren Sieg!

Und alle Lichter brennen für unseren Führer Adolf Hitler!
Er schuf das neue, das ewige Deutsche Reich und wird es
   zum Siege führen!«

Der Hoheitsträger beendet die Feier mit dem Gruß an den
Führer.
Es folgen die Hymnen.

GÜNTHER GERSTENBERG

Solange unser Glaube brennt

Werksweihnacht 1943

Hinter uns stehen die Erwachsenen wie eine dunkle Wand.
Wenn ich mich umdrehe, um mit den Augen den Vater zu
suchen, dann sind im dämmrigen Schein zerfurchte Gesichter auszumachen, teilnahmslos, stumpf, und nirgends
der Vater, dessen grob-knochige Hand mich hierher ge-
führt hat ins Werk, in diese riesige Halle. Bogenlampen
werfen vom Gewölbe hoch oben spärliches Licht herab,
das sich in Staubschwaden, in Transformationswellen, in
Stahlbrücken und gegliederten Stützen verfängt.
   Wir Kinder stehen fast unmittelbar vor der Bühne, die
sich eineinhalb Meter vor uns erhebt, und müssen uns
strecken, wenn wir erkennen wollen, was sich im Hintergrund des Podiums ereignet. Zwei weiß strahlende Jupiterlampen auf Stativen begrenzen die Szene. In ihrem grel-
len Licht steigt Dampf auf. Rechts neben der Spielstätte
ragt ein Weihnachtsbaum feierlich empor. Im Zwielicht
dahinter sind Eisenketten und Kräne erkennbar.
   Der Beton-Boden ist rauh und eben. Diese Ebenheit
fällt auf, weil meine Schuhe wie selbstverständlich in den
Geleisvertiefungen entlang scharren. Mehrere Schienen-
paare durchziehen den Beton.

Menschen drängen sich auf der Bühne, Kinder, Erwachsene, Musiker. In die Choreographie der Bewegungen kommt so etwas wie eine Ordnung. Ein Chor gruppiert sich, seitlich ein kleines Orchester, Akteure nehmen Aufstellung.

Ein Mann im dunklen Anzug tritt vor und geht ans Mikrophon. Er ruft »Arbeitskameraden« und spricht von »Generationen des schaffenden Volks, ihrer Anhänglichkeit und Treue zum großen Werk«. Ein Photograph kniet sich hin und knipst.

Der Mann im Anzug unterstreicht mit sparsamen Gesten seine Rede: »Auch im Wirtschaftlichen überdauert allein das Menschliche, das Gefühl, die Zeit, und bleibt allein das Sinnvolle in der Entwicklung der Maschinen und der Bilanzen. Und deshalb finden wir uns ein in der Gemeinschaft, denn heute ist uns der Herr erstanden in seiner wahren Herrlichkeit.«

Es macht keinen Sinn, sich umzudrehen, um den Vater zu suchen. Ein paar Buben weiter rechts entdecke ich die blassen Züge von Arthur. Er ist der kleinste in unserer Klasse und muß viel einstecken. Nicht nur deshalb, weil er klein ist. Unser Lehrer prügelt ihn ebenfalls. Er schlägt uns alle, aber Arthur häufiger, auch wegen seines Namens.

Das Christus-Singspiel folgt. Kleine Zwergerl mit gelockten Engelsköpfchen halten an Stangen Sterne aus Goldpapier. Der Chor singt. Metallische Kälte kriecht mir die Beine herauf, so daß sie kaum noch zu spüren sind.

Ein etwas älteres Mädchen im blauen Gewand spielt die Jungfrau Maria. Die Hirten kommen. Die Heiligen Drei Könige treten auf. Der Chor singt.

Vor der Wand hinter der Bühne fällt ein mächtiger, dunkler Vorhang, links und rechts flankiert von zwei langen roten Fahnen, in der Mitte weiße kreisrunde Felder, besetzt mit reglos lauernden, vierbeinigen Spinnen. Es riecht nach Eisenspänen und nach Maschinenöl. Genauso riecht es, wenn Vater nach Hause kommt.

Neben der Bühne kommt Bewegung auf. Zwei Frauen, begleitet von mehreren Jugendlichen, die große Körbe tragen, beginnen an uns Kinder kleine Päckchen zu verteilen. Meins öffne ich sofort. Ich sehe einen Apfel, mehrere Nüsse und beiße sofort in den Lebkuchen.

Ein Junge im Anzug verläßt den Chor und tritt vor an die Rampe. Er deklamiert:

> Nun zündet die heimlichen Kerzen an,
> Raum gebt dem Singen und Hoffen;
> Vielleicht in dieser halben Nacht
> Sind Gottes Hände offen.
>
> Und es verschenkt die Liebe sich,
> Es kreist der Kreis des Blutes,
> Und Sternenschimmer füllt das Herz,
> Und wir sind frohen Mutes.
>
> Solange unser Glaube brennt,
> Die Tannenzapfen springen,
> Und Deutschland seine Fahne kennt,
> Hebt an und laßt uns singen.

Der Junge geht einige Schritte zurück und vereint sich mit dem Chor, der nun »Stille Nacht, heilige Nacht« anstimmt. Aus der düsteren Wand hinter uns Kindern sind vereinzelt und schüchtern einige Bässe zu hören. Ich schwebe mit eiskalten Beinen wie in einem Traum, aus dem ich nie mehr erwachen möchte.

Dann ist das Lied zu Ende, die Jupiterlampen verlöschen fauchend. Alles schweigt und steht, bis Gemurmel und leises Reden zu hören ist, bis Bewegung in die Menschenmauer kommt, bis mein Vater stumm meine Hand faßt und ich mit der anderen fest das Päckchen halte, mechanisch die Beine bewege, und wir beide gehen.

Er ruft noch Arbeitskollegen ein paar Worte zu, »Ser-

vus, Dore! Gei, morg'n in der ›Krone‹!« und wir laufen los
und stapfen durch den glitzernden Schnee nach Hause.
Wenn ich vorsichtig zu ihm aufschaue, dann spielen die
Schatten in den Falten seines Gesichts. Dann ist es verbit-
tert und erstaunt und Arbeit und Alkohol und weich und
gläubig und blöde und grausam.

UWE JOHNSON

Ein Weihnachtsbrief aus New York. 1967

Lieber Herr Dr. Kliefoth,
ich bedanke mich für die freundliche Erkundigung nach
meinem Kind und stelle es Ihnen ein wenig vor. Diese Marie ist zehneinhalb Jahre alt und reckt sich zu vier Fuß elf
Zoll. Unter Altersgenossen gilt sie als groß. Neuere Fotos
von ihr habe ich nicht; auf älteren wollte sie in der Regel
ein Bild von sich machen. Sie versteht sich also als jemand,
der die Leute hinter den Kameras auf eine neugierige,
gleichzeitig fürsorgliche Weise betrachtet. Ein Paßbeamter
würde ihre Kopfform als länglich/oval notieren, aber so
lang wie ein Ei ist sie nicht, und wirklich hat sie im Profil
etwas Kugelköpfiges. Mit dem Winter werden ihre Haare
nahezu sandfarben, insbesondere die Brauen. Die Augen
grau und grün, nach dem Licht. Klar. Lange, gespreizte
Wimpern, nicht von mir. Ich sehe in ihrem Gesicht den Vater (den Sie ja nicht kannten); meine Freunde sehen darin
mich. Wohl finde ich Mecklenburgisches, Ironie in Schief-
halsigkeit, durch Kopfsenken verkanteten Blick, steinerne
Versteckmiene, überhaupt das Anschlägige, das Schaber-
nacksche. Das alles nun in ausländischer Sprache. Es ist das
Amerikanisch des Mittelstands, diszipliniert durch eine
Traditionsschule, vorsichtig gegen Slang. Was sie dann aber
spricht, damit lebt sie. Oft muß ich, mit meinem Dolmet-

90

scherdiplom, nachschlagen. Serendipity. Gegenwärtig hat
sie es mit den umständlichen Redensarten: I scorn the ac-
tion, wenn es um ungenehme Arbeiten geht. Neuerdings
ist eine Art Entschuldigung: I stand corrected, und das mit
dem Akzent der Upper West Side von New York, für den
Sie so leicht keine Zensur fänden.

Deutsch spricht sie, als hätte sie Schmerzen im Hals.
Wahrscheinlich mußte sie die mitgebrachte Sprache opfern, um bequemer anwachsen zu können in der Straße,
der Schule, der Stadt. Düsseldorf, Berlin, Jerichow, für sie
ist es Geographie. Germany. An Ferien in Dänemark erinnert sie sich besser. Sie jetzt in die deutsche Sprache
zurückbringen, es wäre ein größeres Unglück für sie als
der Umzug ins Amerikanische war. Ihr wäre es lieber, wir
hätten einen richtigen Paß, einen hiesigen.

Über Weihnachten in New York werde ich Ihnen Aus-
künfte nicht so vollständig geben können, wie Sie sie
benötigen. Die optische Belästigung beginnt ungerechtfer-
tigt früh, bis zu vier Wochen vorher. Der Kommerz schlägt
als erster zu, nicht nur mit der gezielten Dekoration. Die
Kaufhäuser hämmern dem Kunden auch noch akustisch
ein, aus welchem Grunde er diesmal sein Geld hergeben
soll; Weihnachtsmusik und unsere garantiert aus Paris
importierte Unterwäsche. Auf den Straßen kriecht die
Heilsarmee aus den Nestern; Posaune und Klingelglöck-
chen. Schließlich stellt noch die schäbigste Bar einen elek-
trifizierten Winzling von Weihnachtsbaum zwischen die
Flaschen. Die Reichen an der Park Avenue, die sommers
ihren Mittelstreifen mit Blumen bepflanzen und aus »außerhalb der Stadt liegenden Quellen« bewässern, stellen
sich dann große, stark beleuchtete Tannenbäume hin, aber
nicht ganz bis zur 96. Straße, wo die Gegend der Armen,
der Neger beginnt. Tannenbäume liegen auch bei uns auf
dem Broadway, nachts mit Kükendraht zu dicken Mieten
verschnürt, tagsüber frei aufgestellt, jeder Baum mit eige-
nem Ständer. Sieht aus wie Luxusware. Das wird für die

europäischen Immigranten feilgehalten, die der ersten Generation. Die der zweiten haben die Stechpalmenzweige schon adoptiert. Da bei uns Marie über die Dekoration verfügt, haben wir Stechpalme. Holly. Für wichtig genommen werden noch die Festpostkarten, die der Empfänger auf dem Kamin aufstellen kann zum Zeichen, bei wie vielen Postkunden er beliebt ist und wie viele darunter mit aufwendiger Ausführung von Druck und Grafik von einer wohlhabenden Lebensführung künden können. Wir haben keinen Kamin. Auch die »Bescherung« am 24. abends hat Marie bald auf den amerikanischen Termin verlegt, in ihrer Geringschätzung für europäische Sitten. Dazu braucht man einen Strumpf, der an den Kamin zu hängen ist. Den Strumpf hätten wir zwar. Es ist sodann die Aufgabe eines Individuums namens Saint Nicholas, alias Santa Claus, alias Santa, den Strumpf in der Nacht mit Geschenken aufzufüllen. Sie würden ihn schon erkennen, diesen dispenser of gifts:

He has a broad face and a little round belly,
That shakes when he laughs like a bowlful of jelly.

Für Marie muß das so abgewickelt werden, weil sie es für eine vorgeschriebene Zeremonie hält. In einem mehr technischen Sinne hätte sie wohl Lust, mit ihren jüdischen Freundinnen Chanukah zu feiern. Nun weiß ich nicht, wie das deutsch geschrieben wird. Sie hat sich ausführlich unterrichten lassen, daß dies Fest gefeiert wird vom 25. Tag des Monats Kislev bis zum 2. Adar, und zwar zum Andenken an die neue Weihung des Tempels durch die Makkabäer nach ihrem Sieg über die Syrer unter Antiochus dem Vierten. Dies ist auch dem geneigten Hausfreund gewißlich bekannt. Maries Fest ist am Dienstagmorgen unwiderruflich zu Ende, einen Tag früher als bei Ihnen, aber das ihrer Freundinnen Pamela und Rebecca hat am Dienstagabend erst seinen Anfang, und an jedem seiner acht

Tage bekommen die Kinder etwas geschenkt! Vielleicht ist Ihnen weiterhin bekannt, daß Chanukah mit dem Anzünden der Menorah eröffnet wird, des neunarmigen Kerzenhalters. Aber wir mögen mit jüdischen Nachbarn befreundet sein, wir mögen als Ausnahme von den Deutschen der Zwölf Jahre gelten, wir bleiben die Gois für sie, und Marie wird nicht dabei sein dürfen, wenn Mr. Ferwalter seine Menorah ansteckt. Übrigens werfen die Juden den so genannten Christen die weihnachtliche Betriebsamkeit vor, wofür die sich schadlos halten mit der Annahme, Chanukah sei womöglich noch empfindungsseliger.

Womöglich können Sie noch vermerken, welchen Status Christi Geburt in der Geschäftswelt innehat. Zwar hängen in der Bank, in der ich arbeite, an der Wand zwischen den Fahrstühlen ungeheure aus Tannenzweigen gewundene Kränze, mit kostbaren roten Schleifen, diskret und eben nicht billig, woraus den Kunden wie den Gästen das Selbstverständnis des Unternehmens ersichtlich sein soll, nicht nur das finanzielle. Aber wenn morgen nicht ein Sonntag wäre, sondern ein gewöhnlicher, müßte ich zur Arbeit.

Mehr habe ich nicht gesehen. Mehr ist mir nicht erzählt worden.

Heute nachmittag sind wir auf der Fünften Avenue in eine Demonstration gegen die Kriegshandlungen in Viet Nam geraten, nachmittags nicht in Ihrem Verständnis, es war noch nicht eins, aber schon nach zwölf. Sätze von solcher Art sind wohl in allen Ihren Englischklassen zitiert worden als echte Kliefoths. Wußten Sie das? In die Demonstration teilten sich etwa dreihundert Demonstranten und gewiß nicht weniger Polizisten. Wir wollten zu Dunhill am Rockefeller Center, um Ihnen Ihren Morgentabak zu erstehen, und die Polizisten standen arg Wache an der Mall, der Promenade des Rockefeller Center, weil es doch privates Eigentum ist. Die Polizisten waren bemüht, sich gelassen zu geben, und wollten die Demonstranten mit bullhorns, wie heißen die deutsch, auf dem Bürgersteig halten, als läge ihnen nichts am Herzen als die Regelung des Verkehrs, und die Demonstranten hatten ihre Flüstertüten vergessen. Erst als mir einer dreimal ein Wort ins Ohr geblasen hatte, erfaßte ich es. LOVE wollte der, LIEBE. Sie nannten sich Santas Helfer und waren nicht bürgerlich gekleidet, halb hatten sie sich in der Boutique und halb im Armeeladen eingedeckt. Obendrein trugen sie die Haare lang, und das staatsloyale Publikum, beladen mit den Paketen der letzten Stunde, stark vergrätzt durch die hohen Ausgaben und eben auch schon verschwitzt, dies Publikum brüllte Sachen von Badewanne und Hygiene. Dies war etwas, das Marie empörte. Sie hat es so gelernt, daß jedermann seine Meinung soll öffentlich vortragen dürfen; nun kamen Leute an, die wollten anderen Kleidung und Haartracht vorschreiben.

Der Anführer der Demonstranten war ein junger Mann mit einer großen Wolke blonden Haares auf dem Kopf, der trug eine Fahne der U.S.A. und dazu ein Schild, auf dem in den gleichen Farben das Wort KILL geschrieben stand. Den sah ich zuletzt, als er mit seinen Freunden in das Warenhaus Saks einzubrechen versuchte, Santas freundliche Helfer. Und die Heilsarmee dudelte unerschrocken, und immer noch warteten Kerle in roten Kapuzenmänteln und Kunststoffbärten, sich mit Kindern fotografieren zu lassen. Dann wurden wir endgültig zur Madison Avenue hin abgedrängt. Die Beamten waren nicht offen wütend, nur gereizt von der langdauernden Anstrengung, sich unerregt zu zeigen; sie nannten mich sehr wohl noch Lady; jedoch tadelten sie mich, weil ich mit einem Kind durch ihre Veranstaltung mit Santas Helfern gewandert war, sie schickten mich ziemlich streng »nach Hause«. Nun war Marie zum zweiten Mal empört. Denn sie mag sich noch in manchen Momenten als Kind fühlen; dies war keiner von denen gewesen. In ihrer Wut vergaß sie sich und nannte den Polizisten, zwar leise: a pig. Ein Schwein. Das war mir nicht geläufig gewesen. Dann entschuldigte sie sich für die unbedachte Wortwahl.

Verzeihen Sie, wenn ich Sie um eine Gefälligkeit bitte, nämlich auf dem Kirchhof nachzusehen, ob Creutzens meine drei Gräber abgedeckt haben. Es ist nicht, daß ich die Sitte der Grabpflege verteidigen will. Es ist nur, Erich Creutz mag wohl etwas tun wollen für mein Geld, aber Emmi Creutz hat schon versucht, ihn davon abzuhalten, und ich gönne ihr nicht die Befriedigung, daß sie zwar den alten Cresspahl nicht hat hereinlegen können, dafür seine Tochter um so mehr.

Lieber Herr Kliefoth, ein Neues Jahr, Ihr zweiundachtzigstes, und ein otium cum dignitate wünscht Ihnen Ihre sehr ergebene Gesine Cresspahl.

Im Lichte des Wohlstands

UWE TIMM

Mitten im kalten Winter

wenn die langen Samstage kommen
wenn alle Wirtschaftszweige aufblühen
wenn die Arbeitsämter Weihnachtsmänner vermitteln
wenn allen Präsidenten der Friede am Herzen liegt
wenn zur inneren Einkehr durch Lautsprecher aufgerufen
    wird
wenn der Stern von Bethlehem über den Geschäften
    leuchtet
dann endlich
steht das Christkind vor der Tür

Kindermodenschau

Veranstaltungsraum eines Hotels. Dr. Tschiep spielt auf der Hammondorgel Weihnachtslieder. Gut gekleidete Kinder sitzen neben ihren noch besser gekleideten Muttis. Im Nebenraum stehen Uschi Blaß und ein St. Nikolaus vom Künstlerschnelldienst.

FRAU BLASS Ja, aber Sie hätten doch da her genausogut mit der Trambahn herfahren können, und an Bus gibts aa no, da brauchen Sie doch koa Taxi nehmen. Des war net vereinbart ...

NIKOLAUS Ja schon, aber Frau Blaß, des waar unheimlich knapp wordn. I war ja bis jetz no auf am Senioren-Nachmittag, de oidn Leit, wissn S', des ziagt si oiwei.

FRAU BLASS Redn S' net, der Achtefuffzger fahrt alle zehn Minutn, da hättn S' ...

NIKOLAUS Ja, aber ...

FRAU BLASS Des is mir gleich, as Taxi zahl i net, des war mit Ihrer Agentur net vereinbart. Also, jetzt passen S' auf: Hier ham Sie die Kundenerwähnungswünsche von de Prominentenkinder, die namentlich erwähnt werden solln, lesen S' gschwind durch, daß koan Fehler neibringen. Also, Sie kemman nach am fünften Kind, des is der Boris im Discofieber, des is der da, gel, Boris, und dann nehman Sie gleich des sechste Kind mit über die Rampe ...

NIKOLAUS I hab da stehn: Natascha als Gänseliesl ...

FRAU BLASS Ja, genau, mit der Natascha kommen Sie, und dann is Bescherung. Also, zerscht die Prominentenkinder und vor allem de von der wichtigen Kundschaft, de sitzen alle an Tisch eins bis drei, de restlichen Packerln verteiln S' dann nach gusto, soweit no oa da san ...

NIKOLAUS *hat Kundenerwähnungswünsche durchgelesen*

Ja, Sie, da steht »Stinkfaul und pariert daheim überhaupt net«, des is doch a bißl hart für so a Kind, soll i des wirklich a so sagn?

FRAU BLASS Sie tragn vor, was aufm Zettel steht, verstandn. Mischen S' Eahna da net ei. Des is ois mit der Kundschaft aso abgesprochen. Und vergessen S' net: »Von draußt vom Walde komm ich her, da braucht ma was gscheids zum Oziagn, mir machen Kindermode« ...

NIKOLAUS Jaja, ich woaß scho, auch an Kleiderwunschzettel ansprechen. Kimmt ois, Frau Blaß. Wia hoaßn glei de Stiefeln wieda?

FRAU BLASS Juwenta.

NIKOLAUS Ah ja, und der Vernon-Pelzumhang. Puh, hoaß is da herin. *Legt Umhang ab.*

FRAU BLASS Aber ja net zu früh! Mit der Natascha als Gänseliesl kommen Sie.

NIKOLAUS Is gebongt, Chefin.

Ein Kind im Pelzmantel weint.

FRAU BLASS Ja, Nicole, mein Kleines, wer wird denn da weinen, jetzt, wo dein schöner großer Auftritt kommt. Andere Kinder wären froh, wenn sie so einen schönen Mantel vorführen dürften. Nicole-Schätzchen, das wird schon ... Frau Sieber?! Frau Sieber, Sie schicken die Kinder auf Stichwort über die Rampe. Des muß klappen, gel. Jaja mein Schätzchen, is ja schon gut, is ja halb so schlimm, schau, Nicole, die Mütze darfst du hinterher behalten. So, ich muß jetzt, Frau Sieber, Achtung...

Geht auf die Bühne

NIKOLAUS Geh weiter Kindl, denk dir doch nix. Da, hast an Lebkuchn.

Im Saal.

FRAU BLASS *tritt lächelnd auf, Hammondorgeltusch, Applaus.* So, liebe Kinder, liebe Eltern, jetz is es wieder so weit, das Fest der Freude rückt näher, und wie jedes Jahr um diese fröhliche Zeit der Erwartung haben wir von Uschis Kinderbasar uns wieder was ausgedacht, was euch, liebe Kinder, vielleicht Freude macht zum Anziehn, Überziehn, zum Umhängen oder zum Kuscheln, und natürlich für euch, liebe Eltern, ein paar zünftige Anregungen für den Wunschzettel oder den Gabentisch eurer Bambinis.

Ich hab davor noch in den Wald gespitzt und den St. Nikolaus getroffen, und der hat euerer Uschi fest versprochen, daß er nachher bei unserem kleinen modischen Adventsnachmittag vorbeischaut. Er hat gesagt, er hätt ein paar Überraschungen für unsere Basarkinder. Da sind wir ja alle gespannt, was der St. Nikolaus da für uns, oder besser für euch, liebe Kinder, bereit hat. *Applaus.* So, und jetzt, auf Los gehts los! Herr Dr. Tschiep, bitte Musik! *Musikeinsatz, Applaus.* Und als erstes sehen wir nun unsere Nicole mit dem Modell »Eisbär« von Clochard, mit der dazu passenden Exklusivmütze »Uppsala« in rustikaler Baumwolle. – Ja, wo bleibt sie denn, unsre Nicole? *Dezent* Frau Sieber! – Ja, wo ist denn unsere Nicole? *Geht ab, kommt mit verrotzter Nicole wieder und schleift sie über den Laufsteg.*

(Noch Frau Blass) Ja, haha, unsere Nicole ist heut ein wenig verschnupft, sie hat halt unsern Mantel Modell Eisbär zu spät angezogen, gel, Nicole, ja brav, haha, ja einen kleinen Applaus hat sie doch verdient, unsere Nicole. Danke Frau Sieber... *Nicole ab.* Unser kleines Eisbärle von Clochard kostet komplett mit Rustikalmütze 438 Mark exklusiv bei Uschis Basar. So, als nächstes, ah da is er ja schon, unser Dimitri, ganz professionell macht er das, wie ein echter Dressman. *Applaus.* Dimitri als kleiner Lord, mit farblich abgestimmter Pausebrottasche für den kleinen Hunger zwischendurch. Statt dem Tweedjackett kann man auch mal nur den Original-Norwegerpulli Modell Sven komplettieren, das sieht dann oft besonders süß aus, hier, unser Dimitri... *Dimitri zieht das Jackett aus, man sieht den Norwegerpulli, Applaus.* Der kleine Lord, ein besonders lässiges

Modell exklusiv für Uschis Basar von der Firma Clochard. *Dimitri ab*. Ja, und jetzt einen Sonderapplaus, süß sehn sie aus, sind sie nicht herzig, wie ein kleines Brautpaar, der Uli und die Ingeborg im aktuellen Winterfreizeitdress Pinguin eins und Pinguin zwei, lieferbar in den aktuellen Modefarben Rouge, Gelb, Azur, Beige, Champagner und Flaschengrün, hei, da macht das Schlittschuhlaufen Spaß. Pinguin zwei mit modischem Cape, Pinguin eins mit dem zünftigen Südwester, und für den kleinen Wunschzettel, da, Uli, zeig mal schön, die Allwetterstiefel von Caligula. Ja, schön macht er das, der Uli. *Sonderapplaus*. Ein Sonderapplaus für den Uli. *Applaus*. Vielen Dank, auch, liebe Ingeborg. *Applaus*. Für die chique Nachmittags-Schokoladenparty oder für ne tolle Kinderfete jetzt was ganz Verrücktes, unser Boris im Disco-Fieber! Frau Sieber! *Licht-Wechsel, Discomusik*. Ja, das geht in die Beine. Toll, dieser Boris. Diese Safranlederhose, da fahren die kleinen Girls reihenweise drauf ab. Einen Sonderapplaus für den Boris. Discohose, Kappe, Jacke und Perlenkette, Stepschuhe und Disco-Jojo exclusiv bei Uschis Kinderbasar Kreation Uschi Blaß 624 Mark. Ja, toll, dieser Boris! *Boris ab, Applaus*. Obacht. Ohlala, jaa, jetzt, liebe Kinder hab ich, glaub ich, ein Glöckchen gehört, da bin ich aber gespannt, wer jetzt da hereinschneit. Ja, das ist unsere Natascha als Gänseliesl, und jaa, ich habs doch gewußt, da ist er, der heilige St. Nikolaus, Applaus für den St. Nikolaus!! *Applaus. Nikolaus geht mit Natascha auf und ab*. Ja, St. Nikolaus, wo kommst du denn her? *Schubst Gänseliesl von der Rampe*.

NIKOLAUS Von draußt vom Walde komm ich her, ääh...

FRAU BLASS *leise* Schuhe...

NIKOLAUS I woaß scho... ah, ich kann euch sagen, es weihnachtet sehr. Ich komme gerade von der Juwenta-Schuhfabrik, von denen habe ich auch meine schönen Juwenta-Allwetterschuhe, ohne die der St. Nikolaus schon längst einen Schnupfen hätte, und ich habe hier auch was Feines mitgebracht, für alle braven Basar-Kinder. Ihr wart doch immer brav, oder?

KINDER Jaa!!

FRAU BLASS Bei Uschis Basar sind nur brave Kinder, Herr Nikolaus.

NIKOLAUS Ah ja, natürlich. Habt ihr euch auch alle was Feines zu Weihnachten gewünscht?

KINDER Jaa!!!

NIKOLAUS Was Feines zum Anziehn?!

KINDER Jaa!!

NIKOLAUS Ja, das freut den Nikolaus. Ja, dann wollen wir doch mal in mein goldenes Buch schauen, was da so alles drinsteht. – Ist die kleine Carmen Hasenböck, ist die da? *Ein zaghaftes Ja antwortet.* Oh oh oh, ja was muß ich denn da lesen? Sie ist faul, macht keine Hausaufgaben und widerspricht ständig ihrer Mutter. *Kindergelächter.* In der Schule kommt sie auch nur...

FRAU HASENBÖCK Also, das ist doch wohl der Gipfel an Unverschämtheit. So eine Frechheit...

FRAU BLASS Aber Frau Konsul, das war doch...

FRAU HASENBÖCK Carmen! Olaf! kommt, wir gehen!

FRAU BLASS Frau Konsul, darf ich das Mißverständnis auf-

FRAU HASENBÖCK So eine Geschmacklosigkeit ist mir in meinem Leben noch nie untergekommen... *Zieht ihre beiden Kinder an.*

FRAU BLASS Aber, Frau Konsul, den Nikolauszettel hat mir doch Ihr Mann persönlich...

FRAU HASENBÖCK Mein Mann, dieses Rindvieh, was weiß denn der; wo unsere Carmen so ein Sensibelchen ist. Carmen, Olaf, los, wir gehn.

FRAU BLASS *zum Nikolaus* Sie Vollidiot, das wird ein gerichtliches Nachspiel haben!

NIKOLAUS Ja, aber...

FRAU BLASS Sie Rindvieh, diese Frau kann mich fertigmachen mit ihren Connections. Sie entschuldigen sich sofort auf der Stelle! Bei Frau Konsul und beim Kind. Sonst zeig ich Sie an wegen Geschäftsschädigung, Sie Depp! *Geht in Richtung Frau Hasenböck, die bereits aufgestanden ist.*

NIKOLAUS Ah, gnä Frau, ah, Kind, ah, du, der Nikolaus, der hat was übersehn, sowas passiert auch amal am Nikolaus, ah, gnä Frau, bittschön entschuldigen S'...

FRAU HASENBÖCK Ja, aber, Sie sehn doch selbst, das Kind ist doch so sensibel.

NIKOLAUS Ja, äh, nein, bittschön, äh, wie soll ich, äh... *Frau Hasenböck setzt sich wieder.*

FRAU BLASS *ruft dem Nikolaus zu* Musik, Ihr Lied, und Bescherung!

NIKOLAUS Ja, aber die anderen Zettel...

FRAU BLASS Ihr Lied, los machen Sie endlich. Liebe Kinder, ihr müßt wissen, der Nikolaus hat auch ein Lied dabei...

NIKOLAUS Ja, also, ihr habts gehört, liebe Kinder, ah, also, der Nikolaus hat euch da ein Lied mitgebracht, für alle Basarkinder, des is zum Mitsingen, paßts schön auf, ich sings euch derweil amal vor, und die, dies dann schon können, die dürfen gleich mitsingen und dann singen mir alle des Lied mitanander, gel...

FRAU BLASS Und der Sankt Nikolaus verteilt dabei die Gaben! Gel, Herr Nikolaus?!

Cartoon von Erik Liebermann

RÜDIGER KIND
Schnelle Hilfe garantiert

**Die Auspuffspezialisten
Fritz Kellermann GmbH, Wassertrüdingen**

Wieder neigt sich ein Jahr dem Ende zu. Frohe Stunden, aber auch düstere Momente wie Ihr Auspuffschaden vom 13. Juni, der glücklicherweise von unseren Auspuffspezialisten rasch und fachmännisch behoben werden konnte, wechselten im Viertakt der Jahreszeiten.

Tage der Besinnung, der Ruhe im Kreise der Lieben liegen vor uns.

»Stille Nacht, heilige Nacht.«

Sind Sie im vorweihnachtlichen Einkaufsrummel schon dazu gekommen, sich daran zu erinnern? Sie sollten auch daran denken, daß unser qualifiziertes Mitarbeiterteam mit einem gründlichen Auspuff-Check zum »Festpreis« am besten dafür sorgen kann, Sie vor unliebsamen Überraschungen zu bewahren und die Heilige Nacht auch wirklich zu einer stillen Nacht werden zu lassen!

In jedem Falle hoffen wir mit Ihnen, daß nicht ein neuerlicher Krümmerbruch die »stille Zeit« mit ungewollten »Knattertönen« stört ...

Wir bedanken uns für Ihr Vertrauen und wünschen Ihnen und Ihren Angehörigen ein friedvolles Weihnachtsfest und ruhige Fahrt ins Neue Jahr!

Ihre Kellermann – Auspuffspezialisten

Sicherheitstechnik
Dipl. Ing. Ernst Eisele

Weihnachten – Fest der Liebe, aber, leider Gottes auch Fest der Diebe! Sie kennen das: mit Ihrer Familie verbringen Sie die Feiertage in den Bergen und bei der Rückkehr ins traute Heim erwartet sie eine böse Überraschung: in Ihr Haus ist eingebrochen worden! Immer öfter nämlich kommt es vor, daß das Weihnachtslied

»Macht hoch die Tür – das Tor macht weit!«

von Langfingern und Einbrechern auf recht eigenwillige Weise »uminterpretiert« wird. Lassen Sie es erst gar nicht soweit kommen!

Mit gepanzerten Sicherheitsfenstern und Sicherheitstüren von Eisele schützen Sie sich in Zukunft vor derartigen »Überraschungsbesuchen«. 150 Modellvarianten in Echtholz oder lackiert, innen und außen individuell gestaltbare Türverkleidungen, die auch den abgebrühtesten Einbruchspezialisten zur Verzweiflung treiben – und das alles zu Preisen, die Sie staunen lassen!

Unser Motto:
»Ob Tür oder Tor – Sicherheit geht vor!«

In diesem Sinne ungetrübte Festtagsfreude wünscht Ihnen Ihr Fachbetrieb

Sicherheitstechnik Dipl. Ing. Ernst Eisele

Die Heinzelmännchen
Spezialbetrieb für Innen- und Außenreinigung, Schweinfurt, wünscht Ihnen »saubere Weihnachten!«

Weihnachten ist das Fest der Familie. Aus nah und fern strömt Jung und Alt zusammen. »Ihr Kinderlein kommet...« tönt es aus allen Kanälen, und vor allem die Kleinsten freuen sich auf eine

schöne Bescherung!

Aber wie heißt es so schön? Des einen Freud ist des anderen Leid!

Jeder Gastgeber einer ausgelassenen Kinderschar weiß, daß seine Einladung unangenehme Folgen haben kann:

Verschmutzte Tischwäsche ist da sicher noch das kleinste Problem. Aber wer beseitigt die Ketchupspritzer von den Tapeten, wer löst den Wachstropfen aus dem Perserteppich, wer puhlt die Rotkohlreste aus den Gardinen und wer, fragt sich die verzweifelte Hausfrau, wer holt die Kartoffelklöße vom letzten Jahr hinter der Heizung hervor?

Richtig – die Heinzelmännchen bringen alles wieder

in Ordnung!

Legen auch Sie die Reinigung Ihrer vier Wände in die erfahrenen Hände des ältesten Spezialbetriebs für Innen- und Außenreinigung in Schweinfurt.

Wenn Sie uns brauchen, sind wir zur Stelle!

Cartoon von Erik Liebermann

Johano Strasser
Schöne Bescherung

Andreas B. Boutiquenbesitzer
Fährt im Landrover langsam langsam
Paarmal den Kudamm rauf und runter
Zigarillo im Mund Die Tageskasse

Neben sich auf dem Beifahrersitz
Bald wird es dunkel: Heiligabend
Oder auch so: Bückt sich und zieht
Mit einem Ruck das Eisengitter

Vor die verschlossene Ladentür
Will wieder hoch Ein stechender Schmerz
Verklemmt ihm die leidigen Lendenwirbel

Lange verharrt in gebückter Stellung
Andreas B. Boutiquenbesitzer
Ausgerechnet am Heiligabend

Die Weihnachtsmaschine

Als sie die Rolltreppe hochfuhr, bemerkte sie im Augenwinkel eine Person, die ihr bekannt vorkam. Gleichzeitig wurde sie von der anderen Seite angerempelt. Eine Woge Schweißgeruch waberte an ihr vorbei. Einkaufstüten schlugen ihr gegen die Wade.

Gesine geriet ins Wanken, als die vorbeidrängende Person ihre Handtasche mitriß im Überholmanöver. Die Hitze in ihrem Kopf eskalierte. Jetzt gab auch noch der Riemen ihrer Tasche nach, und der Inhalt verteilte sich über die Rolltreppe.

Gesine klammerte sich an der Gummireling fest, ihr Blick fiel zur Seite – und da war wieder dieses bekannte Gesicht, jetzt gerötet und von Panik gezeichnet, über einem kamelhaarfarbenen Kaschmirschal – viel zu warm, dachte sie und erkannte: das Gesicht, das da neben ihr die Treppe hochfuhr, war ihr eigenes.

Tolle Idee, reflektierte sie automatisch, während sie sich nach ihren verstreuten Habseligkeiten bückte, Super-Idee, diese Spiegelwand neben der Rolltreppe. Schön, unaufdringlich, raumweitend. Für so etwas hatte sie einen Blick. Gesine war Innenarchitektin, half mitunter in einem Designermöbel-Shop aus, soweit es ihre Familienpflichten zuließen. Daß sie sich selbst in diesem interessanten Spiegelband nur auf den zweiten Blick erkannt hatte, machte ihr erst nachträglich zu schaffen.

Mitfahrer bückten sich nach ihren von Treppe zu Treppe hopsenden Habseligkeiten. Als sie oben ankam, drückte ihr eine auffallend gepflegte junge Dame einen Umschlag in die Hand. »Sie sollten sich selbst einmal etwas gönnen«, sagte sie mütterlich zu der vermutlich doppelt so alten und entschwand mit wehendem Rothaar in der Menge. Gesine kam sich vor wie ein nasser Schwamm.

»Weihnachtsaktion: No. 1004« stand auf dem Umschlag. Nur ihre gute Erziehung hinderte sie daran, die Reklame an Ort und Stelle fallenzulassen.

Sie schob sich ein Stück weiter ins Gewühl. Fahndete nach ihrem Merkzettel. Skipulli für Florian – konnte sie streichen. Weiter: Saunatuch für Tina, Pulli für Günter… In welchem Stockwerk war sie überhaupt? Haushaltwaren, so weit das Auge reichte. »Instant garbage« dachte sie – das wahrste Wort, das sie während ihres Amerikaaufenthalts gelernt hatte. Die ohnehin dicke Luft war durchrauscht von Weihnachtschören. Sie spürte, wie ihr die Knie weich wurden, lockerte ihren Schal, konnte sich gerade noch an einem Verkaufstisch festhalten. Es war nur ein Moment, aber das genügte.

»Ist Ihnen nicht gut?« fragte eine Verkäuferin. »Da drüben ist unser Kunden-Café«, meinte sie besorgt und reichte ihr den Arm. Gesine fühlte sich wie eine Hundertjährige.

Eine Minute später saß sie, von Plastiktüten umstellt, vor einer Tasse Cappuccino. Rief sich die Edel-Oase in Erinnerung, in der Günter jetzt immer noch saß, umringt von seinen Mitarbeitern, heißen Punsch schlürfend, der Ärmste, eingekeilt zwischen seine Sekretärin und diese unsägliche Blondine, die wohl seine neue MTA war. Die vierte Weihnachtsfeier war das, die er heuer durchzusitzen hatte – du weißt doch, wie lästig mir das alles ist, aber absagen geht nicht, heute schon gar nicht, das ist ja mein eigener Verein. Leider, entschuldige, Schatz, bin ich auch diesmal nicht dazu gekommen, die fälligen Präsente selbst zu kaufen, im letzten Moment kam der fast schon erwartete Notfall, den nur ich selbst versorgen konnte. Ob sie auch diesmal – ein allerletztes Mal noch – die Weihnachtsgeschenke für seine Mitarbeiter besorgen könne, nein, nur für die fünf wichtigsten heuer. Sie mache das ohnehin besser als er. Habe noch immer etwas Persönliches gefunden. Aber nicht zu teuer, bitte. Bis vier Uhr könne sie die

Päckchen in der Klinik abgeben. Wenn sie's nicht schaffe: ab fünf sei man im Lokal versammelt – sie kenne ja die Adresse.

Gesine löffelte die letzten Schaumflocken aus ihrer Cappuccino-Tasse, glättete den zerknüllten Merkzettel, las: Brillen-Etui (Schlangenleder) für Oma, Pullunder (Alpaka, grün) für Opa, Joystick für Tommy, dann etliche Namen ohne Geschenkideen. Sie legte den Mantel ab. Auch darunter war sie zu warm angezogen. Ihr Magen schmerzte. Kein Wunder, sie hatte seit dem Frühstück nichts mehr gegessen. Es wäre vernünftiger gewesen, im Restaurant bei den Feiernden zu bleiben – da wurde gerade geordert, als sie mit den Geschenken dazustieß. Günter nahm wohl jetzt Entenbrust auf Orangenmousse zu sich. Aber, schon etwas empfindlich geworden durch die frühlinghafte Föhnstimmung draußen, war ihr der gestylte Prunk des weihnachtlich herausgeputzten Lokals unmittelbar aufs Gemüt geschlagen: schlichtes Tannengrün, satt, Honigwabenkerzen, echt, dazu allüberall starre, güldene Gazeschleifen – und die Fensterscheiben waren mit transparentem Goldspray überzogen.

Mit einem Blick hatte Gesine das mattglänzende Mausoleum erfaßt und mittendrin ihren Mann, der soeben mit großartiger Geste die Arme breitete, um sie auf die Schultern der neben ihm sitzenden Damen niedersinken zu lassen. Er sah seine Frau nicht hereinkommen, neigte gerade den Kopf auf die Seite seiner langjährigen Sekretärin, Lena, die wohl etwas Erheiterndes gesagt hatte, denn er lachte dröhnend – jenes gefällige und gefallsüchtige Lachen, das er immer anstimmte, wenn er nicht wirklich amüsiert war und das er für ansteckend hielt. Zu Recht. Der Tisch begann schon zu wiehern. Er war ein beliebter Chef. Lena strahlte. Sie tat das nun schon über 10 Jahre, wenn Günter in der Nähe war, mit und ohne Grund.

Günter drehte jetzt den Kopf zu seiner anderen Nachbarin, die bereits zähnezeigend japste vor Vergnügen. Sie warf dabei den Kopf auf die Seite, so daß er beinahe Günters Schulter berührte. Gesine spürte ihre Magennerven.

Da erblickte Günter seine päckchenbeladene Frau und jubelte: »Der Weihnachtsmann ist da!« Dann korrigierte er sich neckisch: »Nein, die Weihnachtsfrau, natürlich.« Generöses Auflachen der versammelten Mitarbeiter.

Gesine beschloß, gar nicht erst Platz zu nehmen, und ging an die Verteilung der Geschenke. Die Blondine setzte zum Jubel an. Günther tätschelte ihr beruhigend den Rücken: »Jetzt warten Sie erst mal ab, was drin ist.« Die »Weihnachtsfrau« verabschiedete sie sich, begleitet von vielstimmigen Rufen des Bedauerns. Nein, danke, sie müsse die restlichen Weihnachtsgeschenke unter Dach und Fach bringen – es blieben noch drei Stunden bis Ladenschluß, das wolle sie nutzen. Der Kellner schwebte an ihr vorbei mit frischem, hochprozentig dünstendem Punsch – mit verengten Nüstern floh sie ins Freie.

Aus dem Lautsprecher des Kaufhauscafés flossen überirdische Glockenklänge. Gesine bestellte sich einen zweiten Cappuccino und einen Käsekuchen. Für ihre Mutter würde sie einen Morgenmantel besorgen, ob er nun fällig war oder nicht, den gab es hier im Kaufhaus, für Papa lagen schon die ›Buddenbrooks‹ als Hörkassette im Schrank. All das mußte morgen zur Post. Ihre Eltern würden wie seit Jahren in Heidelberg bei der jüngeren Tochter feiern – erst an Silvester kam dann das große Familientreffen in München bei Gesine und Günter.

Mitten im »dulci jubilo-o-o« wurde die Kaufhausbeschallung unterbrochen: »Achtung, Achtung – eine Durchsage. Soeben wurden die Nummern 998, 1004, 1024 und 1056 unserer Weihnachtsaktion gezogen. Liebe Kunden, vergleichen Sie bitte die Zahlen auf Ihren Umschlägen. Die Gewinner werden gebeten, in unserem neu eröffneten Bodyshop und Schönheitssalon im 5. Stock vorstellig zu werden. Ich wiederhole: ...«

Bei der dritten Wiederholung wurde Gesine aufmerksam. 1004? Sie zog den Umschlag aus der Manteltasche: 1004. Ein einziges Mal hatte sie bisher etwas gewonnen: einen Kunstblumenstrauß, in einer Tombola. Sie lächelte unwillkürlich, öffnete das Kuvert. »Machen Sie das beste aus Ihrem Typ!« stand in silbernen Lettern auf sternen-übersätem Grund, und auf der Rückseite der Karte war zu lesen: »Weihnachtsgutschein im Wert von 500 DM für Kosmetik-, Typ- und Frisurberatung«.

Eine Dame am Nachbartisch gratulierte. »Was haben Sie denn gewonnen?« Gesine reichte ihr die Karte: »Mein Gott, das ginge mir jetzt gerade noch ab. Vielleicht kann man sich das Geld auch auszahlen lassen.« Die Frau musterte sie und sagte: »Es könnte Ihnen aber wirklich nicht schaden.« In diesem Augenblick erinnerte sich Gesine an die seltsame Begegnung mit ihrem Spiegelbild.

Im 5. Stock empfing sie die weichgepflegte Rothaarige wie eine alte Freundin. »Herzlich willkommen, meine Liebe«, sagte sie tantenhaft, »das ist ja ganz wunderbar, daß Sie gewonnen haben. Sie haben mir vorhin so leid ge-tan mit Ihrem ganzen Krimskrams auf der Rolltreppe.«

Ohne einen Einwand zu dulden, nahm sie Gesine die Einkaufstüten ab, befreite sie von Mantel und Kaschmir-schal und geleitete sie zu einer Koje mit einer frisch bezoge-nen Liege und einer duftenden Dame in Weiß, die sich als »Sandra« vorstellte. »Ökokosmetikerin«, ergänzte sie und wanderte Gesines Gesicht mit Röntgenblick ab. »Misch-haut, gute Substanz, ein wenig vernachlässigt, oder?« Sie drohte mit gepflegtem Finger. »Möchten Sie Meditations-musik oder lieber etwas Leichteres nebenher?«

»Vivaldi«, schnarrte Gesine patzig und glaubte, damit das Schlüsselwort für ihren Rückzug gefunden zu haben. »Ach, wie schön«, sagte Sandra, ehrlich erfreut, »wir wer-den ein angenehmes Stündchen miteinander haben. Ma-chen Sie sich schon mal oben frei und strecken Sie sich bequem aus.«

Wie ferngesteuert ließ sich Gesine auf der Liege nieder

und wachte erst wieder auf, als sie ein sanftes Kneten im Gesicht spürte und Vivaldi Frühlingsstimmung zauberte. »Nirwana«, las sie auf den bereitgestellten Töpfchen und Flakons. »Ein schöner Name für schöne Produkte, nicht wahr?« sagte Sandra, die ihren Blicken gefolgt war. »Wunderschön«, seufzte Gesine, schaute auf ihre Armbanduhr und schloß die Augen. Ihre Einkäufe konnte sie für heute vergessen.

Wieso war eigentlich schon wieder Weihnachten? Gesine kam es vor, als sei sie gerade eben aus Hartlried zurückgekehrt, ihr kleines Auto vollgestopft mit Geschenken aller Art, zerknülltem Verpackungsmaterial, Körben voll schmutziger Bett- und Tischwäsche und mehr oder weniger appetitlichen Delikatessenresten der üppigen Fest- und Feiertagsmenüs.

Wut kam in ihr hoch, frisch wie von gestern. Selten war sie so außer sich gewesen wie nach jener letzten Weihnachtsveranstaltung – ja, genau dieses Wort formte sich jetzt in ihrem Kopf, als sie, mit einer kühlenden Cremeschicht auf Gesicht und Décolleté und balsamgetränkten Läppchen auf den geschlossenen Lidern, in sich hineinhorchte.

Die Feiertage waren wie immer üppig auf dem Land begangen worden, in dem wunderbaren Einödhof, den sie kurz nach der Geburt des ersten Kindes erworben und seitdem so oft wie möglich als zweite Heimat genutzt hatten. An Weihnachten lief die Gemütlichkeit dieser Oase zu Höchstformen auf: mit prasselndem Feuer im alten Herd und meist auch einigem Schnee im umgebenden Winterwald. Man kuschelte sich im engsten Familienkreis zusammen – abgeschottet, ohne Telefon, ohne Fernseher, ganz den leiblichen und geistigen Freuden hingegeben, mit denen dieses Fest alle Jahre wieder aufwartete.

Man muß dazu sagen, daß Gesine ein ausgesprochener Weihnachtsmensch war, zumindest gewesen war. Diffuse Erinnerungen an ferne Kindertage hatten es ihr zur Pflicht gemacht, ihrer eigenen wachsenden Familie alljährlich eine maximal selige Weihnachtszeit zu bereiten. Das begann im Advent mit gemeinsamen Basteleien und Plätzchenbacken, mit dem Ansetzen von Barbarazweigen, einer Nikolausfeier mit eigenhändig gebackenem Lebkuchenhaus, bald auch kamen handgebastelte und selbstbestückte Adventskalender dazu, die den Kindern – und es waren immerhin vier geworden – 24 Tage lang je ein kleines Geschenk bescherten. Der Höhepunkt war dann der Gabentisch, auf dem jedes Familienmitglied alle gewünschten Gegenstände und dazu noch ein paar ersehnte Überraschungen vorfanden. Auch die mehr und mehr erweiterten Verwandtschafts- und Freundeskreise hatten ein Anrecht auf kleine Aufmerksamkeiten oder zumindest auf einen persönlichen Brief erworben.

Günter konnte natürlich nicht als Hilfskraft angeheuert werden. Ihm, als Assistenz-, dann Oberarzt, schließlich als Chef seiner Abteilung blieb für dergleichen keine Minute. Es war Belohnung genug, daß er inzwischen jedes Jahr über die Feiertage frei nehmen und sich mit seiner Familie in Hartlried einigeln konnte. Da war es nur angemessen, daß von der Gans am Heiligen Abend über den Karpfen am ersten bis zum Truthahn am zweiten Feiertag alles perfekt vorbereitet und zugerichtet wurde, man freute sich ja schon das ganze Jahr darauf.

Nur bei Gesine begann im Lauf der Jahre die Vorfreude nachzulassen, vielmehr stellte sich gegen Mitte November eine Art Unlustgefühl ein, etwas wie eine vorauseilende Erschöpfung. Im Gegensatz zu Günther trennte sie sich nach 15 Jahren ohne Bedauern von den Nikolausfeiern, ließ auch nach weiteren zwei Jahren das Lebkuchenhaus aus dem Programm, nicht ungescholten, aber unnachgiebig. Als sich auch beim jüngsten Sohn der Stimmbruch ankündigte und die Mutter andeutete, daß die Zeit der 4 mal 24 Adventskalenderpäckchen dem Ende zugehe, erhob sich ein waidwundes Geschrei, als habe sie einen Kindsmord beschlossen. Damals beschlich sie erstmalig der Verdacht, etwas grundsätzlich falsch gemacht zu haben. Zur Gewißheit war ihr dies allerdings erst letztes Weihnachten geworden.

»Sie sollten versuchen, ein wenig zu entspannen«, hörte sie die Kosmetikerin sagen, »Sie knirschen ja richtig mit den Zähnen.« Gesine fühlte sich ertappt und lockerte die angespannten Kiefer. Die Rote nahm ihr mit heißen, feuchten Tüchern die Nährmaske ab und massierte dann sachte klopfend eine honigduftende Salbe in die Poren ihres Gesichts. Vivaldi schoß sich auf Sommer ein.

»Ruhe kommt von selbst«, sagte sie vor sich hin, »linker Arm ist schwer.« Wie lange hatte sie schon kein autogenes Training mehr gemacht? Sie dehnte sich wohlig, Sandra massierte jetzt ihre Halswirbel. »Linkes Bein ist schwer«, redete sich Gesine ein, »Gedanken stören nicht«, – da spürte sie wieder die Galle hochsteigen. Jenes letzte Fest der Liebe war immer noch verdammt unverdaut.

Seit sie Weihnachten in Hartlried feierten, waren sie immer in zwei Gruppen aufgebrochen: die Vorhut bildete das »Weihnachtsteam«, das sich um die Zurüstung des Hauses und den Fressalien-Einkauf zu kümmern hatte. Im Zweitauto kam dann der Rest der Familie nach, meist am Vorabend oder am 24. vormittags.

Diesmal aber fand sich Gesine allein, als sie mit der vollgestopften Familienkarre auf ihre Begleiter wartete. Weihnachten kam bei ihnen immer einem halben Umzug gleich. Es war nicht ganz klar gewesen, wie viele Kinder gleich mitkommen würden, grundsätzlich hatten alle zugesagt, es konnte also eng werden mit all dem Gepäck. Als es zu dämmern begann und Gesine immer noch allein zu Hause war, begann sie sich Sorgen zu machen. Der erste Anruf kam von Florian. Seine Band habe heute überraschend noch einen Auftritt in der Unicafeteria angeboten bekommen, eine solche »Finanzspritze« könne man nicht ausschlagen – sie sei ja sicherlich ohnehin froh, wenn das

Auto nicht zusammenbreche... Fünf Minuten später Günter am Telefon: »Stell dir vor, Schatz, ich habe Freikarten fürs Badria geschenkt bekommen – Carla und Hänschen sind schon unterwegs mit Lena. Sie hat sich angeboten, die beiden hinzufahren, weil du ja heute schon in Hartlried sein mußt. Lieb, gell? Die Kinder haben sich so gefreut. Ich bringe die zwei übermorgen mit. Wir kommen übrigens erst gegen 5 Uhr: Oma singt vormittags noch im Kirchenchor.« Gesine war sprachlos. Günter hielt dies für Einverständnis. Er legte auf.

Draußen begannen die Flocken zu fallen.

Kurz darauf Tina, die Älteste, in persona, völlig außer Atem: sie komme nur noch rasch zuhause vorbei, um sich umzuziehen. Ob ihr dunkelblaues Kostüm schon wieder von der Reinigung zurück sei? René, Mammie, du weißt doch, René Périer, sei auf der Durchreise nach Paris. Er unterbreche – ihretwegen! Stell dir vor, was das bedeutet! Ihr ganzes Leben stand auf dem Spiel.

Gesine hörte den Rest nicht mehr, sah Dunkelheit und Flockenfall draußen dichter werden und machte sich auf den Weg.

Morgen war Samstag, der 23. Dezember, die letzte Möglichkeit zum Kauf von Gans, Truthahn, Knödelbrot und Maronenpüree. Wer da nicht rechtzeitig im Laden stand, hatte das Nachsehen. Erst als sie im dichten Schneegestöber im Stau stand, fragte sie sich, wieso sie nicht auch zu Hause geblieben war und – beispielsweise – die Beine vor dem Kamin ausstreckte.

Auf der Landstraße wurde das Fahren mühsam. Es stürmte. Staubschnee trieb über die vereiste Fahrbahn und vernebelte die Sicht. Dann die Auffahrt zum Haus. Der Schotterweg war einen halben Meter tief zugeschneit. Sie hätte einen Allradantrieb gebraucht. Bei dieser Erkenntnis durchflutete sie erstmals jenes neuartige Selbstmitleid, das sie über Tage hinweg nicht mehr verlassen sollte. Es war inzwischen 9 Uhr abends geworden. Sie nahm ihre Handtasche und den großen Karton mit den Weihnachtsplätzchen und stapfte durch den Tiefschnee auf das Haus zu. Ihre Stiefel füllten sich mit Schnee.

Im Haus schlug ihr klamme Kälte entgegen. Damit mußte man rechnen in einem wochenlang unbenutzten Gebäude mit feuchten Mauern. Noch ehe Gesine die zweite Ladung aus dem Auto holte, heizte sie den alten Eisenofen in der Küche an. Er qualmte gewaltig, verbreitete aber sofort ein wenig Heimeligkeit in dem stummen, dunklen Gebäude.

Und dann passierte es: auf dem abschüssigen Weg zu ihrem Wagen schlitterte sie, verlor den Halt unter den Füßen und schlug unsanft auf den Boden. Der jähe Aufprall nahm ihr den Atem. Unwillkürlich brach sie in Tränen aus, was ihr seit Jahren nicht mehr passiert war. In Sekundenschnelle liefen wahre Horrorfilme vor ihrem inneren Auge ab: Hüfte gebrochen, keine Möglichkeit, sich in Sicherheit zu bringen, die nächste Menschenseele Meilen entfernt, Tod durch Erfrieren. Der Schmerz im Oberschenkel lähmte sie. Sie würde das Bein nicht belasten können. Jetzt schluchzte sie so laut, daß ein Echo aus dem Wald zurückkam.

Gesine schrak zusammen. So hatte sie sich noch nie erlebt. Vorsichtig setzte sie sich auf, versuchte, das Bein zu belasten, was wider Erwarten funktionierte. Langsam schleppte sie sich ins Haus zurück. Dann packte sie Briketts in den Herd und rollte sich, in Schichten von Decken gehüllt, auf dem Küchensofa zusammen. Zu ihrem Entsetzen liefen jetzt wieder die Tränen, wenn auch diesmal ohne Geräusch. So konnte das nicht weitergehen. Die Rotweinflasche, die sie sich zur Beruhigung verordnete, fand sie am nächsten Morgen leer vor ihrer improvisierten Lagerstatt.

Draußen vor den Fenstern Glitzerschnee, sonnenüberstrahlt. Der Sturm hatte sich gelegt. Das Wintermärchen war perfekt. Es mußte schon relativ spät sein, dem Sonnenstand nach zu schließen. Gesine brummte der Kopf. Mein

Gott, Weihnachten! Und das Auto nicht ausgepackt und die letzte Gans vielleicht schon verkauft.

Sie betastete ihren Körper: der rechte Ellbogen nur bedingt beweglich, an den Händen blutige Schrammen. Steif erhob sie sich von ihrem Lager, jede Bewegung schmerzte.

Es half alles nichts: Weihnachten duldete keinen Aufschub. Nur: wieso war eigentlich sie das Christkind für alles?

Die über's Haus verteilten Ölöfen anwerfen, Schnee schippen, Auto auspacken, Waren sammeln im überfüllten Einkaufszentrum – Grüßgott, Frau Wörner, auch wieder im Lande? Was, ganz allein? Kann man Ihnen helfen? Nein, ihr war nicht mehr zu helfen. Zwei große Einkaufswägen hatten sich im Nu gefüllt, mit dem Nötigsten, wie sie glaubte. Jetzt noch der Christbaum. Sie nahm gleich einen mit Ständer. Das rituelle Anspitzen und Einpassen des Baums war nie ihre Lust gewesen.

Wieder im Haus, entwarf sie eine Strategie. Abgesehen von ihren Blessuren ging es ihr jetzt ganz gut, geborgen im immer stärker durchwärmten Haus. Sie stellte das Radio an, ließ Weihnachtslieder durch die Räume schallen und machte sich ans Werk. Beim Füllen der Speisekammer der erste Schock: die Kühlschranktür stand halb offen, das Innere war mit einem grünen, stinkenden Schimmelpelz ausgekleidet, Abtauwasser am Boden festgefroren.

Florian war der letzte im Haus gewesen. Vor etwa sechs Wochen hatte er mit einer Gruppe Kommilitonen eine Pauk- und Wanderwoche in Hartlried verbracht.

Die verwesten Speisereste im Kühlschrank gaben Gesine den Rest. Sie spürte, wie ihre Nase kalt und weiß wurde, und übergab sich gleich neben die Bescherung. Sie gab dem Radio einen Tritt. Der Mensch, der da von Bethlehem quatschte, war unerträglich.

Als sie mit dem Verstauen der Weihnachtsvorräte fertig war, dämmerte es draußen. Sie legte Holz im Herd nach und gönnte sich einen Irish Coffee. Whisky, Glas und

Kofferradio nahm sie mit, als sie zum Bettenmachen in den ersten Stock stieg. »Tochter Zion«, schmetterte ein Knabenchor, ihr Lieblingslied, das sie gleich laut mitsang, während sie sich etwas unbeholfen am Treppengeländer hochhantelte. Die rechte Hüfte war inzwischen unförmig angeschwollen. Oben belohnte sie sich mit einem kleinen Glas Whisky.

Als sie den Schrank im Gästezimmer geöffnet hatte, nahm sie einen Schluck direkt aus der Flasche. Aus den Fächern quollen ungeschieden frische und schmutzige Wäsche, Bergstiefel, Rucksäcke, Sportaccessoires, darunter mehrere Paare Rollerblades, Bücher, Skripten, in Schichten bis oben gestapelt selbst im hohen Abteil mit der Kleiderstange. Florian hatte aufgeräumt, wie versprochen. Der Raum als solcher war in der Tat übersichtlich.

Nicht mehr lange. Vorsichtig stellte Gesine Flasche und Glas ab. Dann zerrte sie aus der überquellenden Masse ihren Morgenmantel heraus – wer mochte sich den geliehen haben? – was zum jähen Zusammenbruch des aufgemüllten Haufens führte. Geschickt fing sie den Bildband auf, der als erstes auf sie niederkam, und schleuderte ihn kraftvoll in eine Ecke. Als nächstes flogen zwei zusammengeknüllte, dumpf riechende Handtücher durch den Raum. Es folgten ein Rucksack, eine leere Pralinenschachtel und ein Reisenecessaire, das beim Vorbeizischen den Lüster streifte. Seit ihrer Kindheit konnte sie sich an keinen Wutanfall dieser Intensität erinnern. Ein Pulli und das Bürgerliche Gesetzbuch segelten knapp am Fenster vorbei. Das ließ Gesine vorsichtiger werden. Die Rollerblades warf sie direkt die Treppe hinunter ins Erdgeschoß. Erst als der Schrank ganz leer und das Zimmer vollgemüllt war, kam sie wieder zu sich. Aus dem Spiegel blickte ihr eine Megäre mit weißer, spitzer Nase, roten Wangenflecken und aufgelöstem Haar entgegen.

Es dauerte lange, bis sie den Raum wieder so in Ordnung hatte, daß Oma und Opa ihn als ihr Gästezimmer erkennen würden. Nach diesem Kraftakt überzog sie nur noch ihr eigenes Bett und rollte sich zusammen.

Sonntag, 24. Dezember. Selbstmitleid war nicht angesagt. Die Zeituhr tickte. Deadline: 17 Uhr.

Betten machen, Christbaum schmücken, Krippe aufstellen, Geschenke einpacken und plazieren, die Weihnachtstafel decken, die Gans füllen, Knödel, Maronen, Blaukraut mit Apfelschnitzen, Salate, die traditionelle französische Blätterteigglocke zurüsten. Blieb noch der Punsch zu brauen fürs Warmprosten vor der Bescherung.

Die Weihnachtsmaschine funktionierte wie geölt. Nur das Einüben der Klavierbegleitung war zeitlich nicht mehr unterzubringen. 10 vor fünf übergoß sie noch einmal den Braten im Rohr, warf sich in ihre beste Seidenbluse und setzte sich vor den gemütlich knackenden Herd. Das ganze Haus glänzte und duftete weihnachtlich. Aus dem Radio lief Stubnmusi.

Gesine wachte erst wieder auf, als heftig an Fenster und Tür geklopft wurde. Sie hatte den Schlüssel innen stecken gelassen.

Das Tonband drehte knacksend auf die zweite Seite, Vivaldi war schon im Herbst. »Ich überlasse Sie jetzt unserem Haarkünstler«, sagte Sandra, »nachher sehen wir uns wieder zur Schminkberatung.« Frisör war nun gar nicht ihre Sache, ein Luxus, auf den sie verzichten konnte. Ihr Haar war ihr Kapital, honigfarben, glänzend, glatt, üppig. Pflegeleicht, praktisch. Seit vielen Jahren trug sie es hochgesteckt, im Grace-Kelly-Look, kühl-elegant harmonierend mit ihrem beinahe klassischen Profil.

»Sie sollten Ihr Haar offen tragen«, sagte der Frisör nach einem kurzen prüfenden Blick auf ihr lang fließendes Haar, das er von den haltenden Klammern befreit hatte. »Nein«, sagte Gesine entschieden, » ich bin ja kein Teenager mehr.« »Warten Sie's ab«, meinte der Figaro und verschmolz seinen Blick mit dem ihren, als wolle er sie auf der Stelle verführen. Gesine bekam einen Lachanfall. »So gefallen Sie mir schon besser«, hörte sie Sandra sagen, die noch einmal zurückgekehrt war, um den Technosound im Frisörsalon durch Vivaldi zu ersetzen.

Man einigte sich auf das Kürzen der Haarspitzen – Nein, mit diesem Spliss können Sie nicht rumlaufen! – und auf eine keratologische Grundbehandlung – Fred ließ das Wort auf der Zunge zergehen. Gesine war mit allem einverstanden, solange sie sich hinterher frisieren konnte wie gehabt.

Erst als sie unter der Haube saß, fiel ihr ein, wozu sie eigentlich in dieses Kaufhaus gekommen war – und sie hatte noch nicht einmal den alljährlichen Pulli für Günter besorgt.

Sie lachte hart auf. Fred kam besorgt von einer anderen Kundin herübergeeilt. Ob sie sich nicht wohl fühle? Sie konnte ihn beruhigen.

»Und dann jedes Jahr wieder ein Pulli«, hatte Günter letztes Weihnachten gesagt. »Gestern im Autoradio habe ich gehört, daß 85 Prozent der Männer zu Weihnachten einen Pullover geschenkt bekommen.«

Gesine fragte, ob er seinen Pullover zurückgeben wolle. Warum sie so aggressiv sei, konterte er, sie komme ihm insgesamt verspannt vor an diesem Heiligen Abend. Die Hormone, vermutete er, wie immer, wenn bei ihr die Nerven bloß lagen, ein Stimmungstief in störender Weise seinen Seelenfrieden ins Schwanken zu bringen drohte.

»Bist du denn immer noch nicht im Wechsel?« fragte die Schwiegermutter mit runden heiteren Greisinnenaugen, »damit wäre doch allen geholfen.« Die Enkel lachten unisono.

Von Anfang an war dieser Heilige Abend nicht ganz so harmonisch verlaufen wie üblich. Vielleicht lag es daran, daß Gesine beim Empfang noch halb schlief und dem Ansturm der in mehreren Autos anrollenden Familie nicht sofort weihnachtsfroh gewachsen war. Ungeschickt war auch, daß sie Günter gleich nach dem Begrüßungskuß von ihrem Sturz erzählt und ihn auf ihre beschränkte Belastungsfähigkeit vorbereitet hatte.

»Jetzt laß uns doch erst einmal alle hereinkommen«, meinte er, »diese Fahrt im Stau war ja bei Gott kein Vergnügen. Du hast dir hier wirklich den besseren Teil ausgesucht.« Er blähte die Nüstern: »Kinder, der Punsch ist fertig. Beeilt euch, das Christkind steht vor der Tür.«

Gesine griff sich Omas Koffer und hievte ihn ins Gästezimmer. Sie hinkte etwas. »Fangen bei dir jetzt auch schon die Zipperlein an?« fragte Oma.

In der Küche scharte man sich bereits um den Punsch. Günter füllte die Tassen. Heuer brauchte man eine mehr: René hatte es nicht bei der Durchreise belassen, hatte vielmehr spontan umgebucht und seine Familie in Paris auf Silvester vertröstet. Tina leuchtete von innen, was Gesine freute. Als Hilfe würde sie die Tochter nun allerdings abschreiben müssen.

Hand in Hand standen Tina und René unterm Lichterbaum in der bayerischen Stub'n, ein Ambiente, das dem Franzosen ans Herz ging wie im Sommer der Schuhplattlerabend. Alles war perfekt, nur die Klavierbegleitung beim Singen der Weihnachtslieder ließ etwas zu wünschen übrig, wofür sich Günter wortreich bei dem ausländischen Gast entschuldigte. Seine Frau sei heuer wohl ein wenig überfordert...

Warum sie sich denn auch gar so ins Zeug lege, wollte die Oma wissen. Ob das wirklich notwendig sei? Diese Berge von Geschenken – und das in einer Zeit, in der sich sowieso jeder alles leisten und selbst besorgen könne.

Früher, da habe man ein Paar Socken bekommen, handgestrickte natürlich, wenn's hoch kam noch einen Schal, ebenfalls handgestrickt, oder eine Mütze. Und wie man sich da gefreut habe! »Weißt du noch, Günterchen«, sagte sie und tätschelte dem einzigen Sohn liebevoll die Wange, »wie ich dir damals diesen tollen Skipulli gestrickt habe? Das war ja wohl eine Überraschung!« Günterchen tätschelte zurück. Mißbilligend betrachtete die Oma ihre Enkel, die große Mengen Papier von umfangreichen Kartons fetzten – Computerzubehör und ähnlich Gefühlsfernes zutage fördernd.

»Heutzutage macht sich ja keiner mehr Gedanken darüber, was den lieben Nächsten freuen könnte«, sagte Oma und überreichte allen Anwesenden einen Umschlag mit Kärtchen und Geldschein – je 100 Mark für Günter und Gesine, 75 Mark für die »Großen« Tina und Florian und einen Fünfziger für die »Kleinen«, Carla und Hänschen – »Johannes«, verbesserte der immerhin Fünfzehnjährige. Man dankte.

»Nein sowas«, ließ sich da Opa hören, »ich bin ja völlig von den Socken.« Er hatte soeben eine antike Meerschaumpfeife ausgepackt mit der Darstellung einer Jagd – ein Sammlerstück, hinter dem er seit Jahren her war und das er nun wider alle Erwartung in Händen hielt. Er strahlte. Oma blickte bewundernd zu Günter auf: »So einen Sohn hat auch nicht jeder Vater!« Günter winkte begütigend ab. Man tut, was man kann. Gesine schluckte die Geschichte der Odyssee hinunter, die sie für diese Pfeife hinter sich gebracht hatte. Ohnehin drang der Duft der Gans inzwischen schon aufdringlich ins Weihnachtszimmer, sie hatte zu tun.

»Da biegen sich ja mal wieder die Tische!« freute sich Opa, als Gesine die Gans auftrug. Selbst René zeigte sich begeistert. Vor allem die Knödel machten ihm ein geradezu kindisches Vergnügen.

Oma schüttelte den Kopf. »Wenn ich denke, wie bescheiden es früher mal zuging. Da gab es Weißwürste mit Senf und, wenn's hoch kam, noch ein paar Wiener dazu, zur Abwechslung, dazu Brezen und Krautsalat. Vielleicht ein paar Bratäpfel als Nachtisch. Das war's. Man war ja so anspruchslos.« Omas Augen weiteten sich bei der Erinnerung. »Ja«, sagte Günther fröhlich, während er sich eine Gänsekeule nachlegte, »und ich durfte dann immer von Papas Bier trinken«. Sein Gesicht verklärte sich. Gesine reichte ihm eine Serviette. Günter neigte dazu, im Überschwang der Gefühle Fettstraßen auf seinen Seidenkrawatten anzulegen.

»Und dann wurde gesungen«, spann Oma ihre Erinnerungen weiter, »und jeder konnte die Texte auswendig, alle Strophen, naja, Opa vielleicht nicht so ganz, und danach wurde gespielt: Mensch-ärgere-dich-nicht und Mikado und Fang-den-Hut, später auch schon mal Schach. Und das allerschönste war dann die Christmette, da ging man zu Fuß durch den Schnee, und in der Kirche verglich man die neuen Mützen und Schals mit denen der anderen, alles handgestrickt.«

Gesine beobachtete ihren Mann von der Seite. Er lächelte milde.

Die jungen Leute befaßten sich inzwischen wieder mit ihren Geschenken. Die Gespräche der Eltern und Großeltern waren seit Jahren bekannt. Es war gemütlich und kalorienreich wie immer, die Kerzen am Christbaum leuchteten auf Meerschaumpfeife und Computerbildschirme. Man war glücklich.

Welcher Teufel ritt Gesine, daß sie nach so vielen Wiederholungen nicht ein weiteres Mal in Omas rituellen Gesang einstimmte, vielmehr plötzlich schrill Günters wirkliche Meinung zu Christmette, Weißwürsten und Handgestricktem preisgab? Alle waren konsterniert, Gesine selbst am meisten. Nur Oma faßte sich rasch und meinte: »Du bist heute wirklich ausgesprochen nervös. Du solltest dir mal eine Pause gönnen. Warum mußt du bloß immer in diesem Designerladen jobben? Du wirst ja auch nicht jünger. Günter verdient doch wirklich genug.«

Sie atmete tief durch. »Ich könnte übrigens jetzt gut einen Kamillentee vertragen. Diese Festgelage sind schon recht deftig.« Gesine erhob sich. »Ach ja«, rief ihr Günter nach, »wärst du so lieb, mir bei dieser Gelegenheit gleich einen kleinen Grappa mitzubringen?« Opa rief hinterher: »Und mir bitte meine Lesebrille! Die ist, glaube ich, im Auto liegengeblieben.«

Gesines rechter Oberschenkel fühlte sich an wie ein Holzbein. Sie beschloß, sofort ins Bett zu gehen. Vor der Schlafzimmertür fing Florian sie ab und reichte ihr sein Handy: »Deine Schwester ist am Telefon«, sagte er. Vera rief aus Heidelberg an und wünschte ein frohes Fest. Ja, natürlich solle sie auch von den Eltern Grüße ausrichten. Die säßen gerade friedlich vor dem Fernseher. Mein Gott, schrie sie plötzlich unbeherrscht ins Telefon, sie könne dieses Nachkriegsgeseihere nicht mehr hören, sie habe die Schnauze nun endgültig voll von glücklicher Bescheidenheit und Haferflockenplätzchen. Nächstes Jahr werde sie Weihnachten auf den Bahamas feiern. Gesine lachte, das erste Mal an diesem Abend. Geteiltes Leid..., dachte sie und holte Opas Brille aus dem Auto.

Unter der Frisörhaube war Gesine wieder ein bißchen eingenickt. Diese Müdigkeit! Der Figaro gratulierte zur geglückten Entspannung und machte sich ans Werk. Er war hingerissen von ihrer Haarqualität. Im Spiegel erblickte Gesine einen Rauschgoldengel mit golden glänzendem Haar. »Wahnsinn!« jauchzte der Schöpfer der Pracht. »Bravo!« meinte die so Belobigte, »und jetzt stecken Sie das Ganze hoch!«

Fred konnte es nicht fassen. Drei Kundinnen, dazu noch Sandra wurden zu Hilfe gerufen. Man einigte sich auf einen Kompromiß: zwei Steckkämme hielten links und rechts die Haarfülle, die im übrigen locker über den Rücken fallen durfte. Die Schildpattkämme kosteten ein Vermögen. Gesine gönnte sie sich als Weihnachtsgeschenk. Bei der abschließenden Schminkberatung mit Sandra einigte man sich auf äußerste Schlichtheit – eine kleine Betonung der Augen, einen kräftigeren Lippenstift. Als sich Sandra und Fred mit ihrem Werk zufrieden gaben und Gesine sich von ihrem Spiegelbild verabschiedete, hatte sie plötzlich das absonderliche Gefühl, sich noch nie so ähnlich gesehen zu haben wie jetzt.

Draußen leises Schneegeriesel. In den Schaufenstern

Carl Larsson, Der Tag vor Weihnachtsabend, 1892

Lichterketten und aus einiger Entfernung psychedelische Klänge vom alternativen Schwabinger Christkindlmarkt. Gesine verstaute ihre Tüten im Auto und beschloß, einen kleinen Bummel durch die Budenstraßen zu machen. Die eher karnevalistischen Dekorationen und Beleuchtungseffekte stimmten sie heiter. Die Düfte erweckten Weihnachtsgefühle. Sie genehmigte sich eine Tüte heißer Maroni, spülte mit Punsch nach. Ein junges Paar prostete ihr vom benachbarten Stehtischchen zu. Ganz allgemein schien hier die Bereitschaft zum »Augenkontakt« größer zu sein als in den Läden. Nach einer zweiten Tasse Punsch begann sich Gesine für die angebotenen Waren zu interessieren – überwiegend Ökologisches, Handgefertigtes, darunter wahre Kunstwerke. Den Stand mit der Horoskopausstellerin übersprang sie, bei den Original-Ölgemälden schloß sie kurz die Augen, aber dann: das Wollparadies! Handgestricktes, wohin das Auge blickte und für wirklich alle Körperteile. Am meisten begeisterten sie die Socken mit einzeln gestrickten Zehen. »Fingersocken«, rief sie entzückt und strahlte die Herstellerin an. Nach zwanzig Minuten entschwand sie mit einem voluminösen Paket, glücklich und inzwischen auch hungrig, und steuerte auf das schräg gegenüberliegende Café zu, das sie seit ihrer Studienzeit nicht mehr betreten hatte.

Als sie nach Hause kam, war Günter schon da und etwas besorgt über ihr langes Ausbleiben. Es dauerte einen Augenblick, bis er seine Frau erkannte.

Die nächsten Tage konzentrierte sich Gesine auf ihren Arbeitsauftrag: die Innenausstattung einer Grünwalder Villa. Die Weihnachtspost ließ sie heuer sein. In den Abendstunden buk sie Plätzchen und Stollen, alle nach Rezepten ihrer Großmutter, und wenn einige der Familienmitglieder gleichzeitig im Haus waren, versammelte sie sie um den Adventskranz zum Singen von Weihnachtsliedern. Die Jugendlichen zeigten sich leicht befremdet, aber nicht unwillig.

In diesem Jahr bot sich Tina freiwillig für die weihnachtliche Vorhut in Hartlried an. René hatte sich inzwischen erledigt, so verbrachten Mutter und Tochter zwei harmonische Tage im langsam warm werdenden Haus. Sie lachten viel miteinander.

Als am 24. Dezember, kurz vor Einbruch der Dunkelheit, der Rest der Familie eintraf, kredenzten sie zunächst einmal den traditionellen Punsch zum Aufwärmen. Im Rohr schmorten mehrere Lagen Bratäpfel. Man verzehrte sie noch vor der Bescherung in der wohlig warmen Küche. Das Haus war geradezu überirdisch dekoriert – nicht aufdringlich, aber doch sehr weihnachtlich. Ausgeschnittene Sterne aus Goldpapier schwebten vor den Fenstern, Strohsterne baumelten an Barbarazweigen, Rauschgoldengel bevölkerten die Fensterbänke. Eine mehrstufige Weihnachtspyramide aus dem Erzgebirge drehte sich unter leisem Geklingel. Auf Schränken und Simsen tummelten sich Zwetschgenmandl und Lebkuchenmänner.

Oma rieb sich die Augen: »Wo hast du das nur alles aufgetrieben? Man kommt sich ja vor wie in Nachkriegszeiten«, sagte sie, und es war nicht auszumachen, ob das lobend oder mißbilligend zu verstehen war.

Gesine schenkte noch eine Runde Punsch aus und verschwand dann im Weihnachtszimmer. Das Glöckchen bimmelte silberhell. Die jungen Leute feixten, folgten aber fröhlich dem Ruf.

Der Baum stand auf einem Hocker, geschmückt mit Strohsternen, Lametta und kleinen, leicht abgeschabten Erzgebirgs-Figürchen aus der Erinnerungskiste, die Opa sofort als Winterhilfswerk-Abzeichen erkannte. Dazu eine gläserne Christbaumspitze, echt Jugendstil, und rote, leider nicht ganz tropfsichere Kerzen. Unter der herausgeputzten Fichte lagerten übersichtlich eine Handvoll mit Namen beschrifteter Päckchen. Der Tisch war wie immer festlich gedeckt.

Gesine verteilte Notenblätter und Texte. Tatsächlich sang

man geübter als üblich. Die adventlichen Proben machten sich bemerkbar. Man ging zur Bescherung über. Jeder fand mühelos sein Päckchen. Opa packte 2 Paar naturfarbene Socken aus, dazu passende Fäustlinge. Für Oma gab es schwarze Fingerhandschuhe aus fein gezwirntem Garn, dazu einen Schal, schwarz/grau geringelt, reine Schurwolle, nicht unelegant. Günter packte eine gehäkelte Krawatte aus, Rohseide, taubenblau. Irgendwie schon apart. Florian und Johannes freuten sich über Skimützen und -schals, und die Mädchen waren ehrlich begeistert von ihren hasenweichen Angorajäckchen und lachten sich schier tot über die bunt geringelten Zehensocken. Johannes klopfte der mitlachenden Mutter anerkennend den Rücken. Florian zwinkerte komplizenhaft.

Gesine hatte vorsorglich die Etiketten aus den Strickwaren genommen. »Handarbeit«, sagte sie schlicht. Es war nicht gelogen.

Oma staunte: »Wie hast du nur die Zeit dafür gefunden?« fragte sie perplex.

»Es hat gar nicht so viel Zeit gekostet«, antwortete Gesine, und auch das war nicht gelogen.

Sie verschwand in Richtung Küche und kehrte nach wenigen Minuten mit einem Tablett voller Brezen, Semmeln, Radieschen und Senftöpfchen zurück. Johannes folgte mit einer großen Schüssel Krautsalat, Florian brachte verschiedene Sorten Bier, die Gesine in der Speisekammer kalt gestellt hatte. Jetzt trug sie eine große, dampfende Schüssel auf, Tina folgte mit einer zweiten: in einer schwammen zwei Dutzend Weißwürste, in der anderen eine entsprechende Menge Wiener – »richtig Weihnachten halt«, sagte Gesine aufgeräumt, als sie Opas verwunderten Blick auffing.

Der fragte dann auch nach der zweiten Weißwurst, wann denn die Gans fertig sei – er wollte sich entsprechend Appetit aufheben. »Aber nein«, sagte Gesine lachend, »du darfst dich jetzt schon sattessen. Es sind genügend Würste da. Es ist ja Gott sei Dank nicht mehr wie in Nachkriegszeiten.« Opa sah hilfesuchend von einem zum anderen.

Das Festmahl nahm weit weniger Zeit in Anspruch als in den vergangenen Jahren. Die Spielesammlung lag bereit: Mensch-ärgere-dich-nicht, Pferderennen, Fang-den-Hut, Mikado. Sie absolvierten das ganze Programm. Opa und die Enkel amüsierten sich. Oma war eher einsilbig, Günter zog sich mit einem Buch zurück, das er von Johannes geschenkt bekommen hatte.

Zu vorgerückter Stunde las Gesine die Weihnachtsgeschichte vor, dann regte sie sich noch ein wenig auf über den Konsumterror, der heute das Leben in der Weihnachtszeit oft so erschwere. Oma stellte die Augen zu Schlitzen. Opa fragte zum zehnten Mal, ob man jetzt nicht allmählich mit dem Abendessen beginnen könne. Sein Kurzzeitgedächtnis hatte in letzter Zeit stark nachgelassen.

Mitten in der Heiligen Nacht schlich sich Gesine aus dem Haus. Sie ließ das Auto ein Stück weit geräuschlos den Berg hinunterrollen, dann erst stellte sie den Motor an. Der gepackte Koffer lag hinter ihr auf dem Rücksitz. Als sie in die Landstraße einbog, fühlte sie sich wie ein vom Bogen geschnellter Pfeil. Sie mußte sich beherrschen, das Gaspedal nicht durchzutreten.

Vier Stunden später schnallte sie sich auf ihrem Flugzeugsitz fest. Ungefähr um dieselbe Zeit fand Günter ihren Brief:

»Mein Lieber, wenn Du diese Botschaft liest, sitze ich im Flugzeug und schicke ganz innige Gedanken zu Euch nach Hartlried. Sei unbesorgt: Kühlschrank und Speisekammer sind wohlgefüllt. Wenn Opa morgen aus dem Bad kommt, wird die Gans schon duften, ein bißchen verspätet, aber immerhin.

Tina übernimmt für ein paar Tage die Regie. Für die Hilfsdienste habe ich ein paar unverbindliche Vorschläge notiert (siehe Anlage 1). Ich bin überzeugt, es wird wunderbar klappen.

Ich selbst habe mir vom Christkind eine kleine Kur verordnen lassen – auf den Bahamas soll es jetzt warm sein, und ich habe in den letzten Jahren zu oft gefroren, besonders um die Weihnachtszeit.

Ich wünsche Euch noch schöne, gemütliche Feiertage im Hartlrieder Nest.

Anbei eine Liste der Dinge, die für unsere traditionelle Silvesterfeier zu besorgen sind, mit Angabe der möglichen Läden (siehe Anlage 2). Wir werden wieder etwa 20 Personen sein. Ich kann leider erst gegen neun Uhr abends zu Euch stoßen, freue mich aber darauf, in gewohnter Runde fröhlich ins Neue Jahr zu gehen.

Ich küsse Dich und grüße die Kinder sowie Oma und Opa ganz herzlich

Deine Gesine

FABIENNE PAKLEPPA

Die Baumfrage

Zuallererst ging uns der Weihnachtsmann verloren. Der Echte. Falsche gab es als Dutzendware an jeder Straßenecke, entweder standen Verkleidete bimmelnd herum oder sie hingen als Puppen zu mehreren an den Häuserwänden wie Leute, die aufs Dach wollen und sich dabei besonders ungeschickt anstellen, es gab sogar welche, die kopfüber die Passanten angrinsten. Es wurde eine galoppierende Seuche, ab Sommerferienende tauchten die ersten Weihnachtsmänner auf, die Schokoladigen, bald konnte man nirgends mehr hinschauen, ohne daß diese Typen einem ins Auge sprangen, kurz vor Fasching verschwanden die letzten, auch die Schokoladigen, die man für ein paar Cents weniger verramschte. Daß nicht mal die Kinder mehr daran glauben mochten, leuchtete jedem ein, trotzdem taten die Zuständigen rein gar nichts, um die Seuche einzudämmen, im Gegenteil, sie behandelten die Menschen wie Junkies, die ständig höhere Giftdosen brauchen, um überhaupt noch etwas zu spüren, überschwemmten den Markt mit Weihnachtsfrauen, Weihnachtssexygirls, Weihnachtsbabys, Weihnachtsdackeln, Weihnachtselefanten und so weiter, dann mußten sich die Benutzer öffentlicher Verkehrsmittel noch rote Kapuzen mit Glöckchen anstatt Wollmützen auf den Kopf setzen. Damit war der arme Kerl für uns definitiv erledigt. Endgültig verstorben, so tot, daß wir nicht mal mehr mit den Zähnen knirschten. Die ganze Chose juckte uns einfach nicht mehr, nichts davon tat mehr weh, wir waren immun geworden.

Privat feierten wir noch. Trotz des gastronomischen Zerfalls in der Familie. Obwohl jeder Zweite Kalorien zählte, jeder Dritte Vegetarier wurde, jeder Vierte das Trinken aufgab, jeder Fünfte zuckerkrank war, jeder Sechste kein Fett mehr vertrug und jeder Siebte sich am Vortag bei irgendeiner Betriebsfeier den Magen verdorben hatte und sowieso keiner mehr Bock hatte, zu backen oder stundenlang in der Küche herumzustehen. Hier fanden wir eine gute Lösung: Die Feier wurde auf acht Uhr abends verschoben, so daß jeder genug Zeit hatte, bei sich daheim etwas zu essen oder eben gar nichts zu essen, je nachdem, dann trudelten wir nach und nach zur Bescherung und allgemeinen Küsserei bei Tante Suse und Onkel Alfred ein. Dort gab es einen Tannenbaum, und für das leibliche Wohl ganze Berge von gekauften Knabbereien, salzige und süße, für jeden Geschmack etwas: Demeter Meeressalzstangen, von den banalen Paprikachips bis zum Papadamkrabbenbrot oder wie das Zeug heißt, Dresdner Stollen und Baumkuchen vom Feinkost um die Ecke, für die Kinder Dominosteine und Schokoherzen von Aldi. Die Auswahl an Getränken war durchaus anständig, damit konnte man sich vor der Mitternachtsmesse friedlich betrinken, wer lieber nüchtern blieb, labte sich halt am selbstgepflückten Lindenblütentee, pastellfarbenem Zuckerblubberwasser und allerlei anderen Placebos.

Dann wurde der Tannenbaum abgeschafft. Nicht auf einmal, das hätten wir niemals durchgehen lassen. Es war eine schleichende, heimtückische Entwicklung, die begann, als Tante Suse die roten Kerzen durch weiße ersetzte. Wegen der möglichen Wachsflecken, erklärte sie, die roten seien nie mehr aus den Textilien zu entfernen, die weißen könne man immerhin niederbügeln. Angeblich tropfen Baumkerzen immer, obwohl auf der Packung steht, daß es sich dabei um tropffreies Qualitätsmaterial handelt, das man bitte an den Hersteller zurückschicken müsse, falls man nicht hundertprozentig damit zufrieden sei. Tante Suse wollte aber keine halb abgebrannte rote Kerze als Beweisstück einpacken und zurückschicken, sie wollte ab sofort nur noch weiße Kerzen, denn abgesehen von der Fleckengefahr seien sie viel eleganter. Da richteten sich unsere gesamten Haare zu Berge. Die eleganten Dinge sind alle des Teufels, sie sind grundsätzlich unpraktisch, teuer, zerbrechlich oder unbequem, oft all das zusammen und noch Schlimmeres obendrauf. Auf einem eleganten Stuhl in eleganter Kleidung unter eleganten Leuten zu sitzen hat meist Foltercharakter, erschwerend kommt hinzu, daß einem im rundherum eleganten Ambiente vor all den schön gedrechselten leeren Sätzen die Spucke wegbleibt oder das raffinierte Happychappi im Hals stecken bleibt, ganz zu schweigen davon, daß man sowieso von dem gekünstelten Schnickschnack nicht satt wird und hinterher zur Erholung dringend eine Currywurstbude aufsuchen muß, was Heiligabend zum Problem werden kann, denn die meisten Würstchenbuden haben zu, und man schon enorm ortskundig sein muß, um noch eine offene zu entdecken.

Wir hätten die weißen Kerzen nicht zulassen dürfen. Hätten wir geahnt, was danach kommen würde, wäre jeder von uns mit knallbuntem Wachsmaterial erschienen und hätte darauf bestanden, daß es auf den Baum gesetzt wird.

Und zwar alles. Dann wäre es nicht notwendig gewesen, vulgär zu werden, wie es später im Affekt geschah, als wir Tante Suse sagten, daß sie sich von uns aus ihren kümmerlichen, substanzlosen Restbaum wohin stecken könnte, wofür wir aber umgehend um Entschuldigung baten, denn verbaler Tiefschlag ist wirklich nicht unsere Art. Hätten wir nicht den Ernst der Lage verkannt, wäre die anfängliche Mißstimmung niemals bis zur emotionalen Lawine eskaliert, dann wäre es uns gewiß gelungen, Tante Suse rechtzeitig und in aller Ruhe mitzuteilen, daß wir in Zukunft nur zu kommen gedächten, wenn alles rückgängig gemacht würde. Hätten wir uns von vornherein traditionsbewußt gegeben, wäre uns ein langer, schmerzvoller Weg erspart geblieben, wobei wir keineswegs Suse allein dafür verantwortlich machen möchten. Wenn sie nicht diejenige welche gewesen wäre, die den Anstoß zur Runderneuerung der Weihnachtszeit gab, hätte es wahrscheinlich ein anderer unter uns gemacht. Es lag halt in der Luft, daß die Dinge nicht weiterlaufen konnten wie bisher, der Wandel hatte schon mit dem Verschwinden des Weihnachtsmannes begonnen, er war unaufhaltsam.

Was bei uns privat geschah, ging relativ rasch. Erst die weißen Kerzen, dann weiße Kugeln und Lametta, im nächsten Zug wurden die Kerzen durch eine Lichterkette ersetzt, dann durch eine blinkende Lichterkette, fünf Jahre später war der Baum so gut wie weg. Von einer zimmerhohen Fichte über eine halb so hohe Nordtanne wurde von Suse das Wintergrün systematisch bis zum Bonsaiformat hinuntergeschrumpft, am Schluß stand nur noch ein Minibaumimitat auf dem Gabentisch, und es war uns nach heulen zumute – statt in Tränen zu zerfließen, sagten wir dann den vulgären Satz, den wir nicht wiederholen möchten.

Tante Suse war nach einer kleinen Anstandsschmollpause durchaus bereit, unsere Entschuldigungen anzunehmen, unter einer Bedingung. Die nächste Feier sollte bei einem von uns stattfinden. Wir waren sofort einverstanden, keiner mochte in Unfrieden zu der gesegneten Zeit verharren, außerdem schien das ein Jahr im voraus gar kein Problem zu sein. Es wurde aber eins. Weil sich jeder drückte. Ungefähr die Hälfte der Verwandten mit dem miesen Vorwand, daß man dies Jahr gar nicht feiern, sondern verreisen wolle. Der eine nach Jamaika, der andere nach Südtirol in die Skihütte, der dritte zur Fotosafari nach Kenia, die restlichen Pläne haben wir vergessen, jedenfalls sagten plötzlich die anderen, die noch übrigblieben, daß sie irgendwo eingeladen waren oder vorhatten, die Nacht meditierenderweise zu verbringen, so daß es am Schluß aussah, als seien wir, mein Bruder und ich, allein mit Tante Suse und Onkel Alfred, und da wir ein gegebenes Versprechen als bindend betrachten, luden wir sie Heilig Abend zu uns in die WG ein.

Wir wollten sogar kochen. Für vier Leute ist ein Truthahn ein bißchen zuviel des Guten oder eher des Schlechten, bei der Menge Antibiotika und Hormone, die in die Viecher reingepumpt wird, der Haken bei der Gans war schon die Stopfleber, mit den Enten hatten wir eine Frage, nämlich ob es stimmt, daß die Flugente vom Himmel runter geschossen wird. Am Biohuhn schien nichts verkehrt zu sein, abgesehen vom Preis, doch es ist nicht jeden Tag Weihnachten. Gebacken haben wir den ganzen Dezember durch, weil plötzlich andere Verwandte anriefen, um zu sagen, daß sie ihre Reisen storniert hatten oder daß der Meditationstermin geplatzt war, und als sie von unseren Plätzchen hörten, mußten sie uns alles nachmachen. Nun ja, das Biohuhn hätte nicht für alle gereicht, die sich nach und nach anmeldeten, also wurde es gestrichen. Um es gleich zu sagen, außer den circa hundertfünfzig verschiedenen Sorten Keksen gab es Kartoffelsalat mit Wienerwürstchen aus dem Glas. Es war Onkel Alfred, der uns darauf brachte, als er sagte, daß es früher bei ihm daheim nie etwas anderes gegeben hatte. Dazu gab es Bier, Rotwein, Schnaps und Limo für die Kinder, mehr nicht. Da wir nur Senfgläser hatten, und nicht genug davon, besorgten wir noch eine Menge Pappbecher, auch Pappteller und Plastikbesteck. Was soll's, der gute Wille zählt. Wegen der Geschenke hatten wir uns etwas Geniales einfallen lassen: Nichts Gekauftes! Jeder sollte eine nette Kleinigkeit oder mehrere von sich aussuchen und sie schön verpacken, fertig. Nur den Baum haben wir in der Hektik insgesamt vergessen, doch das war nicht dramatisch, weil wir ihn nirgends hätten aufstellen können, so voll war das WG-Gemeinschaftzimmer.

Davon gibt es ein Erinnerungsfoto. Darauf sitzen dreißig bis vierzig Verwandte am Boden mit Papptellern auf dem Schoß zwischen den Geschenken, die sie mitgebracht hatten. So muß es damals ungefähr in Bethlehem ausgesehen haben, mit Kebab statt Würstchen. Tante Suse meint, es sieht aus, als hätte eine Bombe eingeschlagen. Trotzdem will sie, daß wir nächstes Jahr wieder die Feier organisieren. Wir werden sie in den Wald verlegen. Hiermit ist die Baumfrage geklärt.

Wie es sich begab

DAGMAR NICK

Maria an den Engel

Wer bist du? Deine Stimme macht
mir alle Räume weit.
Du gießt in meine Mitternacht
das Gold von deinem Kleid.

Mir ist, als müßte ich an dir verbrennen.
Ich fürchte mich vor deiner jähen Pracht.
Du blendest mich: wie soll ich dich erkennen?

Ich fühle nur dein Angesicht
in meinem Herzen. Sieh:
wie hast du mich verinnerlicht.
So fand ich mich noch nie.

Hab ich bereits nach deinem Ruf gehandelt?
Denn plötzlich bin ich angefüllt mit Licht
und kenne mich nicht mehr. Ich bin verwandelt.

Verkündigung

Sieh mich nicht an, damit du nicht erschrickst,
denn ich bin stärker als ein Stern.
Es könnte sein, daß du mein Schwert erblickst
und davor bangst.
Hör mir nur zu und habe keine Angst:
ich bin der erste Engel vor dem Herrn

und ströme Licht aus tausend Sonnenkreisen
in deine Adern, daß es aus dir tagt.
Du bist die Magd, in die ein Gott sich wagt,
um sich in deinem Blute zu beweisen.

Versuche nicht, mich zu verstehn. Die Kraft,
die dich jetzt ausfüllt, ist ein Sohn;
und er, der Völker tiefste Leidenschaft,
bricht aus dir los
wie ein Orkan. Sei sanft. In deinem Schoß
vollzieht sich eine neue Religion.

Christi Geburt

Da ergriff ein Sturm die Hohen Heere
und die Seraphim durchstießen schon
meteorengleich die Ionosphäre,
und sie standen in der weißen Leere
überm Schnee des Libanon.
Tausend Stimmen fingen an zu singen
und zerschmetterten den großen Baal.
Und die augenübersäten Schwingen,
die wie Donner in den Lüften hingen,
rauschten durch das Jordantal.

Doch der Engel Höchster flog in Richtung
Bethlehem und auf Befehl des Herrn
hängte er dort hoch in eine Lichtung
zwischen Haß und Folter und Vernichtung
einen Stern.

ROBERT GERNHARDT

Der Ursprung des Festes

Warum wir eigentlich Weihnachten feiern

Eine bürgerliche Kneipe zur Vorweihnachtszeit. Nur ein Tisch ist besetzt: ALBERT, BRUNO *und* CONRAD *trinken Bier. Der* WIRT *serviert persönlich.*

ALBERT Prost auch: Was ist, schlucken wir noch einen?
BRUNO Logisch. Noch eine Runde, Herr Wirt, und drei Kurze!
CONRAD Aber etwas flott, wenn ich bitten darf, ich muß los!

Rostan Buczkowski, Die heilige Nacht

BRUNO Ab nach Hause? Vorbereitungen, wie?
CONRAD Tja... was soll man machen? Morgen ist eben
  Weihnachten...
BRUNO Wem sagst du das! Jedes Jahr das gleiche... Dieser
  Rummel...

Der WIRT *bringt drei Bier und drei Klare.*

ALBERT Wo kommt das eigentlich her?
WIRT Das ham Sie doch bestellt!
ALBERT Ne, ich meine den ganzen Rummel jetzt...
CONRAD Der kommt von den Geschäftsleuten. Der Ein-
  zelhandel...
ALBERT Ne, ich meine mehr das Fest überhaupt.

BRUNO Woher das Fest kommt? Du meinst, den Ursprung des Festes?

ALBERT Genau, den Ursprung von dem ganzen Fest!

CONRAD Ja, der liegt also ... dieser Ursprung, der liegt in der Vergangenheit begründet ... in der Religionsgeschichte, sozusagen ...

ALBERT Aber daß das jedes Jahr um diese Zeit ist ...

BRUNO Tja, das ist merkwürdig, direkt unheimlich ist das ...

ALBERT Unheimlich, genau! Ich glaube, ich will auch lieber nach Hause, meine Frau ...

CONRAD Moment, das ist doch gerade die Frage! Warum feiern wir praktisch jedes Jahr um diese Zeit Weihnachten?

BRUNO Ist das nicht der Kampftag der Arbeitgeberklasse?

ALBERT Oder der Geiselnehmerklasse?

CONRAD Quatsch! Ich hab euch doch gesagt: Da spielt die Religionsgeschichte mit rein.

ALBERT Die Religion!?

BRUNO Seit wann hat Weihnachten was mit Religion zu tun!?

CONRAD Also: Am Anfang schuf der Herr Maria und Josef ...

ALBERT Welcher Herr denn?

CONRAD Das erkläre ich später ...

BRUNO Jaja, ich erinnere mich, Maria und Josef! Die sind doch aus dem Paradies geflogen, weil der Josef sich nackt ausgezogen hat. Und dann hat die Maria in eine Schlange gebissen, worauf der Scherzengel Konstantin den Willy erschlagen hat ...

ALBERT Erschlagen!? Wie furchtbar ... direkt unheimlich, also ich geh jetzt mal lieber ...

CONRAD Moment! Beim ersten Brudermord hat doch der Kai den Nabel um die Ecke gebracht ...

ALBERT Um welche Ecke?

Ratloses Schweigen. Der WIRT *kommt um die Ecke und serviert eine Runde Apfelwein.*

WIRT Der geht aufs Haus.

CONRAD Apfelwein... Genau... Da hat doch seinerzeit auch ein Apfel eine Rolle gespielt...

ALBERT Was für'n Apfel?

BRUNO Der, der damals den eiligen drei Königen prophezeit worden ist mit den Worten: Und ihr werdet finden den Apfel nicht weit vom Stamm und in eine Krippe gewickelt... den Apfel, meint er.

CONRAD Ach, Unfug, nicht Maria hat den Josef, sondern Erzvadda Abraham seinen Schlumpf erschlagen...

ALBERT Erschlagen, huch!? Ich glaube...

BRUNO Nicht erschlagen! Erstarren!

CONRAD Falls sie sich noch einmal umdrehen sollten, die beiden!

BRUNO Jawohl, erstarren sollten sie, und zwar zum Bratapfel!

CONRAD Nein, zu Salzstangen! Jawohl, und die Maria drehte sich trotzdem um...

BRUNO Und schon fing es an zu regnen, 40 Tage lang!

ALBERT Wie schrecklich! Ich hab nämlich gar keinen Schirm dabei...

BRUNO Halt! Es war schrecklicher als Sodumm und Camorra...

CONRAD So schrecklich, daß Herr Arche vor Schreck einen Noah gebaut hat...

BRUNO Und Herr Babel einen Turm...

CONRAD Oder umgekehrt... Und es hätte sogar noch länger geregnet, wenn nicht Daniel in der Magengrube... pardon, Mövengrube...

Der WIRT *hat sich dazugesetzt.*

ALBERT Ach, und wegen dieser ollen Kamellen feiert man heute noch Weihnachten?

WIRT Aber das sind doch alles Details, meine Herren, und wer will sich schon mit Details aufhalten?

BRUNO Ich! Ich liebe nämlich Details, wie zum Beispiel dieses, wo Abraham mit Bebraham gewettet hat, wer am schnellsten seinen Sohn opfern kann, doch der Schiedsrichter Herodes ...

ALBERT Herr Odes? Ist das der Herr, der ...?

CONRAD Herodes, der Förderer des bethlemitischen Kindersports, der hat die Wette abgebrochen, wegen Unbespielbarkeit des Platzes ...

BRUNO Ah ja, der Regen, ich erinnere mich ...

ALBERT Und wißt ihr, an was mich dieser Regen erinnert? ... An den regen Geschlechtsverkehr, den ich jetzt mit meiner Frau haben könnte, wenn ich ...

CONRAD Ich fasele also zusammen: Maria und Josef sind aus dem Paradies geflohen ... wegen der Schlange ...

ALBERT Welcher Schlange?

CONRAD Der Schlange von Tieren, die sich vor der Fregatte Nora gebildet hatte ... Moment, ich korrigiere mich: das Schiff hieß Arche!

BRUNO Arche Nora! Genau. Die wurde gebaut, weil es so lange geregnet hatte, bis einer sprach: Der Herr ist mein Hirte, er wird mich schon mangeln ...

ALBERT Welcher Herr denn nun!?

CONRAD Der Herr, der ...

BRUNO Der Herr Wirt, vielleicht ...

WIRT Oder der, der da zusammengebrochen ist vor den Posaunen von Jericho ...

ALBERT Das ist doch kein Grund zum Feiern!

CONRAD Gegenfrage: Wieso denn nicht? Den 3. Oktober feiert man doch neuerdings auch, obwohl der Fall der Berliner Mauer ebenso ungeklärt ist ...

BRUNO Dieser Fall ist wohl geklärt: Am 3. Oktober haben nämlich die Türken vor Wien unter Karl Martell die dortige Bastille in einer Seeschlacht vor Waterloo gewonnen und Dschingis Khan gerettet...

ALBERT Wessen Kahn?

CONRAD Aber das ist doch unwesentlich! Hauptsache, man erinnert sich gern, das ist schon ein Grund zum Feiern!

ALBERT Naja, an den 3. Oktober vielleicht... aber an Weihnachten...

BRUNO Womöglich ist doch auch Weihnachten nur so eine Art Erinnerung...

ALBERT Ja, aber woran?

BRUNO Nun... an Weihnachten eben... So wie das Reformationsfest. Da ist ja auch nicht jedes Jahr Reformation, sondern die war mal, damals, als dieser Luther seine Bibel versetzt hatte, um seine 99 Besen an die Schloßküche zu Frittenberg zu nageln...

ALBERT Apropos nageln... meine Frau...

CONRAD Schön, also wenn ich Brunos Parallele richtig verstehe, gibt es ja gar kein Weihnachten mehr...

WIRT Und damit auch keinen Grund, hier weiter zu diskutieren: Also, wenn das kein Grund zum Feiern ist!

BRUNO Genau! Noch eine Runde, Herr Wirt!

CONRAD Wir haben doch noch! Ihr meint also, Weihnachten ist eine Erinnerung an das Weihnachtsfest...

ALBERT Oder umgekehrt!

BRUNO Genau: Das Weihnachtsfest ist eine Erinnerung an Weihnachten!

WIRT Na dann, zum Wohl, meine Herren!

Alle heben die Gläser und stoßen auf... auf Weihnachten an, natürlich

Verrückt nach Mary

Voll sind die Bücher und Zeitungen mit Geschichten vom traurigen Schicksal der Söhne großer Männer: In der Regel können sie es ihren Vätern so wenig recht machen wie der Umwelt, die sich nun mal betrogen fühlt, wenn sie im kleinen August nichts vom Genie des großen Johann Wolfgang entdecken kann.

Weniger liest man dagegen von der Problematik, der Vater eines großen Sohnes zu sein. Dabei ist diese Rolle kaum einfacher: Oder soll es schon die Erfüllung des Lebens sein, wenn man Tag für Tag wieder aus den Zeitungen die schönsten Artikel über seinen erstgeborenen 17-jährigen Leimener ausschneiden darf?

Man muß sich, dies bedenkend, nur einmal hineinversetzen in einen gewissen Zimmermann aus Nazareth/Galiläa: Du lernst ein hübsches Mädchen kennen, verliebst dich in sie – und erfährst eines Tages, daß sie schwanger ist, wenn auch leider ganz sicher nicht von dir. Später wird aus dem Knäblein auch noch ein religiöses Genie, der lang erwartete Messias, an dessen Seite du nur eine sehr marginale Rolle wirst spielen können, was dich der Sohn auch gelegentlich deutlich spüren läßt.

Josef also. Er hat, wenn man ehrlich ist, nun wirklich nicht das brillanteste Image und auch viel zu wenig PR. Kommt überhaupt nur siebenmal vor in der Heiligen Schrift (mit keinem Wort im Credo) – und alles, was die Evangelisten von ihm zu berichten wissen, läuft im Grunde immer nur darauf hinaus, daß er das getan hat, was man von ihm verlangte: Maria zu sich nehmen, sie hochschwanger nach Bethlehem bringen, von dort nach Ägypten umziehen und später wieder zurück nach Palästina. Meistens ist ihm ein Engel im Traum erschienen und hat ihm erklärt, wo es langgeht. Über so einen sich lustig zu

- Krankengymnastik
- Massage
- Sportphysiotherapie
- Lymphdrainage
- Rückenschule
- Schlingentisch
- Extension
- Fango - Naturmoor
- Elektrotherapie
- Eistherapie

- Hausbesuche -

0944 40 96 139

Praxis für
Physiotherapie
Krankengymnastik
und Massage

Harald Sturm

- alle Kassen -

Obere Schneckenbergstr. 54
94034 Passau
Telefon 0851/9440014

machen ist einfach: Ein Softie ist das halt, einer von denen, die alles mit sich machen lassen, wenn nur eine starke Frau an seiner Seite es will.

So haben die frommen Christen den guten Josef ja auch beschrieben und vor allem gemalt in ihren Altargemälden und Fresken, viele Jahrhunderte hindurch: Als durch und durch keuschen, ziemlich alten Mann, der irgendwie unbeteiligt neben der Krippe sitzt und freundlich auf das Kind hinunterschaut, das aus übergeordneten Gründen nicht seines hat werden dürfen. So einer ist kein Vorbild und Held, schon weil er auf ewig mit der Tatsache leben muß, daß er die unattraktive Josefsehe erfunden hat. So einen mag man nicht einmal im Krippenspiel mimen. (Der Autor Hannes Burger hat dieses Problem gerade in aller Schärfe geschildert, in seinem Heimatroman *Bethlehem in Oberkreuth*, in dem der schöne Satz vorkommt: »Beim Jüngsten Gericht könnte der Josef die Kirche glatt wegen Rufschädigung verklagen.«)

Weil bis zum Jüngsten Gericht aber vielleicht noch ein wenig Zeit vergeht, hier schon mal ein vorläufiger Versuch zur Ehrenrettung, der übrigens so schwierig gar nicht ist, nach Faktenlage.

Erstens ist schon mal klar, daß wir es erfreulicherweise nicht mit einem Intellektuellen und Schriftgelehrten zu tun haben, sondern mit einem erstklassigen Schreiner und Zimmermann, einem von der alten Sorte, die nicht auch noch die Anfahrtszeit berechnen. Jedenfalls wird von diesbezüglichen Klagen weder bei Lukas noch bei Matthäus berichtet – und die gehen sonst sehr ins Detail.

Zweitens muß gesagt werden, daß er – klaglos – eine Menge getan hat für Mutter und Pflegesohn, wenn man zum Beispiel nur bedenkt, wie beschwerlich die langen Reisen gewesen sein müssen, bei denen er in der Regel neben dem Esel zu Fuß gegangen ist. Besonders hoch anzurechnen ist ihm auch seine Geduld im Umgang mit dem arroganten Bethlehemer Hoteliersgewerbe. Josef hat mit keinem der Herren, die seiner Frau ein Bett verweigern wollten, eine Prügelei angefangen, die ohnehin nichts genutzt hätte, sondern ist stattdessen in diesen Stall gegangen, der letztlich auch viel günstiger war für den publizistischen Erfolg der Weihnachtsgeschichte. Gesagt hat er übrigens beim Streit mit den Wirten ganz wenig, wie er überhaupt ein wortkarger, wenig talkshowfähiger Mann gewesen sein muß. Das macht ihn ja wohl besonders sympathisch.

Freilich ist das alles nichts im Vergleich zu seinem Verhalten in den entscheidenden Tagen seines Lebens: Als er erfahren hat, daß seine Freundin ein Kind bekommen würde, »ehe sie zusammen waren«: Was hätten andere da aufgeführt? Hätten der Frau eine schreckliche Szene gemacht, hätten sie unter lautem Zetern nach Hause geschickt – oder ganz schnell geheiratet, damit keiner was merkt. Dieser Mann hat, um Maria »nicht bloßzustellen«, erst überlegt, sie in aller Stille freizugeben für den anderen. Dann aber hat ihm der Engel gesagt, wie die Sache wirklich gewesen ist und Josef – das ist natürlich seine größte Leistung – hat ihm das auch geglaubt. Um anschließend Maria zu seinem Weib zu nehmen, wohl wissend, daß ganz bald die Engel die Wahrheit über seinen Sohn in alle Welt hinausposaunen würden und daß diese Welt sich natürlich das Maul zerreißen würde über die merkwürdige Rolle des schweigsamen Zimmermanns Josef von Nazareth.

Das soll ihm erst einmal einer nachmachen, wäre man fast versucht zu sagen. Aber wahrscheinlich ist so eine Geschichte nicht mehr vorgesehen.

Nostalgie und Kinderglaube

JOAN FRISCH

Nostalgie

Yorkshire in den dreißiger Jahren

East Yorkshire in den dreißiger Jahren: die Wirtschafts-
krise ist in vollem Gange. Mangel an Geld und Arbeits-
plätzen und die Frage, wie man die nächste Monatsmiete
bezahlen sollte, das waren die Hauptgesprächsthemen der
meisten Leute, mit Ausnahme der sehr Reichen, denen es
allerdings auch nicht gerade gut ging. Trotz alledem schienen an Weihnachten alle Geld ausgeben zu können. Zum
Glück für unsere Familie hatte Vater noch Arbeit, wenn
auch bei sehr niedrigem Lohn. Großvater war vergleichs-
weise wohlhabend durch seine Anstellung bei der Bahn.
Wenn er zu seinem Zug losmarschierte, trug er immer noch
einen dunklen Anzug, dazu einen steifen weißen Kragen,

einen zusammengerollten Schirm und eine Melone. Trotzdem machte ihm Großmutter immer ein Lunchpaket, das er in seiner Aktentasche mitnahm. »Ich werde ein schönes Abendessen herrichten, mein Liebling«, pflegte sie beim Abschiedskuß zu sagen.

»Mach dir keine Sorgen, Mary. Ich nehm auf dem Weg zum Zug etwas frischen Fisch mit«, antwortete Großvater. Ich erinnere mich, wie glücklich Oma war, wenn Opa anbot, Fisch zu kaufen, weil sie dann ihr Haushaltsgeld sparen konnte.

Einige Wochen vor Weihnachten spornte Mutter meine zwei Schwestern, Katsy und Patsy, und mich, damals fünf, sechs und sieben Jahre alt, an, unsere Samstagsgroschen zu sparen, um Weihnachtsgeschenke für die Familie zu kaufen. Wir haßten es, wenn Mutter sich einen Penny für den Gasmann auslieh, weil sie »kein Kleingeld hatte«, denn sie vergaß immer das Zurückgeben und mußte daran erinnert werden, und das mehr als nur einmal.

Ein oder zwei Wochen vor Weihnachten pflegten wir mit Mutter und Tante Doris nach Hull zu fahren, um den Weihnachtsmann zu sehen und Geschenke einzukaufen. Das war ein aufregender Tag. Wir fuhren mit dem Zug von Hornsea nach Hull, herausgeputzt mit unseren besten Wintersachen, wozu auch kratzige wollene Unterwäsche und schwarze Strümpfe gehörten, die mit elastischen Strumpfhaltern befestigt wurden, dazu Hüte und Handschuhe. Die Fahrt durch winzige Dörfer, kleine malerische Städte und die flache, winterliche Landschaft dauerte nur eine halbe Stunde, aber für uns war sie ein großes Abenteuer. Wir verbrachten jede Menge Zeit damit, die Spülung der Eisenbahntoilette zu bedienen, und verfolgten mit großer Begeisterung, wie sich der Inhalt laut rauschend auf die Geleise ergoß.

Mutter ging mit uns ins nächste große Kaufhaus, in dem es einen Weihnachtsmann gab – sie wollte nicht, daß wir mehr als einem begegneten und dabei unseren Kinderglauben verloren. In jenen Tagen sah man noch nicht an jeder Ecke einen Weihnachtsmann, und es fiel leicht, zu glauben, daß wir den einen und einzigen zu Gesicht bekamen, der, voll ausgestattet mit Schlitten, Elfen und Rentieren, direkt vom Nordpol kam. Normalerweise gingen wir zu Hammonds, wo die Auslagen eigens für die Kleinen mit phantastischen Darstellungen von Kinderreimen dekoriert waren. Mutter erlaubte uns, zu »gaffen« und unsere Nasen an die eiskalten Scheiben zu pressen. Tantchen Doris sagte: »Ach, laßt uns doch reingehen, bevor wir erfrieren.«

Mit der tätigen Hilfe von Mutter und Tantchen Doris schafften wir unsere Einkäufe. Wir kauften gute Zigarren für Opa und Vater. Für Oma und Tante Doris erstanden wir Yardley's Lavendel Seife. Wir mußten Geld von meiner armen Mutter ausleihen, um ihr Strümpfe zu kaufen, die sie selbst aussuchte und uns dann zum Verpacken gab, und sie sagte, sie würde sie völlig vergessen und ihre Überraschung haben.

Endlich wurde es Zeit für den lang ersehnten Besuch beim Weihnachtsmann. Schließlich fanden wir ihn in seinem Spielzeugladen, der wie das Märchenland unserer Träume aussah. Er war von seinen Elfen umgeben und von Geschenken jeder Art und Größe. Wir waren überwältigt, hingerissen und für einen Augenblick sprachlos vor Ehrfurcht. Jeder von uns durfte sich ein Geschenk aussuchen, das der Weihnachtsmann am Weihnachtstag abzuliefern versprach. Noch Monate später redeten wir über diesen Besuch – so unvergeßlich war sein Zauber.

Die eigentlichen Weihnachtsfeierlichkeiten begannen mit den Winterferien und einem Fest für alle Schulkinder in Hornsea. Es wurde vom Hornsea-Zweig der British Legion veranstaltet und in der Floral Hall abgehalten. Für uns alle bedeuteten das Weihnachtsspiel, das Essen, die Gaudi und die Papiertüte voller Früchte und Süßigkeiten echte Glückseligkeit. Ich liebte ganz besonders den Geruch und den Geschmack der Mandarinen, die so leicht zu schälen und köstlich süß sind. Schließlich klangen die Festlichkeiten aus im Geschrei, Gelächter und Gedrängle einer Horde von kleinen Kinder, die sich in ihre schweren Wintersachen und Wellington-Stiefel zwängten. Rufe schallten vom Eingang her – die Eltern kamen mit Fackeln und Laternen, um ihre Kinder abzuholen.

Wir wußten, daß Vater angekommen war, wenn einer der Lehrer rief:

»Da ist ja schon Bruce. Beeilt euch, Mädchen, euer Vater ist da.« Bruce, unser geliebter schwarzer Retriever, kam in die Halle gestürmt, machte jede von uns mit seiner kalten Nase darauf aufmerksam, daß sein Herrchen da war, und schoß wieder hinaus, um mit Vater zu warten.

Der Heilige Abend war für alle ein sehr geschäftiger Tag. Die Julkerze wurde bei uns zu Hause sehr früh angezündet, weil es um halb vier Uhr schon dunkel wurde. Julstamm, Christbaum, Stechpalmenzweige und andere immergrüne Dekorationen brachte Vater aus dem Wald. Mutter hatte den ganzen Tag mit Kochen und Backen zu tun. Wir alle halfen zusammen beim Dekorieren des Baums und des ganzen Hauses. Erstaunlicherweise ging dies mit ganz wenig Reibereien über die Runden. Am Abend kamen die Kirchenchöre oder Waits vorbei. »Ich kann die Waits den Hügel hochkommen hören. Macht die Vorhänge auf«, sagte Mutter. Ich erinnere mich an den kalten Luftzug, wenn ich die Vorhänge öffnete und versuchte, Väterchen Frosts Eisbilder von den Fensterscheiben zu kratzen, damit wir etwas sehen konnten. Es war zu kalt und zugeschneit, um die Tür lange offenzulassen, deshalb knieten wir drei uns auf die Couch, die zum Fenster gewandt war, und sangen mit den Weihnachtssängern, ob wir den Text konnten oder nicht. Sie sammelten Geld für die Kirche, und Mutter lud sie alle ins Haus ein zu einem heißen selbstgemachten Apfelmost, den sie im Herbst in Flaschen abgefüllt hatte, so konnten sie sich aufwärmen, bevor sie sich wieder auf ihren Weg machten.

Später am Weihnachtsabend hängten wir unsere Strümpfe (Mutters alte) an die Fußenden unserer Betten, in der Hoffnung, daß der Weihnachtsmann kommen und sie bis zum Morgen füllen würde. Nie wurden wir enttäuscht, immer fanden wir einen ausgebeulten Strumpf voller Süßigkeiten und kleiner Spielzeuge, und immer war eine Orange dabei, eine Nuß und ein neuer Pfennig ganz vorne bei den Zehen. Auf einem Stuhl im Wohnzimmer lagen die größeren Gegenstände, üblicherweise Kleidungsstücke und Schuhe für die Schule. Ich erinnere mich an eine wundervoll lärmige Zeit, wenn wir früh morgens unsere Strümpfe ausleerten, beim schwachen Licht der Kelly-Lampe, die mit Paraffin betrieben wurde und die ganze Nacht brennen durfte. Wir öffneten unsere Päckchen und frühstückten all die süßen Leckereien.

Mutter bereitete die traditionelle Weihnachtsgans zu, was keine leichte Aufgabe war. Zuerst mußte sie die Gans rupfen, wobei sie die Daunen verfluchte, die in der ganzen Küche herumflogen. Als nächstes mußte sie die Innereien ausweiden, die das gesamte Haus vollstanken. Glücklicherweise wurde der Großteil dieser Vorbereitungen bereits am Vortag erledigt. Jetzt wusch und trimmte sie die Gans und schob sie in den Ofen mit einer Salbei- und Zwiebelfüllung. An Feiertagen und Wochenenden hielten wir unsere Hauptmahlzeit mittags ab, und jedesmal warteten wir auf Vaters Kommen. Unabänderlich pflegte er zu rufen: »Mein Gott, was für ein phantastischer Duft!« Wir ließen uns alle die großartige fette Gans schmecken, dazu Weihnachtspudding mit Vanillesoße, gefolgt von Pfefferminztorten. Wenn wir Glück hatten, fanden wir manchmal einen silbernen »Thruppeny« im Pudding. Mutter zählte sie hinterher, in der Hoffnung, daß keiner einen verschluckt hatte. Nach dem Essen – auch das war Tradition – kümmerte sich Vater um das Geschirr. Er hatte auch noch ein paar Aufgaben im Freien zu erledigen, wie das Geflügel und die anderen Tiere füttern, während wir uns fertig machten, zu Oma zum Tee runter zu gehen. Vater sagte dann immer, »Kath, geh du schon mal mit den Mädchen vor. Ich komm dann später nach.« Dann zwinkerte er ihr heftig zu und sie lachten beide.

Oma, Opa und Tante Doris waren immer entzückt, uns zu sehen. Ihr Salon erschien allen wie ein Märchenreich, so exquisit war er geschmückt mit Immergrün, Ballons und Papierketten – und dann noch der echte Schnee vor den Fensterscheiben! Sie hatte einen wunderbaren Christbaum, zauberhaft hergerichtet mit sehr altem Christbaumschmuck, darunter kleine Vögel mit Kerzen, die immer kurz vor Einbruch der Dunkelheit angezündet wurden. Inzwischen bekamen die Erwachsenen ein Glas Sherry und unterhielten sich miteinander. Opa zündete sich eine Zigarre an, während wir Kinder spielten. Bis heute liebe ich den Geruch von Sherry, einer guten Zigarre und einem knisternden Feuer, wenn ich genüßlich in meine Kindheit zurückgleite.

In jenen längst vergangenen Tagen lieferte der Postbote auch am Weihnachtstag noch Post aus. Er bekam dafür zur Erholung den ersten Feiertag frei. Unser Postbote liebte seinen Weihnachtsdienst, weil er die meisten Familien kannte und bei jedem Stopp ein Stück Minztorte und ein Getränk angeboten bekam. Infolgedessen war er immer sehr fröhlich. Jedesmal kam er mit Päckchen von unserer »reichen« Tante Louie an, die in Leeds wohnte, wo sie einen Süßwarenladen besaß. Dieses Jahr hatte sie uns Karten geschickt, damit wir in Hull ins Weihnachtsspiel gehen konnten, wo am ersten Feiertag im Neuen Theater ›Peter Pan‹ Premiere hatte. Darüber hinaus schickte Tante Louie wunderschöne Schachteln voll köstlicher, mastiger Pralinen für die Erwachsenen und Bonbons mit Zuckerglasur für die Kinder.

Früh schon zündete Opa die Kerzen am Baum an. Alle anderen Lichter im Raum wurden gelöscht, und wir saßen um das knisternde Holzfeuer in dem Zauber- und Märchenreich, das unsere Großeltern für uns geschaffen hatten. Ich erinnere mich an den Wunsch, dieser Tag möge nie enden. Opa sagte, der Weihnachtsmann würde mit Geschenken kommen, wenn wir laut in den Kamin hinein riefen: »Weihnachtsmann, kommst du zu uns?«

Wir hatten da unsere Zweifel, beschlossen aber doch, zwei-, dreimal zu rufen, unter Lachen und Kichern, für den Fall, daß er doch keinen Witz gemacht hatte. Plötzlich lautes Krachen und Trampeln, als jemand mit schweren Stiefeln die Treppe herunterstapfte und mit einem »Ho, Ho, Ho, frohe Weihnachten!«den Salon betrat. Es war der Weihnachtsmann persönlich, in vollem Ornat, mit weißem Bart, weißem Haar, ganz in Rot gekleidet und mit einem großen schwarzen Sack auf dem Rücken. Wir drei Kinder waren sprachlos. Patsy rannte zu Oma und versteckte ihr Gesicht an ihrem ausladenden Busen. Die Erwachsenen hatten allerdings kein Problem, mit ihm zu schwatzen und zu lachen. Oma sagte: »Setz dich, lieber Weihnachtsmann, du bist gewiß müde.« Sie gab ihm einen Schluck zum Aufwärmen.

Tante Doris sagte lachend: »Ich hoffe, du hast mir ein schönes Geschenk mitgebracht, Weihnachtsmann.« »Ich weiß nicht«, sagte der Weihnachtsmann, »warst du denn brav?« Wir lachten alle, als sie unter Schwüren beteuerte, daß sie das ganze Jahr über sehr brav gewesen sei.

Er verteilte die Geschenke, die wir bei unserem Besuch in Hull mit Mutter und Tante Doris ausgesucht hatten. Ich habe mich immer gewundert, wie es möglich war, daß er sich unsere Namen gemerkt hatte und nun jedem das ausgesuchte Geschenk überreichen konnte.

Zu diesem Zeitpunkt hatten wir unsere Sprache wiedergefunden und flehten den Weihnachtsmann an, noch auf Vater zu warten. Wie gerne würde er das tun, meinte er, aber er müsse noch viele andere kleine Kinder besuchen und sich jetzt auf den Weg machen. Er versprach, nächstes Jahr wiederzukommen. Vater kam ein paar Minuten spä-

Santa Claus besucht die Kinder

ter und sagte: »Gerade habe ich noch gesehen, wie der
Weihnachtsmann weggegangen ist, und ich habe ihm gesagt, wie leid es mir tut, daß ich seinen Besuch verpassen
mußte.« Wir berichteten Vater detailliert, was sich zugetragen hatte, seit wir ihn zuletzt gesehen hatten. »Na
dann«, sagte Vater, »hat er auch für mich etwas dagelas-
sen?«

»Ja, das hat er«, sagte Mutter lachend und gab Vater sein Geschenk.

Wir hatten keinen rechten Appetit auf Omas wunderbaren Yorkshire-Imbiß, der aus kaltem Schinken, Truthahn und Schweinepastete bestand, gefolgt von Götterspeise und Vanillesauce, Trifle-Nachtisch, Zitronentorten, Keksen und Obstkuchen und einem Knallbonbon für jeden. Zu guter Letzt kam der Weihnachtskuchen mit rosa und weißem Zuckerguß, wunderbar verziert mit silbernen Liebesperlen, kandierten Veilchen und Rosen und eingerahmt mit roter Tortenspitze. Der reichhaltige Kuchen roch göttlich. Bis wir uns hingesetzt, unsere Kracher zerrissen, die beigefügten Papierhüte aufgesetzt und mit den Scherzartikeln gespielt hatten, war unser Appetit zurückgekommen, und alle genossen den köstlichen Imbiß.

Bald danach rüsteten wir uns zum Heimweg, zogen die warmen Mäntel an, dazu Schals, Handschuhe und Wellington-Stiefel. Vater hatte den Schlitten mitgebracht, um uns nach Hause zu bringen. Er hatte ihn selbst gebaut und war sehr stolz darauf, wie ruhig er über den festgepackten Schnee glitt. Patsy und Katy fuhren auf dem Schlitten, mit den Geschenken im Arm, und ich ging mit Mutter und Vater, um ziehen zu helfen. Es hatte wieder zu schneien angefangen, ganz leichte, riesige Flocken. »Gott muß wohl gerade wieder seine Daunendecke ausschütteln«, sagte Mutter. Der Nachhauseweg dauerte 20 Minuten und beschloß einen glanzvollen, beglückenden Weihnachtstag, an den wir drei uns immer erinnern werden.

VERONIKA EBERL

Das Christkind kommt in die Jahre

Bei jedem Italienbesuch wird mir, wenn ich einen Cappuccino bestelle und der Kellner freundlich, aber desinteressiert »sì, signora« sagt, bewußt, daß die Zeiten der Signorina unwiderruflich vorüber sind. Soweit, daß ich beim Arztbesuch mit einem begütigenden »das ist in Ihrem Alter ganz normal« entlassen werde, ist es gottlob noch nicht, aber mir reicht es.

Besonders schmerzlich wird mir das gnadenlose Verstreichen der Zeit alle Jahre wieder in der Adventszeit verdeutlicht, wenn das Weihnachtsfest sich nähert und damit die beängstigende Frage: »Wie wird es heuer werden?«

Ich habe keine Kinder, kann also nicht so tun, als ob ich ein Fest der Freude für sie gestalten würde. So überlege ich mir jedes Jahr aufs neue, ob ich zu meiner Mutter fahren und ihr an diesem ganz besonderen Tag vorspielen soll, ich sei noch ein Kind. Einen Tag mich zurückfallen lassen in eine Zeit, als Weihnachten für mich noch einen Sinn hatte. Irgendwann aber muß man erkennen, daß dieser Ausweg keiner mehr ist.

In Panik verfallen, nur um nicht an diesem Tag alleine sein zu müssen mit meinem Mann, telefoniere ich also tagelang herum, organisiere einen Weihnachtsabend im Freundeskreis, der dann meist unabwendbar in einer Freß- und Sauforgie endet.

Wenn dann um Mitternacht die Glocken aller Kirchtürme läuten, sitze ich noch immer mit meinem Mann und meinen Freunden beim Wein und sage kein Wort. Wer will jetzt schon Traurigkeit? Vielleicht denken aber auch die anderen an früher und schweigen wie ich in ihr Leid hinein? Denken an früher, an ihre Kindheit, an eine Zeit, als für uns alle das Weihnachtsfest ein alljährlich wiederkehrender Garant war für: so war es, so ist es, so wird es immer bleiben.

Immer, alle Jahre wieder.

Erinnerungen an meine Kindheit mit stets zwei Weihnachtsfesten, eines am 24. bei meinen Großeltern in der Stadt und eines am 25. mit meiner Mutter auf dem Dorf.

Die Vorweihnachtszeit verbrachte ich immer in der Stadt. Ich legte Wunschbriefe an das Christkind ins Fenster und durfte jede gute Tat mit einem Strohhalm für die Jesuskrippe honorieren, damit dann am 24. das Wachskindl gut liege. Über Jahre hinweg sammelte ich meine Weihnachtskalender, verschloß nach dem Fest pingelig genau wieder jedes Türchen und konnte durch diesen kleinen Trick alljährlich stets mehrere Fenster pro Tag öffnen.

Auch jetzt schickt mir meine Mutter noch jedes Jahr einen Adventskalender. Sie weiß, ich warte darauf und würde ihn mir nie selbst kaufen. Und vergesse ich auch nur einen Tag, ein Türchen zu öffnen, so schäme ich mich, weil es mir zeigt, wie weit ich doch weg bin von meiner ersehnten vorweihnachtlichen Freude.

Nachdem viele Frühjahre lang dosenweise die verbliebenen und inzwischen steinharten Weihnachtskekse in den Mülleimer gewandert waren, backe ich jetzt auch keine Plätzchen mehr, mein Mann mag sie nicht, und alleine fressen macht keine Freude. Auch findet er einen Adventskranz und aufgehängten Adventsschmuck in der Wohnung eher störend als Stimmung verbreitend, und so erspare ich mir all diese Arbeiten, ihr Herkramen wie ihr Wegräumen, und wären nicht mein Adventskalender und meine hektischen Weihnachtseinkäufe und die alljährlich wiederkehrende Frage meiner Mutter »Was wünschst du dir zu Weihnachten?«, bei Gott, der Dezember würde verstreichen wie all die anderen Monate auch.

Damals aber backte ich noch winzigkleine Puppenkekse, half mit meiner Plastikschaufel den Schneeräumarbeitern vor der Haustür und meiner Mutter beim Winden des Adventskranzes. Mit dem ersten Taschengeld erstand ich bescheidene Weihnachtsgeschenke, unter dem Mistelstrauch in der Tür durfte man sich küssen und, versteckt hinter dem Vorhang, auf der Fensterbank kauernd, häkelte ich verbissen brettähnliche Kleiderbügelüberzüge, Topflappen und sonstige Wunderlichkeiten.

Am Nachmittag des langersehnten Tages besuchte man zusammen das große Grab der Urgroßeltern und entzündete auf den verlassenen Kindergräbern kleine Kerzen, die man das Jahr über gesammelt hatte.

Im Familiengrab liegen jetzt auch meine Großeltern, ihre Namen stehen golden eingemeißelt auf dem schwarzen Stein, und besuche ich irgendwann unterm Jahr mit meiner Mutter das Grab, fragt sie mich jedesmal, ob ihr Name auf dem Stein wohl noch Platz fände. Ich beruhige sie, stelle mir aber inzwischen dieselbe Frage auch meinen Namen betreffend.

Zu Hause angelangt, verschwand meine Großmutter hinter zugesperrter Tür, »dem Christkindl helfen«, wie sie das nannte, und durch das Schlüsselloch durfte man auf keinen Fall schauen, da man sonst erblinden würde, denn das Christkind, das war völlig klar, verbreitete einen Lichtschein, gleißend hell und strahlend. Ob die Großmutter beim Helfen wohl eine Sonnenbrille trage, ob sie denn eine Ausnahme dieser, für alle anderen Menschen gültigen Regel darstelle, ob sie, die wohlbeleibte Dame, wie das Christkind an die Spitze des Baumes hinauffliegen könne, ob denn das Christkind mit ihr spreche – all das waren für mich nie zu lösende Rätsel.

Der Großvater wurde nervös, warum denn das so lange dauere, und dann hörte man ein silbrighelles Glöckchen und man betete vor der Tür, und wieder die Glocke, und man sang, und wieder die Glocke, und nun endlich durfte man in das Zimmer hinein und da stand er, der Christbaum! Ganz in Weiß und Silber, riesig hoch, hinauf bis an die Zimmerdecke, und Kerzen und Geschenke und meine Krippe mit dem Jesuskind, je nach meinem Verdienst hart oder weich gebettet. Der Großvater las das Evangelium vor, wehe, man naschte währenddessen vom Baum, und dann durfte jeder sein Lieblingslied vorschlagen, Großmutter und Mutter am Klavier, ich in Ersehnung der Geschenke. Dann überraschte Ohs und Ahs, Freude, gespielte und echte, am Baum sorgsam eingewickelte Marzipan-, Schokolade- und Gelee-Guterlen, die ich sofort herunterklaubte und deren Verzehr ich präzise bis Ostern, dem Schokoladenachschubfest, einteilte.

War die Bescherung vorüber, spielte ich mit Mutter und Großmutter das Lied der Herbergssuche »Wer klopfet an?« dem Großvater vor. Zu diesem Zweck stellte ich alle Kakteen der Wohnung im Herrenzimmer auf, ich, die Heilige Maria in Bethlehem mit einem blauen Vorhang um den Kopf, darüber gestülpt eine Hutkrempe als Heiligenschein, meine Mutter als Heiliger Josef mit falschen Stopsellocken unter dem Herrenhut, zog das zum Esel gewordene Plastikpferd, auf dem ich hochschwanger saß. Die Großmutter hinter der Tür mit rötlichem Flachsschnauzer, weißem Käppchen, weißer Schürze und Polster darunter, hatte die undankbare Rolle des bösen Wirts einzunehmen.

Nach dieser alljährlichen Einlage setzte man sich, beladen mit Geschenken, an den festlich gedeckten Tisch: verschiedenste Fischsalate, Kaviar und Lachs jedes Jahr, die Mutter, beschäftigt mit der Bedienung des Toasters, der Großvater, strengen Auges wachend über die Eßmanieren der Enkelin. Meine Mutter stellte, an diesem Punkt angelangt, kurzentschlossen den dreiteiligen Adventskalender als spanischen Miniwandschirm vor mich hin, und, so getarnt, konnte ich, völlig ungeniert und den kritischen Blicken meines Großvaters entzogen, mich selbst und meine Puppe, oft auch ein Plüschtier, füttern.

Zur Christmette durfte ich mein Lieblingsgeschenk mitnehmen und, eingezwängt zwischen den Großeltern, der Geburt Jesu nochmals beiwohnen.

Und nun kehrt er jedes Jahr wieder, der eiserne Vorsatz:

heuer gehe ich in die Christmette, heuer werde ich es schaffen. Je näher aber Mitternacht heranrückt, desto umständlicher erscheint es mir aufzustehen, in die Kälte hinauszugehen, mich in die nächste Kirche zu schleppen, um dann dort zu sitzen, schlimmer noch zu stehen und mir womöglich eingestehen zu müssen: hier habe ich nichts verloren.

Als Kind aber lauschte ich dem Gesang der Mutter, ihrer wunderbaren Altstimme, auf die sie so stolz war, schnupperte frisch verschwenkten Weihrauch, sang laut bei der ersten Strophe von »Stille Nacht, heilige Nacht« mit, bei den folgenden Strophen deutlich leiser und erhielt am Ende der Mette von der Mutter einen Kuß auf die Wange und den Zuruf »Christus ist geboren«.

Tags darauf feierte ich mit meiner Mutter im Haus auf dem Dorf, sang und betete vor verschlossener Tür, bestaunte den Christbaum, diesmal einen winzigkleinen in Rot und Gold, »rustikal«, wie die Mutter das nannte, gesteckt in ein altes, hölzernes Bierfaß. Ich bekam ein kleines Geschenk, das Festessen war bescheiden, dafür gab es aber keine kritischen Blicke und keine spanischen Wände.

Dann ging ich ins Bett und schlief ein. Das Christkind war zweimal zu mir gekommen, und alles war gut.

Jetzt aber hocke ich zu später Stunde dann irgendwann alleine mit meinem mich tröstenden Mann vor einem allerletzten Glas Rotwein und heule mir die Augen aus dem Schädel. Weine in die Nacht um ein Weihnachten von früher und weil das Christkind auch dieses Jahr nicht zu mir gekommen ist, und auch ich wieder nicht zu ihm.

JAN SCÁCEL

Erwachsenenweihnacht

Nachdichtung von Reiner Kunze

An der freude der kinder werden wir uns die hände wärmen
wir werden lächeln und sagen
es ist weihnachten
und der frost wird mit weißem faden
das ausgefranste einsäumen
das in den langen jahren sich in ihnen abgetragen hat

Und wir werden ein wenig fröhlich
und ein wenig traurig sein
und uns ein wenig über uns selbst amüsieren
und die stille wird ihre zehn finger spreizen
vor unseren gesichtern
und einfrieren in die verlassenen gassen

Und die warmen schultern der weihnachtsbäume
werden sich in die fenster zwängen wenn nach dem
   abendbrot
die kinderlosen spazierengehen
sich bei den händen halten
und selbst kinder sind

jeder von beiden bedacht
der erwachsenere zu sein
sich zu kümmern um den andern
denn draußen ist's glatt
und innen ist weihnachten

BARBARA BRONNEN

Weihnachten ist ein bewegliches Fest

Die Weihnachtsfeste sind wandelbar wie ein menschliches Herz, mal ungetrübt glücklich, mal traurig und durch und durch verdorben. Sie verändern sich und laufen sich tot. Und der Tod des Weihnachtsfests ist so traurig wie der Tod eines Menschen. Familien können daran zugrunde gehen.

Es war am Weihnachtsabend vor über zehn Jahren, da fühlte ich die Unwiederbringlichkeit früherer Weihnachtsfeste. Neue Zeiten waren angebrochen. Man weiß ja, wie das ist. Man lebt, arbeitet, heiratet, läßt sich scheiden, heiratet noch einmal, bekommt ein Kind, das Kind wird groß, und mit einem Mal merkt man, wie sich alles in einem zusammenzieht. Es ist an der Zeit, einen Anlauf zu nehmen und weiterzugehen. Das war in diesem Jahr geschehen. Mein Mann und ich hatten uns getrennt.

Den ganzen Nachmittag spürte ich einen Schmerz, überfordert von einem Fest, das über meine Kraft ging. Den Baum schmücken, sonst eine heitere Angelegenheit, spannte mich an, die Nachspeise für den Abend mißriet. Mein Sohn schlich herum. Ein herablassender Tonfall hatte sich eingeschlichen, und was ich in seinem Gesicht las, beunruhigte mich.

Die Trennung vom Vater hatte um uns eine plötzliche Leere geschaffen, meine Freunde waren für ihn Typen, die ihn Mühe kosteten; wenn einer kam, sprach er nur das Nötigste und schaute weg. Sein Herz war zusammengeschrumpft und bitter, und eine Traurigkeit ging von ihm aus, die sich schwer über meine Seele legte. Noch heute denke ich mit Beklemmung an diese Zeit zurück.

Liebe und Mutterschaft, dachte ich, beides zieht sich aus meinem Leben zurück.

Als ich den Tisch festlich deckte, fürchtete ich, daß mich am Abend Rührung und Schmerz ergreifen würden. Ich hatte Angst vor dem Hunger nach Dramatik und Tragik, den dieses Fest nährt und der meinem Sohn wehtun mußte.

Als ich die Weihnachtsvorbereitungen beendet hatte, läutete es. Mein Mann kam die Treppe hoch, mit gesenktem Kopf und ohne mich anzusehen, und während er an den Kübeln mit Pflanzen vorbei durch den Flur auf mich zuschritt, kam mir sein Anblick entsetzlich traurig vor. Er wagte nicht, mich zu umarmen. Seine Arme bewegten sich nach oben und fielen wieder herab. Ich küßte ihn leicht auf die Wange.

Wir tauschten Geschenke aus, aßen zusammen. Ich machte mechanische Gesten, aber es kostete mich Mühe, und meine Augen brannten von der Anstrengung, nicht zu weinen.

Beim Anblick seiner Geschenke schien für unseren Sohn einen Augenblick lang wieder alles in Ordnung zu sein. Doch das war eine kurze Illusion. Er blieb ungewöhnlich still, und wenn er seine neuen Sachen in der Hand wog, blickte er uns vorsichtig und verwundert von der Seite an. Er war beschäftigt mit seinem ersten großen Verlust, dem Zerfall des Raums, der ihn bisher liebevoll umgeben hatte und der besonders spürbar wurde an diesem Tag, der seit jeher von Stille, Feierlichkeit und Glanz erfüllt war, von Kerzenschein, Papiergeraschle, Gesang und einer besonderen Art von Geborgenheit.

Woher kommt die Vorstellung vom Weihnachtsfest als dem hellsten Moment im Kinderjahr? Vielleicht weil wir immer noch mit Kinderaugen darauf zurückblicken? Bei Licht besehen sind meine Erinnerungen durchaus düsterer. Auch ich erinnere mich an die schmerzhafte Lockerung meiner frühen Verwurzelung im Zusammenhang mit dem ersten Weihnachtsfest, das wir ohne unseren Vater verbrachten.

Als mein Mann sich verabschiedet hatte und ich zu meinem Sohn ins Zimmer ging, um ihm gute Nacht zu sagen, umarmte er mich nur kurz und entzog sich dann. Er sah mich an mit einem bis heute unvergessenen Blick: edelmütig, aber entschlossen. Also, sagte sein Blick, den Ersatz mache ich dir nicht.

Während der folgenden Weihnachtsfeste mußten wir alle eine Verwandlung durchmachen. Es gab dieses Kinderweihnachten nicht mehr, für keinen mehr von uns. Aber ein neues, bewegliches Weihnachten kristallisierte sich heraus. Die schmerzlichen Erinnerungen sind verblaßt. Seit Jahren schon sitzen wir zu viert unterm Christbaum. Kein Grund mehr zum Kampf. Die Familie hat sich erweitert um meinen Freund. Das altvertraute weihnachtliche Kerzenlicht erwärmt uns, wir essen miteinander und wickeln unsere von Jahr zu Jahr bescheidener werdenden Geschenke aus, und diese kleinen Gemeinsamkeiten genügen für unser jährliches Stelldichein. Indem wir uns voneinander entfernten, sind wir zueinander zurückgekehrt.

ALBERT SIGL

Der Glanz

Es ist still. Das Wassergrandl am Ofen zischt leise. Es schneit. Es wird dunkel im Zimmer. Die einen schauen aus dem Fenster hinaus, die anderen spielen wortlos. Der Vater wird bald aus dem Wald heimkommen, er ist beim Stockreiten. Er holt die Wurzelstöcke mühselig mit der Winde aus dem Boden. Lang muß er graben, bis er mit der Winde arbeiten kann. Auf dem Bau gibt es keine Arbeit im Winter.

Die Mutter kommt mit einem Korb voll Brennholz und Tannenzapfen ins Zimmer.

»Wennst me ned mid dem Baukasten spuin laßt, dann

moane kimmt' s Christkindl ned zu dir«, zischt die Schwester der kleineren Schwester zu. Die bohrt nachdenklich in der Nase und schiebt dann stumm den Holzbaukasten zur Schwester hinüber. Der Holzbaukasten besteht aus einer Kiste, in der die Holzreste aus einer Schreinerwerkstatt sind. Es kann nur einer spielen, denn wenn der ein Schloß baut, dann kann der andere keinen Bauernhof bauen. Ein Holzstück kann nicht eine Kuh und ein stolzer Ritter sein. Wenn zwei Kinder spielen, dann können sich oft die Dinge nicht schnell genug verwandeln und müssen im Feuer gereinigt werden. Wir dürfen uns beim Schreiner dann neue Holzstücke holen.

Draußen an der Haustür poltert es. Alle schauen erschrocken zur weißen Küchentür. Lachend geht der Vater zur Tür herein.

»Trauts eich mit mir zom Christbaumhoin ins Hoiz naus«, sagt der Vater, »weil sonst kimmt morgn s Christkindl ned.«

»Awa es werd doch scho Nacht.«

»Dann sehgt mas leichter, de Christbaam, wennst de auskennst, dann sehgst des«, sagt der Vater.

Langsam verschwinden die Häuser in der Dämmerung, die Lichter in den Fenstern werden mehr, während wir auf dem Weg sind, dem Wald zu.

Der dunkle Streifen kommt näher, wir stapfen durch den Schnee. Wir haben den Wald erreicht, der Kleine schmiegt sich an den Vater. Langsam stapfen wir tiefer in den Wald auf der Suche nach einem Christbaum.

»Sads nur ja recht staad, sunst sehng man ned, an Christbaum«, flüstert der Vater. Leise setzen wir ganz still einen Fuß nach dem andern auf den Boden, der Schnee knirscht, und das ist alles, was man hört.

»Dös is a Christbaum, des sehg i«, sagt mein Bruder.

»Der is scho mid am Glanz dro«, flüstert der Vater, »aber schauts no amoi do weida , ob do ned no oana stärker leicht.«

Und plötzlich kann sich der kleine Bruder vor lauter Begeisterung nicht mehr halten.

»Der do, des is a Christbaum.«

Der Vater klopft ihm anerkennend auf die Schulter und gibt ihm mit der Hand ein Zeichen, ja ruhig zu sein. Er schüttelt den Schnee von den Zweigen, geht anerkennend um den Baum, klopft dem Kleinen noch einmal auf die Schultern und haut mit ein paar Schlägen den Baum um, schultert ihn, und wir gehen langsam wieder auf die Lichter der Häuser zu.

»Und wos hod bei euch 's Christkindl brocht?« fragen wir.

»Do hods Äpfel gem und Nuß und Birn«, sagt der Vater.

Na ja, denken wir, ein bisserl besser könnt sich morgen das Christkindl schon anstrengen, wenn man schon den Baum selber aus dem Wald holen muß.

Froh sind wir um die warme Stube.

»Ös habts wirklich an Baam gfundn«, staunen die Schwestern, »dann kimmt moign 's Christkindl garantiert.«

Und es ist gekommen, das Christkindl, obwohl die letzten Stunden vor lauter Bravsein und Warten kaum auszuhalten waren.

Heute können nur mehr Förster und Waldbesitzer den Christbaumglanz erkennen, so vergeht die Zeit, so vergehen die Jahre.

MICHAEL SCHWARZMAIER

Der Rauschgoldengel

Der
Rauschgoldengel
war in jedem Jahr
befestigt an der Christbaumspitze,
daß er
fast den Plafond berührte.
Fast.
Der Vater
schnitt jedes Jahr den Baum
so weit herab,
daß eine kleine Spanne blieb.
So sah
in jedem Jahr es aus, als ob er schwebte.
Der Gottesengel,
sprach zu ihm die Mutter,
als er grad sechs geworden,
im Advent,
der Gottesengel
bringt an Heiligabend
die Gaben,
denn er hilft dem Weihnachtsmann.
Das machte ihn sehr froh.
Denn andre Kinder
war'n nie ganz sicher,
ob das Christkind kommt ...

In diesem Jahr
bekam er einen Hamster,
nannte ihn
Matthias,
denn er fand, so sah er aus.
Matthias

war putzig, kuschlig,
lief durch seinen Ärmel
und wachte erst am Abend richtig auf.

Dreikönig
verschwand der Baum,
jedoch der Knabe wußte,
die Kugeln, Kerzen, aller Plunder lag
in einem Schrank
im Keller. Obenauf
der Rauschgoldengel
in dem Weinkarton.
Das hatte er durch Zufall mal entdeckt.
Matthias
schlief tags und rannte nächtens stundenlang
in seinem Hamsterrad nach Nirgendwo.

Vor Ostern
lag irgendwann im März das kleine Kerlchen
steif und bewegungslos,
die rosa Schnauze
verzweifelt in die Luft gereckt
im Heu –
daneben ein Stück Bleistift, angeknabbert
am Abend, und das Zeug enthielt wohl Gift.
Der schrille Schrei
des Knaben rief die Eltern in das Zimmer.
Voll Empörung,
mit nassen Augen sah ihr Kind sie an.
Behutsam
versuchten sie,
mit Engelszungen redend,
zu ihm zu sprechen von Geburt und Tod,
ihm tröstend
den Käfig aus den starren Ärmchen windend.
Dann

versprachen sie ihm einen neuen Hamster.
Aber
im Bauch des Knaben
lag ein Klumpen Eis.

Der Sommer kam, der Herbst,
dann wieder Winter.
Die Weihnachtszeit.
Und Heiligabend
nahm
der Vater fassungslos
den Rauschgoldengel
aus seinem Weinkarton,
denn in dem Wachs
des feingeschnittenen Gesichtes steckte
ein großer Bleistift.
Nur ein Stückchen Mund
war links am Rande unversehrt geblieben.
Eis
nun auch im Bauch des Vaters.
Unvermögen,
aus seiner Haut zu schlüpfen,
plötzlich Tränen,
um seinen Engel, sich,
und um sein Kind.

Die Christbaumspitze
blieb dies Jahr kahl,
und auch die nächsten Jahre.
Doch niemand fragte oder sprach davon.

Zwischen den Welten

MAX MANNHEIMER

Das Christkindl mag die Juden nicht

Zu meinen ersten Eindrücken, die für mein späteres Leben von Bedeutung gewesen sind, gehört die Weihnachtsbescherung im Neutitscheiner Kindergarten. Noch wußte ich nichts über den Unterschied zwischen Juden und Nichtjuden. Dennoch empfand ich es als ungerecht, wie die Kindergartentante, als Weihnachtsmann verkleidet, die Geschenke verteilte. Besonders hätte ich mir das schöne Schaukelpferd gewünscht, mit welchem eines der Kinder beschenkt wurde, aber ich bekam nur zwei holzgeschnitzte Turner, die auf einem Barren von einem Ende zum anderen rollten. Zu Hause beklagte ich mich bei meiner Mutter über diese Ungerechtigkeit, und später, als ich die Bedeutung des Weihnachtsfestes und den Unterschied zwischen Christen und Juden zu begreifen begann, kam ich mehr und mehr zu der Ansicht, das Christkindl mag die Juden nicht.

Erst nach dem Eintritt in die Volksschule wurde mir bewußt, daß ich anders sei als die anderen; zumindest fühlte ich mich auch dadurch benachteiligt, daß ich nicht am Religionsunterricht in der Schule teilnehmen durfte wie die anderen Kinder und für gesammeltes Stanniolpapier, das angeblich zur Befreiung der afrikanischen Negersklaven diente, keine Heiligenbildchen bekam. Ich war darüber sehr traurig und tröstete mich erst, als ich von Frau Mandl, der Witwe des Neutitscheiner Rabbiners, aufgeklärt wurde, daß die Juden eine eigene Geschichte hätten, die viel älter sei. Den Erzählungen aus der biblischen Geschichte hörte ich immer gespannt zu und war davon überzeugt, daß der Herr Pfarrer, den ich wie die anderen Kinder mit »Gelobt sei Jesus Christus« grüßte, keine so schönen Geschichten zu erzählen wußte. Im übrigen bekamen die christlichen Kinder keine Süßigkeiten, wie ich sie während unseres Religionsunterrichts außerhalb der Schule bekam, jeweils als Lohn für gutes Benehmen.

LAURA WACO

Christbaum und Menorah

Weihnachten 1951. Die Tante in Kanada hat mir ein Paar weiße Pelzstiefel in einem Paket geschickt, und sie passen mir sogar. Mir tut die Berta leid, weil sie keine bekommen hat. Die Tante hat nur ein Paar geschickt, und für die Berta sind sie zu groß. Als der Nikolaus und der Knecht Rupprecht uns im Kindergarten besuchen, trage ich die neuen Stiefel und neue Gamaschenhosen unterm juckenden

Kleid, und im kurzen Haar auf der rechten Seite eine steife, weiße Schleife, halb so groß wie mein ganzer Kopf. Ich hab schon Kopfweh von der Schleife.

Der Nikolaus blättert im goldenen Buch, wo die Namen von den guten Kindern verzeichnet sind. Hinter meinem Rücken steht die Berta und heult, weil sie sich vor dem Knecht Rupprecht fürchtet. Ich mich auch, aber ich heul nicht gleich.

»Laura, laß' mich nicht in seinen Sack rein.« Sie zappelt hinter mir und zieht an meinem Ärmel.

»Berta Stöger«, der Nikolaus räuspert sich, »artiges Kind!«

Hinter mir hörte ich einen erleichterten Seufzer.

»Aber was steht da, mein liebes Kind?« fragt der Nikolaus.

»›Muß sich bessern im Umgang mit Puppen‹, sehe ich. Willst du mir das versprechen, Berta?«

»Ganz bestimmt, Herr Nikolaus, ganz bestimmt!« Die Berta nickt eifrig mit Tränen in den Augen.

Der Nikolaus läßt sich schwerfällig auf einem Stuhl nieder und verteilt Geschenke an alle artigen Kinder und brummt in seinen weißen Bart, daß er noch niemals so viele Namen auf der guten Liste gesehen hat.

»Lieber Nikolaus, als Dank für deine Güte werden die Geschwister Laura und Berta Stöger ein Gedicht vortragen«, verkündet die Tante Maria und lächelt mir aufmunternd zu.

Was für ein Gedicht? Ich kann mich an kein Gedicht erinnern. Der Nikolaus ist vom Stuhl aufgestanden. Warum hat er eigentlich so komische Schuhe an? Die sehen aus wie Stöckelschuhe. Die Berta sagt ein langes Gedicht auf. Ich stehe da wie eine blöde Kuh und halte meinen weißen Kragen mit beiden Händen fest. Der Nikolaus merkt nicht, daß meine Lippen zu sind, und legt seine Hand auf meine Schulter. Das goldene Buch klappt er zu und schaut ganz verwundert auf die Berta, die mit Mund und Händen

Ben Jakov (Max Mannheimer), Ecclesia und Synagoge. Federzeichnung

spricht. Dann fragt sie den Nikolaus, ob er vielleicht ein Lied hören will. Jetzt erinnere ich mich auf einmal an das Gedicht, aber es ist zu spät, die Berta singt ein Lied, und an das Lied kann ich mich nicht erinnern. Jeder sagt, daß die Berta ein gescheites Kind ist.

Der Papa kommt an einem Abend als Nikolaus verkleidet zu uns und bringt uns einen roten Omnibus und eine blaue Straßenbahn mit einem weißen Streifen zum Spielen. Das finden wir sehr schön, weil die zwei Sachen so viel Krach auf dem Fußboden machen, wenn man sie mit der Hand anschubst, und die Straßenbahn klingelt sogar, aber die Mutti kann den Lärm nicht vertragen und fragt den Papa, wozu wir das gebraucht haben.

Am nächsten Abend zünden die Mutti und der Papa zwei blaue Kerzen auf einem Leuchter an und erklären uns, daß wir Hanukkah feiern, weil wir keine Christen sind und weil wir keinen Christbaum haben, sondern eine Menorah. Der Papa liest aus einem Gebetbuch, als er die vordere Kerze anzündet, und erklärt uns, daß in Hebräisch alles von rechts nach links geht anstatt von links nach rechts, und deshalb muß man die Kerzen auf der Menorah von rechts nach links aufstellen. Die vordere Kerze ist die wichtigste, weil man mit der die anderen anzündet. Als der Papa fertig ist mit dem Beten, legt er das Gebetbuch weg und singt ein fröhliches Lied zusammen mit der Mutti und will, daß wir mitsingen. Am achten Abend bei der achten Kerze ist das Hanukkah-Fest zu Ende, und deshalb gibt der Papa uns Geld, mir mehr als der Berta, weil ich die Ältere bin.

Im Kindergarten steht ein Christbaum und nebenan im Hort auch, und im Wohnzimmer bei der Familie im Parterre von unserem Haus steht auch einer. Der ist mit silbernem Lametta und leuchtenden Kugeln geschmückt, und leckere Süßigkeiten in farbigem Silberpapier verpackt hängen an schimmernden Fäden von den Tannenzweigen. Es ist so schön, aber wir haben keinen Baum.

Unten bei der Familie mit dem Christbaum gibt es viele

Geschenke, und die Wohnung duftet nach Tannen und Kerzen und nach gebratener Gans, und es ist warm und gemütlich. Die Leute sind nett zu uns und lassen uns mit dem neuen Puppenhaus spielen.

Weihnachten 1952. Als der Winter anrückt, wird es zu kalt für Ausflüge. Am Nachmittag ist es schon früh dunkel. Im Kindergarten brennen die dicken roten Kerzen am Adventskranz, und in einer Ecke des Spielzimmers steht der Weihnachtsbaum in voller Pracht. In ihren Bettchen liegen die Puppen zugedeckt und gut versorgt und wir singen: Leise rieselt der Schnee, still und starr ruht der See, weihnachtlich glänzet der Wald, freuet euch, 's Christkind kommt bald.

Mit Uhu, Schere und Papier basteln wir eifrig und mit heißen Backen. Bleibt der Uhu auf Händen und Gesicht kleben, so ziehen wir ihn ab wie eine alte Haut nach einem Sonnenbrand. Die Tante Maria hängt unsere weißen Schneeflocken und goldenen Sterne an den Fenstern vom Kindergarten auf, damit die Mütter und Väter unsere Leistungen bewundern können, und zur Belohnung schenkt sie uns durchsichtige Hauchbilder in lila und rosa und grün.

Wenn es mal viel Schnee hat, holt uns der Papa mit dem Schlitten ab. Es ist ein großer brauner Holzschlitten mit gerundeter Rückenlehne, die man abschrauben kann. Auf dem Schlitten liegt ein grau-weißer Katzenfellsack ohne Futter. In den schlüpfen wir rein und »Eins, Zwei, Drei, Letzgo« ruft der Papa, und mit einem Ruck geht es vorwärts, und wir sausen los durch den blitzenden Schnee in der weißen Abendlandschaft und möchten gar nicht ankommen, aber der Papa schon, denn er hat Pferd spielen müssen und den Schlitten gezogen.

Vor Weihnachten kommt Hanukkah. Jetzt können wir Papas Lied, das Maos Zur, auswendig in Hebräisch singen. Der Papa lacht und freut sich. Er singt voller Inbrunst und schwankt mit seinem Oberkörper vorwärts und rückwärts und nach rechts und nach links.

Der Papa bringt uns hebräische Gebete bei, eins für Gemüse und Früchte, eins für Brot und Kuchen und eins für Wein, und alle haben denselben ersten Teil, aber einen verschiedenen zweiten. Vor jeder Mahlzeit müssen wir die Gebete sagen, und bald können wir sie im Schlaf herunterleiern. Im Kindergarten bei der Brotzeit murmeln wir sie schnell vor uns hin, ganz leise, damit es niemand hört. Aber das Vaterunser können wir auch auswendig, und das sagen wir jeden Morgen laut im Kindergarten mit den anderen Kindern, und wir falten die Hände dabei, und am Ende vom Beten machen wir viermal das Kreuz mit dem rechten Daumen, zweimal senkrecht und zweimal waagrecht, und sagen: »Im Namen des Vaters, des Sohnes und des Heiligen Geistes, Amen.« Das ist so feierlich, daß wir nach dem Amen nicht so laut reden wollen.

Wenn die Mutti und der Papa spät nach Hause kommen, gehen wir rüber zu den Nonnen im Hort gleich neben dem Kindergarten. Dort schauen wir den älteren Schulkindern bei den Proben für das Weihnachtsspiel zu.

In einer Reihe stehen die Engel in weißen langen Kleidern mit goldenen Gürteln und goldbestickten Krägen. Die traurige Maria mit ihrem seidigen blonden Haar und blauen Augen ist die Allerschönste. Der Joseph ist der einzige Knabe in dem Krippenspiel.

Das Jesuskind ist eine Puppe. Die Nonnen finden, daß die Berta wie geschaffen ist für die Rolle vom Engel, der den Josef und die Maria mit einer Laterne in der Hand in der finsteren Nacht zur Herberge führt, weil sie klein ist und gescheit und gut reden kann. Außerdem fehlt ein schweigender und schüchterner Engel, der dastehen und singen und schön aussehen soll. Das bin ich.

Nach einigem Hin und Her sind die Mutti und der Papa mit unserer Schauspielerei einverstanden, und wir dürfen zur Kostümanprobe, wo ich ein langes weißes Kleid mit einem goldenen Gürtel und kurzen Ärmeln bekomme. Die Berta trägt ein ähnliches, aber ohne Gürtel und mit langen breiten Ärmeln und goldener Borte. Auf den Köpfen haben wir Reifen mit goldenen Sternen.

Am Abend der Aufführung ist der Saal im Hort vollgestopft mit Zuschauern, und in der ersten Reihe sitzen die Mutti und der Papa. Jeder fragt, wer die zwei Kleinen sind. Die Neuen. Die gehören doch gar nicht zum Hort. Wer sind denn die? Die sind ja so hübsch. Die Stöger Mädels. Vom Kindergarten nebenan. Jüdische Kinder? Ja sowas. Aber goldig sans doch, die zwei.

Joe Lederer
Das Geschenk des Glücks

Einmal habe ich eine Zeitlang in China gelebt. Ich war im Frühling in Shanghai angekommen, und die Hitze war mörderisch. Die Kanäle stanken zum Himmel, und immer war der ranzige, üble Geruch von Sojabohnenöl in der Luft. Ich konnte und konnte mich nicht eingewöhnen. Neben Wolkenkratzern lagen Lehmhütten, vor denen nackte Kinder im Schmutz spielten. Nachts zirpten die Zikaden im Garten und ließen mich nicht schlafen. Im Herbst kam der Taifun, und der Regen stand wie eine gläserne Wand vor den Fenstern. Ich hatte Heimweh nach Europa. Da war niemand, mit dem ich wirklich befreundet war. Ich kam mir ganz verloren vor in diesem Meer von fremden Gesichtern.

Und dann kam Weihnachten. Ich wohnte bei Europäern, die chinesische Diener hatten. Der oberste von ihnen war der Koch, Ta-tse-fu, der große Herr der Küche. Er radebrechte deutsch und war der Dolmetsch zwischen mir und dem Zimmer-Kuli, dem Ofen-Kuli, dem Wäsche-Kuli und was es da eben sonst noch an Dienerschaft im Haus gab.

Am Heiligen Abend, und ich saß wieder einmal verheult in meinem Zimmer, überreichte mir der Ta-tse-fu ein Geschenk. Es war eine chinesische Kupfermünze mit einem Loch in der Mitte, und durch das Loch waren viele bunte Wollfäden gezogen und dann zu einem Zopf zusammengeflochten. »Ein sehr altes Münze«, sagte der Koch feierlich. »Und die Wollfäden gehört auch dir. Wollfäden sind von mir und mein Frau und von Zimmer-Kuli und sein Schwester und von Eltern und Brüdern von Ofen-Kuli – von uns allen sein die Wollfäden.«

Ich bedankte mich sehr. Es war ein merkwürdiges Geschenk – und noch viel merkwürdiger, als ich zuerst dachte. Denn als ich die Münze mit ihrem bunten Wollzopf einem Bekannten zeigte, der seit Jahrzehnten in China lebte, erklärte er mir, was es damit für eine Bewandtnis hatte: Jeder der Wollfäden war eine Stunde des Glücks. Der Koch war zu seinen Freunden gegangen und hatte sie gefragt: »Willst du von dem Glück, das dir für das Leben vorausbestimmt ist, eine Stunde des Glücks abtreten?« Und Ofen-Kuli und Zimmer-Kuli und Wäsche-Kuli und ihre Verwandten hatten für mich, für die fremde Europäerin, einen Wollfaden gegeben, als Zeichen, daß sie mir von ihrem eigenen Glück eine Stunde des Glücks schenkten.

Es war ein großes Opfer, das sie brachten. Denn wenn sie auch bereit waren, auf eine Stunde ihres Glücks zu meinen Gunsten zu verzichten – es lag nicht in ihrer Macht, zu bestimmen, welche Stunde aus ihrem Leben es sein würde. Das Schicksal würde entscheiden, ob sie die Glücksstunde abtraten, in der ihnen ein reicher Verwandter sein Hab und Gut verschrieben hätte, oder ob es nur eine der vielen Stunden sein würde, in der sie glücklich beim Reiswein saßen; ob sie die Glücksstunde wegschenkten, in der das Auto, das sie sonst überfahren hätte, noch rechtzeitig bremste – oder die Stunde, in der das junge Mädchen vermählt worden wäre. Blindlings und doch mit weit offenen

Augen machten sie mir, der Fremden, einen Teil ihres Lebens zum Geschenk.

Nun ja – die Chinesen sind abergläubisch. Aber ich habe nie wieder ein Weihnachtsgeschenk bekommen, das sich mit diesem hätte vergleichen lassen. Von diesem Tag an habe ich mich in China zu Hause gefühlt. Und die Münze mit dem bunten Wollzopf hat mich jahrelang begleitet. Ich habe sie nicht mehr. Eines Tages lernte ich jemanden kennen, der war noch übler dran als ich damals in Shanghai. Und da habe ich einen Wollfaden genommen, ihn zu den anderen Fäden dazugeknüpft – und habe die Münze weitergegeben.

Barbara Yurtdas

Weihnachten in Izmir

Mitte Dezember findet wie immer das sogenannte Weihnachtskonzert der türkischen Staatlichen Musikschule Izmir statt. Die meisten deutschen Frauen, die ständig hier im fremden Land leben, ergreifen diese Gelegenheit, sich ein wenig mit Weihnachtsstimmung aufzuladen. Mich hat es heuer erstmals dort hin gezogen. Der Chor singt auf deutsch »Vom Himmel hoch« und »Es ist ein Ros’ entsprungen«. Die Intonation ist sauber, trotzdem bin ich irritiert. Die türkischen Kinder haben offensichtlich keine Ahnung, was unsere geheiligten Verse bedeuten, es fehlt das »Gefühl«, die »Innigkeit«.

Weihnachten, seit langem eher unwichtig für mich, wird plötzlich zum Anlaß für Heimweh. Da das Fest in der islamischen Gesellschaft der Türkei nicht gefeiert wird, fühlte ich mich bisher glücklich beurlaubt vom vorweihnachtlichen Streß. Nun ertappe ich mich dabei, den Verwandten in Deutschland odufröhliche Grüße schreiben und für meine halbwüchsigen Söhne Ayhan und Mesut Geschenke

179

einkaufen zu wollen. Zwar sind Pullover für die beiden ohnehin fällig, aber diesmal soll es keine Massenware aus dem Basar sein, sondern etwas Topmodisches aus einer Boutique im noblen Stadtviertel Alsancak, in dem viele Ausländer wohnen.

Glitzernd von Lichterketten spekulieren die exklusiven Läden auf ausländische Weihnachtskundschaft, vor allem NATO-Amerikaner, aber auch auf wohlhabende Mittelschichttürken, die seit Atatürk das Jahresanfangsfest *yilbasi* feiern, das einen Mischmasch aus Weihnachten, Thanksgiving und Silvester darstellt. Auf den Balkonen sieht man allenthalben bunt behängte, elektrisch illuminierte Tannenbäume. Es gibt gebratenen Truthahn, alkoholische Getränke und Geschenke für die Kinder, vor allem neue Kleidung. Am Festabend sitzen dann alle vor dem Fernsehapparat und vergleichen die konkurrierenden Bauchtanzprogramme der verschiedenen Sender.

Die Auswahl an schicken Pullovern für meine jungen Männer ist groß. Dafür sind auch die Preise in Alsancak wahrhaft »europäisch«. Mich selbst beschenke ich mit einem Spitzenkragen und einer handbemalten Mokkatasse. Am Ende der Einkaufstour hocke ich in einer Konditorei, kaue an einem reichlich trockenen Stück Christstollen und versuche mir Vergleiche mit den Genüssen der alten Heimat zu untersagen. Was soll das Hinträumen zum anderen Ufer, das ich nun einmal verlassen habe? Und doch: Jetzt über den abendlichen Christkindlmarkt an der Münchner Freiheit schlendern, Gebasteltes für den Tannenbaum kaufen, Lebkuchen essen und Glühwein trinken, Glückseligkeit empfinden wie in Kinderzeiten ...

24. Dezember: ein strahlender, fast warmer Tag. Im Garten leuchten die reifen Mandarinen wie Christbaumkugeln aus dem tiefgrünen, glänzenden Laubwerk. Das Telefon klingelt: »Fröhliche Weihnachten!« Es ist meine alte Freundin Elke. Sie schwärmt von ihren Plätzchen und fragt, wie wir das Fest begehen. Ich habe Zimtsterne ge-

backen, wenigstens das. Als die Buben aus der Schule kommen, beraten wir, ob wir eine kleine Zypresse im Garten mit Kerzen und Lametta schmücken sollen. »Muß nicht sein, Mamie.« Die Kinder, vom Vater islamisch erzogen, haben keinen Bedarf an deutschen Weihnachtsbräuchen. Daß die Oma aus München ein Päckchen mit Büchern geschickt hat, ist trotzdem prima. Und die coolen Pullover werden ebenfalls gerne genommen.

Im Radio Volkstänze, Schlagermusik. Hatte ich etwas anderes erwartet? Ähnlich muß es den Türken in Deutschland ergehen, wenn an ihren höchsten Feiertagen ringsum der banale Alltag abläuft und es weder schul- noch arbeitsfrei gibt, so daß man schon »krank feiern« muß, wenn man das Festgebet nicht versäumen will.

Nachmittags um vier beschließe ich, meine frühere Zugehfrau Nazli im *gecekondu* zu besuchen und ihr ein paar Kleidungsstücke zu bringen, um mich durch eine »gute Tat« am Heiligen Abend von meinem immer noch wachsenden Heimweh abzulenken. Nazli muß nicht mehr putzen gehen, weil ihr Mann inzwischen eine feste Anstellung in der städtischen Kantine hat.

Das *gecekondu* liegt am Berghang nicht weit von unserem Haus. Auf der Anhöhe weiden Ziegen, ein Hund bellt. In der Ferne schimmert das Meer als grüner Streifen.

Gecekondu heißen die primitiven Siedlungen in den Außenbezirken der großen Städte der Türkei, wörtlich übersetzt bedeutet das »in einer Nacht erbaut« – schwarz gebaut, natürlich. Nazlis *gecekondu* macht einen überraschend stabilen Eindruck. Aufgrund einer Amnestie konnten die Siedler hier das Fleckchen Erde nachträglich legal von der Gemeinde erwerben. Es gibt inzwischen Wasser und Strom und im unteren Teil der Siedlung sogar eine geteerte Straße.

Nazli ist nicht zu Hause. Ihr zehnjähriger Sohn weist mich zum Nachbarhaus, wo Hatice wohnt, die ich ebenfalls kenne. Es ist üblich, daß die Frauen nachmittags bei-

sammen sitzen, im Sommer im Freien, im Winter abwech-
selnd in den Häusern.

Ich will die Kleider nicht einfach bei Nazlis Kindern abgeben, das wäre unhöflich. Also versuche ich durch Rufen
und Klopfen an Hatices Tür auf mich aufmerksam zu machen. Niemand öffnet. Ich schaue mich fragend nach dem
Buben um. Doch, doch, seine Mutter sei ganz sicher bei
der Nachbarin, aber er dürfe da nicht rein. Ja, ich weiß
schon, daß größere Jungen von den Frauenversammlun-
gen ausgeschlossen sind.

Durch ein Fenster sehe ich mehrere Frauen im Raum
stehen. Ich klopfe an die Scheibe. Nazli öffnet mir die Tür
und zieht mich in ein überheiztes Zimmer, zu meiner Ver-
wunderung aber nicht in den Wohnraum, sondern ins
Schlafzimmer. Schlagartig erfasse ich die Situation: hier ist
gerade ein Kind geboren worden. Sein dünnes Stimmchen
klingt wie das Meckern eines Zickleins. Eine massige Frau
im weißen Kittel hält das blutverschmierte Wesen kopfun-
ter an den Füßen und gibt ihm mit der flachen Hand drei
sanfte Klapse auf den Rücken. Dann legt sie es auf eine
Windel am Fußende des Bettes und tupft den kleinen Körper vorsichtig mit feuchten Lappen ab. Der Nabel wird mit
einer Binde fixiert, um den Po kommt ein weiches Läppchen, dann wird das Neugeborene rundum in ein großes
Tuch eingewickelt, so daß es aussieht wie ein Fatschnkindl
in einer bayerischen Weihnachtskrippe. Unser Christkindl
hier ist allerdings ein Mädchen, so viel habe ich sehen können. Und wo ist Maria?

Eine sehr junge Frau, fast selbst noch ein Kind, liegt erschöpft auf dem Bett. Man hat sie zugedeckt und gibt ihr
zu trinken. Als ich überflüssigerweise frage, ob sie die
Mutter sei, bekomme ich eine seltsame Antwort: Nein, die
Mutter sei doch Hatice. Ich muß mich verhört haben. Die
junge Mutter ist Hatices Tochter Meryem.

Aber jetzt wird das Kleine in Hatices Arme gelegt. Sie
geht mit dem Wickelkind auf und ab und setzt sich schließ-

lich auf einen Stuhl. Dann entblößt sie eine ihrer großen Brüste und legt das Kind an. Ich traue meinen Augen nicht. Sind das Bräuche, die ich nicht kenne?

»Ich habe keine Milch«, sagt Hatice. Na klar, denke ich. Woher denn auch?

Plötzlich begreife ich: Meryem ist nicht verheiratet, sonst wäre sie jetzt nicht im Elternhaus, sondern bei ihrem Ehemann oder nach türkischem Brauch im Haus der Schwiegereltern.

Ich höre auf zu fragen. Es ist ein großer Vertrauensbeweis, daß man mich hereingelassen hat.

Inzwischen serviert eine der Frauen Tee in kleinen bauchigen Gläsern, dazu weißes, sehr süßes Gebäck. Wir sitzen alle im Kreis um Hatice mit dem Kind. Mit ihren knapp 40 Jahren gibt sie eine überzeugende Mutter ab. Meryem, leise stöhnend im Bett, scheint nicht zu existieren.

Später, als ich in Nazlis Küche sitze, versuche ich sie auszufragen. Nazli zuckt bloß mit den Achseln. Sie habe keine Ahnung, und Vermutungen anzustellen sei in einem solchen Fall Sünde. Der heilige Geist wird es wohl nicht gewesen sein, denke ich blasphemisch.

Ob ich wohl morgen wiederkommen und ein paar Babysachen schenken dürfe, frage ich. Nazli meint trocken: »Kauf Hatice lieber ein paar von ihren Häkeldecken ab, damit sie die nächste Rate für die Waschmaschine bezahlen kann. Ich weiß, was es heißt, Windeln mit der Hand zu waschen.« Drei Jahre lang ist Nazli für die Raten ihrer Waschmaschine zum Putzen gegangen.

Daß ich nicht aller Welt die gar nicht so frohe Botschaft verkünde, versteht sich von selbst. Als ich aufbreche, schreit der Esel im Hof. Für einen Ochsen sind die Leute hier zu arm. Auf dem Heimweg begegne ich einer Schafherde, die von zwei Hirtenbuben zum Pferch getrieben wird. Ein einzelner Stern steht leuchtend am Abendhimmel.

Weihnachten zwischen den Welten

Mein Vater ist im Ausland.
Wenn man im Ausland ist, ist man weit weg.
Hinter den Bergen.
Und man kann nur einmal im Jahr kommen.
Weil mein Vater weit weg ist, schickt er Geld.
Damit meine Mutter und ich leben können.

Ich kenne meinen Vater nicht.
Ich weiß nur, daß er große Hände hat
und einen Schnauz.
Und wenn er kommt,
bringt er für mich Schokolade
und für meine Mutter ein Kleid.
Dann sage ich,
danke Vater.

Mein Vater schreibt,
er wohne an einem Ort,
an dem man nur wenig vom Himmel sieht.
Es ist ein Ort, umgeben von Bergen,
die Angst machen, wenn man allein ist.

Meine Mutter kann nicht lesen.
Sie durfte nicht in die Schule.
Sie mußte arbeiten.
Der Priester liest ihr die Briefe meines Vaters vor.
Dafür beten wir ein bißchen mehr.

Meine Mutter will jetzt auch in das Land
hinter den großen Bergen gehen.
Mein Vater sucht sonst eine andere Frau,
weil die Männer nicht ohne Frau sein
können, wenn es kalt ist.

Jetzt bin ich ohne Mutter,
und wenn der Abend kommt
und ich ins Bett muß,
fühle ich mich allein
und weine.

Auf einem Bild habe ich Vater und Mutter.
Sie schauen mich immer an.
Ich kann mich bewegen wie ich will.
Sie schauen dorthin, wo ich stehe.
Das Bild ist jetzt meine Eltern.

In der Schule dürfen wir nicht albanesisch sprechen.
Albanesisch ist keine Sprache,
sagt der Lehrer.
Er spricht nur italienisch.
Niemand verstehe uns.
Jetzt weiß ich, warum meine Eltern
nicht verstanden werden im Ausland.

Wenn ich zu Gott bete,
spreche ich italienisch.
Wir haben es so gelernt.
Ich weiß nicht, ob Gott Albanesisch kann.

An Weihnachten spielen wir die Geschichte von Jesus.
Seine Eltern sind auch ausgewandert.
Aber sie haben ihn mitgenommen.

Es ist Weihnachten.
Jedes Kind schreibt seiner Mutter einen Brief
und legt ihn unter ihren Teller.
Auch ich möchte mir etwas wünschen.
Aber meine Mutter ist nicht da.
Du kannst meine haben, sagt Angela
und lächelt.

An Weihnachten macht der Priester
ein großes Feuer auf der Piazza.
Jeder darf davon nehmen.
Es ist das Licht Gottes,
sagt meine Großmutter,
sein Sohn hat uns das Licht gebracht.

Jetzt bringen sie ein Licht nach Santa Sofia.
Ein Licht, das von weither kommt.
Es geht durch dünne Drähte
und leuchtet in den Lampen.
Für dieses Licht zahlt der Sindaco eine Messe.

Früher waren die Menschen in einem Paradies.
Alles war schön. Alles war gut.
Es gab auch kein Ausland.
Dann haben sie einen Apfel gegessen.
Der war von Gott verboten.
Und sie mußten aus dem Paradies.
Warum hat Gott den Apfel verboten,
fragt Ettore den Priester.
Er schweigt.

Meine Eltern sind gekommen.
Sie haben Ferien.
Sie sind schön angezogen
und haben viele Geschenke mitgebracht.
Mein Bruder und ich dürfen Fleisch
aus Büchsen essen.
Eine Kuh ist darauf gezeichnet.
Im Ausland gibt es viel Fleisch,
sagt meine Mutter.
Wir nehmen euch jetzt mit. Dann könnt ihr
jeden Tag Fleisch essen.
Sie weint.

Ich kenne meine Eltern nicht mehr.
Sie sind wie fremde Leute,
die viele Geschenke bringen.

Ich will nicht mit meinen Eltern
ins Ausland gehen.
Ich will bei Großmutter
und Großvater bleiben.
Sie sind jetzt meine Eltern.

Ich muß weinen,
wenn ich sehe, wie meine Freunde spielen.
Sie müssen nicht ins Ausland.
Vielleicht werde ich keine Freunde haben
im Ausland, wenn ich allein im Schnee stehe.

Alles geht schnell vorbei mit dem Zug.
Es ist nicht wie auf dem Esel.
Wir fahren einen Tag und eine Nacht.
Züge müssen nicht schlafen, sagt meine Mutter.
Sie nennt mir die Namen der riesengroßen
Dörfer, man sagt ihnen Städte.

Jetzt bin ich im Ausland.
Es ist Winter.
Alles ist voll Schnee.
Ich kann schon ein Wort in der fremden
Sprache.
Salü.

XIAO HUI WANG

Ein bißchen Weihnachtsgefühl

In meiner Kindheit gab es in China noch kein Weihnachtsfest. Es war uns nur aus Erzählungen bekannt. Bei uns ist
das Neujahrsfest das wichtigste Ereignis des Jahres. Es ist
ein bewegliches Fest, im Januar oder Februar, weil der
Mondkalender sein Datum bestimmt. Lange Vorbereitungen gehen dem Fest voraus, das Haus wird mit roten
Glückszeichen dekoriert, alle kaufen Geschenke, und die
Kinder bekommen neue Kleider. Überall leuchtet einem
an diesen Tagen die Farbe Rot entgegen, die Symbolfarbe
des Glücks. Am Silvesterabend gibt es ein großes Festessen im Kreise der Familie mit einem traditionellen Nu-
delgericht, nicht unähnlich den schwäbischen Maultaschen. Früher steckte man oft kleine Überraschungen in
die Füllung, eine Erdnuß etwa als Zeichen langen Lebens
oder gar ein Geldstück, so daß wir Kinder dieses köstliche
Gericht immer mit großer Vorsicht aßen. Es gibt noch
manch andere Bräuche, die den Europäern seltsam vor-
kommen mögen. So darf man am Neujahrstag keinen
Schmutz aus dem Haus kehren, denn dabei könnte ja auch
das Glück mit weggefegt werden. Wörter, die möglicher-
weise Unglück bringen, müssen an diesem Tag vermieden
werden. Zerfällt zum Beispiel der weiche Nudelteig beim
Kochen, darf nicht das Wort »kaputt« in den Mund ge-

nommen werden, vielmehr muß man dann auf den »vom Glück aufgeblasenen Teig« hinweisen. Die vielen Tage des Neujahrsfests sind geprägt von einer regen Betriebsamkeit mit Besuchen unter Freunden und Verwandten und dem Austausch unzähliger Geschenke.

Gefühlsmäßig scheint mir das traditionelle chinesische Mondfest dem deutschen Weihnachtsfest näher zu stehen, schon weil es ganz auf die Familie bezogen ist. Es findet am 15. Tag des achten Monats im Mondkalender statt. Man glaubt, daß um diese Zeit der Vollmond besonders schön ist. Das vollkommene Rund des Mondes symbolisiert den Zusammenhalt der Familie, und man betrachtet beim festlichen Abendessen, das meistens im Freien stattfindet, gemeinsam den Mond. In früheren Zeiten glaubte man, daß abwesende Familienmitglieder zur selben Zeit den Mond anschauen würden, ganz gleich, wo sie sich gerade befanden, und daß dabei ein reger Gedankenaustausch hin und her fließe. Dazu gibt es in China zahlreiche Gedichte, die den Kindern schon früh in der Schule vermittelt werden.

Erst als mir Deutschland zur zweiten Heimat wurde, bin ich mit dem Weihnachtsfest vertraut geworden, und einige Weihnachtsfeste haben sich mir unauslöschlich eingeprägt.

1986 feierte ich zum ersten Mal Weihnachten. Ein paar Wochen vorher war ich frisch verheiratet mit meinem Mann nach Deutschland gekommen. Wir hatten sehnlichst auf diesen Moment gewartet, und da nach chinesischen Vorschriften ein Ehepaar damals nicht gemeinsam ins Ausland gehen durfte, konnten wir erst einen Tag vor der Abreise heiraten. Auch wenn wir uns gleich nach der Ankunft am Frankfurter Flughafen trennen und zu unterschiedlichen Studienorten weiterfahren mußten, waren wir doch glücklich, diesen für damalige Verhältnisse großen Schritt gemeinsam getan zu haben.

Die Trennung hatte nichts Schmerzliches, weil wir ja wußten, daß wir uns an Weihnachten wiedersehen würden. Dann konnten die Flitterwochen beginnen, die durch die im letzten Moment erteilte Ausreisegenehmigung verschoben werden mußten. Ich sah uns wie aus zwei Ingredenzien zubereitete Cocktails, die nach dem Mixen wieder auf zwei Gefäße verteilt wurden – so nahm jeder etwas vom anderen mit sich.

An den Weihnachtstagen genossen wir unser Zusammensein in einem Haus in Berlin, das wir durch die Urlaubsabwesenheit eines befreundeten Paares ganz für uns allein hatten. Eine solche Gelegenheit hatte es in China für uns nie gegeben. Es war wahrhaftig ein wunderbares Weihnachtsgeschenk. In diese Tage fiel auch unsere erste Begegnung mit den kirchlichen Weihnachtsbräuchen. Die erste Mitternachtsmesse meines Lebens ist mir als etwas Unwirkliches, Feenhaftes unvergeßlich geblieben.

Mein zweites Weihnachten erlebte ich in einer Künstlerfamilie am Starnberger See, wo ich für ein paar Monate untergebracht war. Mein Mann hatte mich mit einem ganz besonderen Geschenk überrascht. Er hatte einige der Fotos, die ich während einer Europareise gemacht hatte, vergrößert, und der Hausherr hatte sie in seinem weitläufigen Haus verteilt wie in einer improvisierten Ausstellung und viele Freunde zu meiner ersten »Vernissage« eingeladen. Es war der inoffizielle Anfang meiner Laufbahn als Fotokünstlerin. Ein Weihnachtswunder.

Es gab auch traurige Weihnachten für mich, das schrecklichste war 1991. Mein Mann war nicht lange vorher bei einem Autounfall ums Leben gekommen. Ich selbst erlitt schwere Verletzungen – doppelt: an Körper und Seele. Da ich lange Zeit nicht arbeitsfähig war, kamen meine Eltern aus China nach München, um mich zu stützen. Während die deutschen Familien ihre Christbäume schmückten, band mein Vater ganz allein mühsam einen Kranz aus Tannenzweigen für die Trauerfeier, während ich mit meiner Mutter die traditionellen weißen Seidenblumen für die Gäste nähte.

Als wir nach der Trauerfeier in Darmstadt nach stundenlanger Fahrt bei Schnee und Dämmerlicht im vorweihnachtlich geschmückten München ankamen, machte uns der Kontrast zwischen unserem Schmerz und der Feierstimmung draußen die Trauer umso spürbarer.

Seitdem vermeide ich es, an Weihnachten in München zu sein, und so ist eben der Sommer für mich die schönste Jahreszeit in dieser Stadt.

Einmal versuchte ich auch, in Sydney Weihnachtsstimmung aufkommen zu lassen, wo ich die Eltern meines verstorbenen Mannes besuchte. An Weihnachten herrscht dort Hochsommer, und so fiel es mir als eingedeutschter Chinesin schwer, weihnachtliche Gefühle aufzubringen, obwohl sich die Australier redlich darum bemühten. In den shopping malls leuchtete künstlicher Schnee, und überall sah man dick vermummte, heftig schwitzende Weihnachtsmänner...

Ende 1994 wurde ich nach New York eingeladen. Amerika vermittelte mir ein ganz neues Weihnachtsgefühl. Es war weniger ein Familienfest als eine Party unter Freunden. Die Tage in New York gefielen mir, und ich begann, Christmas wieder ein bißchen zu mögen, was sicherlich auch mit meiner Vorfreude auf zu Hause zu tun hatte. Fuhr ich doch nach dem Jahreswechsel nach China zurück zu einem vermeintlich ganz neuen Leben mit einer großen Liebe in Hongkong.

Fast ein Jahr lang blieb ich dort, nur einmal reiste ich zwischendurch zur Premiere meines Films nach München, wo manche Freunde mich schon für verschollen hielten. Kurz darauf erkannte ich, daß meine Erwartungen an Liebe und Zweisamkeit sich in Hongkong nicht erfüllt hatten, und ich beschloß, wieder nach Deutschland zurückzukehren.

Flugtickets gab es nur noch für den Heiligen Abend, den Tag, an dem nur ganz wenige Menschen unterwegs sind.

Die Trennung von dem geliebten Mann war nicht einfach gewesen. Mein hoffnungsvoller Traum von einer gemeinsamen Zukunft war schmerzhaft zerbrochen. Jetzt saß ich im Flugzeug und machte stundenlang Notizen in mein Tagebuch.

Mein Nachbar, ein Schwede auf dem Weg nach Hause, bemerkte verwundert, daß ich alle angebotenen Snacks und Getränke zurückwies, und fragte mich, ob ich krank sei. Ich erzählte ihm nicht die Ursache meines Abschieds von Hongkong, berichtete nur von meiner Angst, Weihnachten allein in Deutschland verbringen und am Heiligen Abend in die leere, kalte Wohnung zurückkehren zu müssen, die ein Jahr lang nicht benutzt worden war. Mehr konnte ich diesem freundlichen Fremden nicht erklären.

Am Flughafen Frankfurt trennten sich unsere Wege. Als ich mich von dem Schweden verabschieden wollte, bat er mich, noch einen Moment auf sein Gepäck aufzupassen. Ein paar Minuten später kam er mit einem schön verpackten Geschenk zurück. Es stellte sich als ein kostbares Parfüm heraus, das er mir mit den Worten übergab, daß es mir »ein bißchen Weihnachtsgefühl« vermitteln solle. Für einen kleinen Moment schwebte ich.

Tief berührt, stand ich noch lange da, mit meinem Päckchen in der Hand, bis mein Reisegefährte am Ende der langen Halle kaum mehr wahrnehmbar war. Die liebevolle Geste des Fremden hat mir in jenen kalten Tagen einen Hauch von Wärme geschenkt.

Das Parfum habe ich bis heute nicht angetastet, und jedes Mal wenn mein Blick darauf fällt, steigt das Bild des freundlichen Fremden in mir auf. Kalt und einsam waren die darauf folgenden Weihnachtsfeiertage. Aber diese kleine Begebenheit im Flughafen ist in meiner Erinnerung lebendig geblieben als eine meiner schönsten, kostbarsten Weihnachtsgeschichten.

Fest ohne Grenzen

WERNER BERGENGRUEN
Kaschubisches Weihnachtslied

Wärst du, Kindchen, im Kaschubenlande,
wärst du, Kindchen, doch bei uns geblieben!
Sieh, du hättest nicht auf Heu gelegen,
wärst auf Daunen weich gebettet worden.

Nimmer wärst du in den Stall gekommen,
dicht am Ofen stünde warm dein Bettchen,
der Herr Pfarrer käme selbst gelaufen,
dich und deine Mutter zu verehren.

Kindchen, wie wir dich gekleidet hätten!
Müßtest eine Schaffellmütze tragen,
blauen Mantel von kaschubischem Tuche,
pelzgefüttert und mit Bänderschleifen.

Hätten dir den eignen Gurt gegeben,
rote Schuhchen für die kleinen Füße,
fest und blank mit Nägelchen beschlagen,
Kindchen, wie wir dich gekleidet hätten!

Kindchen, wie wir dich gefüttert hätten!
Früh am Morgen weißes Brot mit Honig,
frische Butter, wunderweiches Schmorfleisch,
mittags Gerstengrütze, gelbe Tunke,

Gänsefleisch und Kuttelfleck mit Ingwer,
fette Wurst und goldnen Eierkuchen,
Krug um Krug das starke Bier aus Putzig.
Kindchen, wie wir dich gefüttert hätten!

Und wie wir das Herz dir schenken wollten!
Sieh, wir wären alle fromm geworden,
alle Knie würden sich dir beugen,
alle Füße Himmelwege gehen.

Niemals würde eine Scheune brennen,
sonntags nie ein trunkner Schädel bluten –
wärst du, Kindchen, im Kaschubenlande,
wärst du, Kindchen, doch bei uns geblieben!

CORNELIA VON SCHELLING

Das Fest der Liebe – auf spanisch

Carlos und Magdalena Correa sind ein hoch angesehenes
Paar in ihrer Heimatstadt an der Südküste Spaniens. Vor
allem Magdalena ist eine geschätzte Persönlichkeit im Ort,
denn sie bekleidet ein wichtiges Amt im ayuntamiento, im
Rathaus ihres Städtchens. Geradezu aufopfernd setzt sie

sich dafür ein, daß die Gelder der EU nicht allein dem Nachbarort, einem Touristendorado direkt am Meer, zufließen, sondern auch ihrer eigenen staubigen Kleinstadt zugute kommen, durch die die strandbesessenen Urlauber meist ohne Stop in ihre Bettenburgen rasen.

Zur Weihnachtszeit läuft Magdalenas Einsatzbereitschaft zu Höchstformen auf. Da fungiert sie nämlich alljährlich als Chefin des Festkomitees für die Feierlichkeiten des Dreikönigstags und ist von Amts wegen zuständig für die Abteilung Geschenke.

Für Carlos bricht dann alle Jahre wieder eine harte Zeit an. Denn spätestens ab Mitte November verausgabt sich seine Frau derartig in ihrem Beruf, daß er als Ehemann eindeutig zu kurz kommt. Zu kurz gekocht das Huhn und die Nudeln, die sie hastig auf den Tisch stellt, viel zu kurz die gemeinsamen Mahlzeiten und Gespräche, kurz und flüchtig sogar der Kuß für Carlos, wenn sie wieder los muß. Gut, daß die kleine Maria Teresa im Kindergarten untergebracht ist, denn besonders viel Zeit für die Tochter kann sich die Mutter jetzt nicht nehmen. Die ist entweder auf dem Sprung ins Rathaus, in den Großhandel oder zur Druckerei, in der die Programmhefte für das Fest entstehen.

Das geht nun schon einige Jahre so. Aber heuer scheint es, als sei Magdalena für die Weihnachtsfreuden ganz Spaniens zuständig. Carlos kann sich nicht entsinnen, sie jemals so fiebrig erlebt zu haben bei ihren Dreikönigsvorbereitungen.

»Aber Carlitos, mein Liebling«, sagt sie, »es ist doch schon Ende November, und wir haben gerade mal zwei Pferde für die cabalgata. Die Festkomitees an den Küstenorten – die haben`s gut! Die lassen die Könige per Schiff in ihren Hafen einlaufen, und die drüben in Palón, die haben einen Zoo, da reiten die reyes magos auf Kamelen in die Stadt ein, das macht was her. Aber wir? Zwei uralte Klepper. Stell dir vor, einer der Könige müßte beim Korso zu

195

Fuß laufen, womöglich noch Esteban, der den Mohrenkönig spielt. Undenkbar! Ein anständiges Pferd muß noch her für ihn.«

Also hastet sie ins Rathaus: das Pferdeproblem ruft.

»Zum Teufel mit den Rossen und mit diesem Esteban, wer auch immer das sein mag! Sie sollte lieber den Fisch nicht so schrecklich versalzen«, schnauft der zu Hause zurückgelassene Carlos und kippt frustriert eine halbe Flasche Mineralwasser hinter dem unverdaulichen Mittagessen her.

Magdalena ahnt nichts vom Groll ihres Mannes. Freudestrahlend fällt sie ihrer Assistentin um den Hals, weil sie soeben erfahren hat, daß ein kräftiger Schimmel für den Festzug zur Verfügung steht. Jetzt kann sie sich den nächsten Aufgaben widmen. Die Listen der bedürftigen Familien liegen bereits vor, auf denen Namen und Alter aller Kinder verzeichnet sind, deren Eltern zu arm sind, um Weihnachtsgeschenke zu kaufen. Das Zahlen übernimmt die Stadt, Magdalena das Besorgen der Geschenke im Großhandel. Die Wunschlisten sind lang, es geht um Schuhe und Kleidung, um Schulmaterial, um Kuscheltiere und andere heiß begehrte Spielsachen.

Alle bewundern die schöne, braungelockte Magdalena, wenn sie bis spät in den Abend unterwegs ist als Anwältin der Mittellosen. Ihre ganz besondere Zuneigung gilt Zoila, einem kleinen Mädchen aus dem Bergland von Peru, dessen Eltern auf den Märkten der Region bunt gemusterte peruanische Pullover, Ponchos, Mützen und Teppiche verkaufen. Seit einem halben Jahr leben sie nun schon in Spanien, schlecht und recht allerdings, und ohne Magdalenas Unterstützung wären sie übel dran.

Manchmal erscheint die kleine Peruanerin im Kindergarten und spielt mit Magdalenas Tochter, und irgendwann haben sie begonnen, das Indio-Mädchen nachmittags zu sich nach Hause zu nehmen und ihr ab und zu Jeans und Kleider zu schenken, die Maria Teresa zu klein geworden sind. Inzwischen sind die beiden Kinder Freundinnen geworden.

Zoila hat die spanischen fiestas zur Weihnachtszeit bisher noch nicht erlebt, und ihre Freude an den Feierlichkeiten ist so groß, daß der Schimmer in ihren schmalen schwarzen Augen kaum mehr erlischt.

Am 15. Dezember hüpfen die beiden Mädchen nach Einbruch der Dunkelheit durch die Straßen bis zur plaza de la iglesia, dem Kirchplatz. Hier steigt das Fest zur Einweihung der weihnachtlichen Straßenillumination, eine Band spielt unter freiem Himmel, die ganze Stadt strömt auf dem Platz zusammen – herausgeputzte Jugendliche, fröhliche Eltern mit ihren Kindern und festlich ausstaffierte Opas und Omas.

Im Mittelpunkt der Festlichkeiten empfängt ein glücklicher Carlos seine Familie. Er ist der Regisseur der offiziellen Festbeleuchtung, unter seiner Leitung wurden in den letzten Tagen funkelnde Sterne und bunte Lichterketten über die Straßen gespannt, und eigenhändig hat er einen Engel Gabriel über dem Kirchenportal angebracht, der sich, von mehreren Seiten angestrahlt, in den Himmel emporzuschwingen scheint.

Befreundete Familien begrüßen einander lautstark und herzlich. Auch Zoilas Eltern sind da. Schüchtern und überwältigt halten sie sich im Hintergrund, worauf Magdalena die Arme um sie legt und sie in die Mitte des Geschehens holt. Gleichzeitig fliegt Maria Teresa einem heranschlendernden jungen Mann in die ausgebreiteten Arme. »Hallo Esteban«, ruft Magdalena lachend.

»Ist das nicht der neue Besitzer der Tapas-Bar hinter dem Kirchplatz?« fragt Carlos.

»Natürlich«, lacht Maria Teresa, »da gehen Mamá und ich meistens nach der Schule hin und essen eine Tortilla oder zwei.«

»So, so«, denkt Carlos verwundert und reicht diesem Esteban die Hand, der sich am 5. Januar, hoch auf dem weißen Schimmel, in den schwarzen Gaspar verwandeln wird.

Bis es soweit ist, am Dreikönigstag, jagt eine Festivität die nächste, von Ruhe kann für die Familie Correa keine Rede sein.

Am 22. Dezember wird der belén, eine Krippe mit einer Grundfläche wie eine Tichtennisplatte, neben der Kathedrale eingeweiht. Ein weiteres Straßenfest, wieder ein begeisterter Menschenauflauf. Die Krippe mit ihren Hügeln aus Sand und Moos, ihren Tümpeln mit richtigem Wasser, den Bäumchen aus Olivenzweigen ist prächtiger als je zuvor, ein wahres Meisterwerk!

Maria Teresa erklärt Zoila die schmucken Plastikfiguren – die Hirten, umringt von einer beachtlichen Schafherde, Josef und Maria auf dem Esel, die Heiligen Drei Könige fern am Horizont. Zoila zeigt sich nur maßvoll beeindruckt. Krippen gibt es auch in Peru. Aber daß unter dem Baldachin gleich nebenan eine leibhaftige Mutter Gottes mit einem lebendigen Jesulein die Huldigung der drei Könige entgegennehmen wird, das erfüllt sie mit Staunen, sie kann es nicht glauben.

Ein kniffliges Datum ist der 3. Januar. An diesem Tag werden die Kinder der Stadt im Rathaus von den königlichen Pagen erwartet, die hier die Briefe der kleinen Bittsteller einsammeln. Knifflig ist diese Aktion deswegen, weil es hier darum geht, Meisterwerke diplomatischer Schreibkunst abzuliefern. Es muß genau jene Mitte zwischen Bescheidenheit und Begierde getroffen werden, an der sich die Großzügigkeit der Könige entzünden kann. Geradezu kontra-produktiv wäre es, eine Unmenge Geschenke zu erbitten, denn – so mahnen Eltern und Lehrer – »wenn ihr zu unbescheiden seid, verstimmt ihr die Könige – die Geschenke müssen ja für alle reichen«. Genau so falsch wäre es allerdings, sich allzusehr zu beschränken, denn dann hätte man vielleicht das Nachsehen und wäre am Ende selber verstimmt. Erschwerend kommt hinzu, daß man den Königen auch noch versichern muß, man sei das ganze Jahr über brav gewesen – ein heikler Punkt, denn lügen ist selbstverständlich strengstens verboten.

»Du mußt also«, erklärt Maria Teresa ihrer peruanischen Freundin, »eine ganz kleine Ungezogenheit beichten, aber ja nichts Abscheuliches, sonst bekommst du nichts als ein großes Stück schwarze Kohle.«

Der 5. Januar, die große Nacht der cabalgata, in der die Könige in die Stadt einreiten, ist kalt, aber sternenklar. Die Bewohner der Stadt säumen fast vollzählig die Hauptstraße. Glücklich betrachten auch Zoila und Maria Teresa den Festzug, die in Samt und Seide gekleideten Könige auf ihren Rössern, die festlich geschmückten Traktoren, auf denen Engel, Pagen oder liebliche Prinzessinnen thronen. Sie alle werfen Bonbons in die Menge, drei Musikkapellen marschieren vorbei, Trommler- und Bläsergruppen.

Die Leute lachen und ratschen, die Kinder quietschen und fangen die durch die Luft fliegenden Süßigkeiten auf. Auch ein paar blaßhäutige Touristenfamilien verfolgen das fromme Spektakel und freuen sich mit den Einheimischen. Zu vorgerückter Stunde füllen sich die Kneipen, man ißt und trinkt im Stehen, die Stimmung könnte nicht ausgelassener sein.

Hoch auf den Schultern ihrer Eltern dringen Zoila und Maria Teresa trotz des enormen Gedränges bis zum Baldachin vor, zur eigentlichen, echten Krippe, wo Maria und Josef, umgeben von einem schnaufenden Esel und drei Kühen, die drei Weisen aus dem Morgenlande und ihr Gefolge empfangen. Wie es geschrieben steht, übergeben die Könige der heiligen Familie Gold, Myrrhe und Weihrauch. Zoila kommt aus dem Staunen nicht mehr heraus: da liegt doch tatsächlich ein Jesulein aus Fleisch und Blut in den Armen der Mutter Gottes, macht gurgelnde Geräusche und grapscht nach Marias langen, dunklen Locken.

Fast mit Gewalt muß Maria Teresa ihre Freundin zu

dem Podest hinüber zerren, wo die drei Könige sich inzwischen gruppiert haben und bereits beginnen, die Namen der Kinder aufzurufen. Sie verteilen Süßigkeiten an die Braven, den malos, den Ungezogenen, Faulen und Unfolgsamen aber überreichen sie zur Strafe den carbo, ein Stück Kohle. Fassungslos bricht ein kleiner Junge in Tränen aus, als er den schwarzen Brocken erhält, und erst als ihm seine Schwester mit einem »du bist vielleicht doof, das ist doch Zuckerkohle« das Zeug in den Mund steckt, beruhigt er sich einigermaßen.

»Und nun, meine lieben Kinder, beginnt gleich das Feuerwerk«, ruft der schwarzglänzende Gaspar in ein Megaphon, »und wenn ihr danach nach Hause geht, vergeßt nicht, Heu für unsere Pferde aufs Fensterbrett zu legen, damit wir im Morgengrauen flott losreiten können – natürlich erst nachdem wir jedem von euch die Geschenke gebracht haben. Und noch etwas – bitte kein Futter an den Kamin stellen, denn von uns drei Königen paßt keiner durch den Schornstein, vor allem der da nicht!« Herzhaft haut Gaspar dem Baltasar auf seine mächtige Wampe.

Einmütiges Gelächter auf dem Kirchplatz, dann explodiert das Feuerwerk.

Das allerdings wird dem Jesuskind zuviel, es schreit laut und herzzerreißend. Rasch drückt Maria dem Josef das Baby in die Arme (es ist nämlich sein Töchterchen), doch erst als die obligatorischen tracas, die schier ohrenbetäubenden Knaller, aufgebraucht sind, findet das göttliche Kind in den Schlaf.

Gegen Mitternacht leeren sich die Straßen, dafür füllen sich die Häuser mit familiärer Gemütlichkeit. Traditionsgemäß trinken die Kinder heiße Schokolade; der roscón de reyes, der süße Brotkranz, liegt bereit, so will es der Brauch.

»Im roscón«, erklärt Magdalena ihren peruanischen Freunden, »sind eine Bohne und ein kleiner König aus Plastik versteckt. Wer die Bohne erwischt, muß nächstes Jahr den roscón bezahlen, wer den König bekommt, ist der König des heutigen Festes!«

Carlos beißt ins Brot und trifft mit den Zähnen auf den fragilen Hals des Mohrenkönigs aus Plastik, so daß er ihn kurzerhand köpft. Während Carlos noch prustet vor Lachen, spürt Zoila mit der Zunge, daß sie die Bohne erwischt hat, und schluckt sie blitzschnell hinunter. Sie will im nächsten Jahr nicht zahlen, sie wüßte gar nicht, wovon.

Noch ehe das Fehlen der Bohne auffällt, steht Magdalena auf, zieht sich ihre warme weiße Jacke an und entschuldigt sich. Sie müsse noch einmal kurz ins Rathaus, um dort ein paar letzte Geschenke zu deponieren. »Die Marokkaner, ihr wißt schon, die Straßenverkäufer, die drüben in den Baracken wohnen, holen sie heut nacht noch für ihre Kinder ab.«

Kaum ist sie weg, fragt Maria Teresa: »Wo ist Zoila?« Carlos ruft nach ihr, ihre Eltern suchen sie, doch Zoila bleibt verschwunden. »Vielleicht ist sie zu Maria und Josef gegangen«, meint Maria Teresa, »sie hat vorhin gesagt, die tun ihr leid, die ganze Nacht da allein in ihrer Krippe, wenn alle anderen nach Hause gehen.«

»Ich schau nach ihr«, sagt Carlos, »macht euch keine Sorgen. In unserer Stadt passiert nichts«, und spurtet gleich los. Und tatsächlich hat Maria Teresas Instinkt nicht getrogen: Zoila steht wie angewurzelt vor der Krippe.

»Wo sind sie denn hingegangen?« fragt sie Carlos. »Haben sie jetzt doch noch eine Herberge gefunden?«

Carlos beugt sich zu ihr hinunter und hebt sie lachend in seine Arme. Da sieht er das Unerhörte: Schräg gegenüber, im Schatten der Kirche, steht ein Paar, eng umschlungen, direkt unter dem Engel Gabriel, seinem Engel, der über dem Kirchenportal schwebt. Den braunen Lockenkopf hat sie an seiner Schulter vergraben, Gaspars Arme umfangen ihren Körper, seine schminkeschwarzen Hände streicheln ihren Rücken und hinterlassen dunkle Schlieren auf ihrer weißen Jacke. »Schau«, sagt Zoila und deutet hinüber zum Portal, verstummt aber sofort, als Bewegung in Carlos kommt. Denn der hat sich jählings umgewandt und rennt jetzt kopflos mit Zoila auf den Armen los, trifft auf halbem Weg auf ihre herbeieilenden Eltern und drückt ihnen das Kind hastig in die Arme.

»Geht ihr schon mal vor«, sagt er. »Ich komme gleich nach, muß nur noch ein wenig frische Luft schnappen.«

Eiskalt ist die Luft, und genauso kalt ist es in seinem Herzen. Ziellos rennt er dahin, biegt schließlich in eine kleine Nebenstraße, stolpert, stutzt, und – noch ehe er sich klar wird, wo er sich befindet, trifft ihn jäh ein harter Schlag auf den Hinterkopf.

Als er Tage später im Krankenhaus aufwacht, schaut er geradewegs in Magdalenas angstvoll aufgerissene Augen.

»Carlos«, ruft sie, »Carlitos, endlich, endlich!«

Sie beugt sich über sein blasses Gesicht, küßt seine Stirn, die Wangen, die lange rote Narbe über dem rechten Ohr, streichelt ihm die Hände. Sie hat Tränen in den Augen. Unwirsch dreht er den Kopf zu Seite.

»Was ist passiert?«

»Carlitos, ein Stern ist dir auf den Kopf gefallen.«

»Ein Stern?«

»Ja, einer deiner Leute hat ihn nicht richtig befestigt, der Haken an der Mauer hat sich gelöst, er ist direkt auf dich drauf geknallt.«

Erschöpft schließt Carlos wieder die Augen. Sofort erscheint vor seinem inneren Auge das verhaßte Bild: Magdalena und Esteban, alias Gaspar, in inniger Umarmung. Es schnürt ihm die Kehle zu. Er stellt sich schlafend.

Nach zwei weiteren Tagen wird er aus dem Krankenhaus entlassen. In seinem Haus herrscht verwirrender Hochbetrieb. Zoila springt ihm als erste entgegen. Sie trägt ein rosa Kleid mit weitem Rüschenrock, weiße Lackschuhe, Blüten im Haar.

»Stell dir vor, Carlos, ich bin die Brautjungfer von Maria«, trällert sie, »du weißt schon, die von Josef und dem Christkind am Dreikönigstag. Sie heiratet heute den Esteban.«

»Den Esteban aus der Tapas-Bar? Die Maria aus der Krippe?«

»Ja, den Josef will sie schon längst nicht mehr. Vielleicht weil der Gaspar sie aus der ungemütlichen Krippe rausgeholt hat. Und der Gaspar ist auch gar nicht mehr der Gaspar. Und schwarz ist er auch nicht mehr.«

Carlos fehlen die Worte.

»Bindest du mir meine Schleife hinten fest?« bittet ihn Zoila.

ELVIRA RODRÍGUEZ PUERTO

Die Taube, die Prostituierte und der Schuster

»Ich muß eine Erzählung über Weihnachten schreiben und es gelingt mir nicht.« ... »Warte, bis du so ein ›Weih‹ – wie hieß das doch gleich noch? – erlebst«, sagte meine Schwester.

Für Kuba, das ich so sehr liebe
Für meine Tochter Dayana
Für meinen Ehemann Roig

»Ich habe keine Ahnung, wie meine nächsten vierundzwanzig Jahre werden. Ich werde mehrsprachig arbeiten, um zu erreichen, was ich will. Das ist eine Begabung, die mir die Jungfrau Maria mitgegeben hat und ich muß etwas daraus machen. Ich habe diese Taube zwischen den Beinen, erhitzt und müde wie sie ist, am Ende ihrer Kräfte, annähernd so wie ich. Ich mag keine Maskottchen, aber sie mag ich schon . Ach, Taube, wenn ich dich nicht hätte! ... Alles kam zur gleichen Zeit und am gleichen Ort zusammen. Mein vierundzwanzigster Dezember: ein mehrfaches Fest.«

Lula schlägt ihr Tagebuch aus rauhem Recyclingpapier zu. Sie streicht mit einer Hand über das Buch und mit der anderen über die Taube, die gleichmäßig atmend zwischen ihren Beinen ausruht – noch. Lula sitzt auf dem Boden, den sie gerade fertig geputzt hat. Sie läßt ihren Blick auf der Säule des verwahrlosten Hofes ruhen und wünscht sich Dinge, die gänzlich unerreichbar für sie wären, hätte sie nicht ihren Körper. Lula lebt allein, da ihre Mutter sie schon vor langer Zeit verlassen hat. Sie lebt noch immer nicht in der Stadt. Es macht ihr Angst, und sie hätte dann auch keinen Hof. Im Hof gibt es einen Pampelmusenbaum, der mit tropfenförmigen, klimpernden Glaskügelchen geschmückt ist. Eine Erinnerung an ihre Mutter. Lula hat nie und nichts mehr von ihr gehört. Sie erinnert sich auch nicht, gefragt worden zu sein, ob sie lieber weggehen oder dableiben wolle, da Lula zu jener Zeit völlig närrisch und unfolgsam war (so sagte die Mutter).

»Die Prostituierte will den Vierundzwanzigsten anders verbringen!« meint Toto zum Schuster. Der schlägt mit aller Kraft einen Nagel in Totos lose Schuhsohle. Er mag es nicht, wenn über Lula gelästert wird.

»Ja, ich weiß schon, das ist eine von den Frauen, die aus ganz hartem Holz geschnitzt sind, aber ein Holzscheit läßt sich auch spalten.« Er legt nochmal letzte Hand an die Schuhsohle und zieht Toto am Fuß, zum Zeichen, daß er mit seiner Arbeit fertig ist und damit er nicht weiter zuhören muß. »Kommt es dir nicht eigenartig vor, daß eine Frau wie Lula, jung und hübsch, immer nur mit diesen Blödmännern umherzieht, die nicht ein einziges Wort verstehen, und noch dazu mit einer Taube, die den Kopf hängen läßt und nie zu fliegen versucht?« Toto läßt nicht locker.

»Nein, mich wundert schon gar nichts mehr. Du hast dir auch nicht die Schuhe ausgezogen, um dir die Schuhsohlen festnageln zu lassen. Mir schwant, du hast ein Riesenloch im Strumpf oder solche Käsefüße, daß den Geruch niemand aushalten kann, denn Leuten wie dir sollte man lieber nicht die Schuhe ausziehen. Ich könnte schwören, du setzt beim Wetten schon immer auf die Vierundzwanzig: auf die Taube, auf die Heilige Maria de las Mercedes, auf die Musik, auf die Küche, auf den Bruder, und obendrein noch auf die Fliege. Sieh mal einer an, gleichzeitig auf die Taube und auf die Fliege setzen!« ruft der Schuster und verabschiedet sich dabei von Toto, einem Mann, der nie zufrieden ist und der weder eine Frau noch ein Maskottchen hat.

»Was könnte ich Lula Gutes über die ›Heilige Nacht‹ erzählen, wenn wir doch noch nie eine hatten?«

Der Schuster geht zur Tür der Schuhmacherwerkstatt, zieht eine Zigarette hinter seinem Ohr hervor, zündet sie an und beginnt, die Welt der Calle Cuba zu betrachten, die auch seine Welt ist. Vierzehn Straßenabschnitte – er beginnt sie aufzuzählen, sie in unterschiedliche Stücke einzuteilen: den schönsten Straßenteil, den Abschnitt, wo Querstraßen entweder eine Lampe oder kein Telefon oder einen Bürgersteig oder halbwegs funktionierende Wasserleitungen haben, dort wo der Weg schmäler wird, von wo einem mal der Geruch von geröstetem Schweinespeck oder von Brathuhn entgegenschlägt, je nachdem was im Laden auf das verdammte Versorgungsheftchen verkauft wird: ½ Pfund von irgendetwas pro Person einmal im Monat oder alle Jubeljahre. Der Schuster streicht über seine weiße Kleidung, die er als Anhänger des Obatalá-Kults trägt, er küßt sie, denkt an Lula, an sich, an alles, was er sich erhoffte und was trotz seines Glaubens nie eintraf. Das macht ihn ganz fertig. Er denkt an den Geruch des Tages. Die Leute machen sich allmählich mit ihren Hühnern und Schweinen fürs Festessen auf den Heimweg, sie erscheinen ihm glücklich, in heiterer Stimmung und doch derb und gewöhnlich. »Wie kommt es nur, daß sie heute so viel kaufen können? Woher nehmen die Leute in diesem Land das Geld?« Er durchsucht seine Taschen, sie sind leer, es ist der Vierundzwanzigste, und seine Taschen sind leer, und das, obwohl er tagaus, tagein von früh bis spät arbeitet. Es ist besser, gar nicht darüber nachzudenken, aber er träumt von Lula, viele Male träumt er von ihr: ohne Taube, bei ihm in seinen Armen, aber er hat ihr nichts zu bieten, sie würde nie mit ihm ins Bett gehen. Ihm sind auch alle davongelaufen, Frau und Kinder, sie verließen ihn, weil er bei den Kundgebungen auf der Plaza mitmarschierte, sie gaben ihm auch keine Gelegenheit zu reden. »Das wäre es, einmal eine Gelegenheit zum Reden.« Er wirft den Zigarettenstummel auf den Boden, zerdrückt ihn, hält seine rechte Hand seitlich an den Mund und singt den Kultgesang für Obatalá:

Babá fururu eró ereó,
ocañete elellibó,
elé erí ifá,
bati basabwo ...
Babá elese okán,
babá elese okan ...
Eyá awa'roro,
elese okán

»Frohe Weihnachten!« ruft ein Verrückter, der die Schuhmacherwerkstatt betritt.

»Weihna-was?«

»Mein Junge, was is'n das? Was zum Essen?« fragt eine alte Frau.

»Nein, Großmutter, Weihnachten ist das, was man in den Filmen sieht: wo es immer kalt ist und jemand umgebracht wird.«

Alle fangen an zu lachen nach der Anrufung Obatalás.

»Mein Papa war auch Schuster, er verdiente einen Peso und sagte, damit sei der Tag gerettet, und er ging in den Laden des Chinesen, wo er für seinen Peso für die ganze

Familie Nüsse kaufte. So feierten sie die Geburt des Christkinds.«

»Und dieses Christ..., wer soll das sein?«

Sie lachen wieder, aber dieses Mal über den Dummen. Es gibt immer einen Dummen.

»Ein Ungebildeter. Er ist ein Ungebildeter.«Aber sie glauben selbst an nichts und an niemanden, alles ist einfach nur Mode, Snobismus; nur der Schuster ist da eine Ausnahme.

»Ich weiß nicht, ob ich davor oder danach geboren wurde«, sagte einer. »All die neuen Nächte, die neuen Jahre...« Sie reden alle durcheinander.

»Bei mir zu Hause hat man, so lange ich denken kann, immer nur ein Fest zum Jahresende gefeiert, aber ich erinnere mich nicht, daß das Weihnachten gewesen wäre, und jetzt auf einmal kauft alle Welt Plastikbäumchen und bunte Girlanden, keine Geschenke, ich weiß nicht, weshalb.«

»Ein bißchen Phantasie, junger Mann! Hast du denn gar keine Phantasie?«

»Pass auf, was du sagst!«

»Was mir am meisten gefällt, ist die Spitze des Bäumchens und das Engelshaar.«

»Heilige Maria Mutter Gottes! Von wegen Engelshaar! Keine Spur! Watte, mein Junge, aus der Apotheke, was glaubst denn du?« – »Und du?« – »Ich? Ich habe nichts über Weihnachten zu erzählen, und hier... hierzulande feiern wir doch nur den Triumph der Revolution.« Er bricht ab und geht.

Der Schuster beginnt, seine Werkstatt zu schließen, es wird Zeit, ehe die Leute sich noch in die Haare kriegen.

Lula geht die Calle Cuba entlang. Sie kann sich in der Glastür der Schuhmacherwerkstatt sehen. Sie hat hineingeschaut, aber aus den Augenwinkeln heraus, so wie es die Prostituierten gewöhnlich tun, aber nur die wirklich guten. Ihre Taube hat auch geschaut, und der Schuster hat feuchte Hände bekommen. Lula hat löchrige Leggings aus

Lycra an, so dass ihre heiß begehrte Haut zu sehen ist: der Inbegriff des Morbiden.

Lula hat den Pampelmusenbaum abgehauen und geht mit ihm bis zum Ende der Straße. Die Leute vermuten, es handle sich um ein Gelübde, von dem sie sich etwas verspricht: »Einen Lohn, einen anständigen Lohn!« Sie wird wohl alle heiligen Jungfrauen und alle außerirdischen Heiligen anrufen und ihnen versprechen: »Ich werde das gute Leben aufgeben, ja – denn das Leben, das wir führen, ist doch gar nicht schlecht.« Sie grüßt alle Leute im Vorübergehen. Sie ist sehr höflich. Sie verschenkt da und dort einige Dinge, die sie loswerden möchte. Langsam bricht die Nacht an.

Durcheinander und Stimmengewirr in den Straßen, die Leute wissen nicht recht, was sie feiern, Lula aber weiß das sehr wohl: Ihre vierundzwanzig Lebensjahre, die Ankunft der Taube, den Tag, an dem ihre Mutter sie verließ und gegen dieses »Amerika« eintauschte. Seitdem hat es für Lula keine Feste gegeben, keine Jahreszeiten, lediglich die Veränderungen des Landes.

»Lula ist total närrisch und unfolgsam«, sagte ihre Mutter immer. Damals ging das Licht ständig aus, vierzehn Stunden heute und vierzehn morgen. Lula schlief nachts oft im Freien, es war für sie das höchste Glück, auf dem Malecón, der Uferpromenade, zu übernachten. Ihre Mama konnte sie nicht finden. Lula tauchte auch morgens nicht auf, sie blieb weg, was sollte sie in diesem glutheißen Haus ohne Licht. Das Essen verdarb, ihre Mama raufte sich die Haare, und ihr Stiefvater schlief seinen Rausch aus. Lula ging weg und kletterte auf die Lastwagen, egal wo sie hinfuhren. Sie küßte die Lastwagenfahrer und brachte frisches Essen nach Hause. Ihre Mutter stellte ihr nie irgendwelche Fragen, sie gab ihr aber auch keinen Kuß. Eines Tages stopfte Lula die Löcher im Dach mit den feinen Unterröcken ihrer Mutter zu, worauf ihre Mutter sie so beschimpfte, daß sie nie wieder miteinander sprachen. Als ihre Mama wegging, riß Lula das Dach ein, und der Pampelmusenbaum wuchs immer mehr in die Höhe. Es waren harte Zeiten. Immer noch sind es harte Zeiten, aber Lula hat keine Pampelmusen mehr, um Gelee daraus zu machen und es zu verkaufen. Deshalb nimmt sie jeden Kerl. Wenn ihr einer etwas dafür gibt, ist das für sie schon ein Gefühl der Gegenseitigkeit – ein Gefühl, das sie nie zuvor gekannt hat. Darum verspürte sie auch niemandem gegenüber Mitleid oder Ekel. »Ich suche nur Gefühle«, schrieb sie einmal in ihr Tagebuch aus rauhem Recyclingpapier.

Die Taube entwischt. Sie fliegt, wie verrückt, den Weg zurück, genau dorthin, wo die Schusterwerkstatt ist. Sie prallt gegen die Tür und stürzt zu Boden. Lula pfeift, aber die Taube hört nicht. Von überall tönt lautstarke Musik. Cubaneo. Das ist Kuba. Lula merkt, daß keine Antwort kommt. Auch sie kann sich nicht bewegen. Sie zittert, immer noch auf dem gleichen Fleck. Sie blickt auf den Pampelmusenbaum, der unterwegs Blätter verloren hat. Noch nie hat sie eine ähnliche Situation erlebt. Ihre Augen blicken auf einen Tisch im Innern eines Hauses, drei Türen von der Schusterwerkstatt entfernt. Nur ihre Augen können wandern. Auf dem Tisch liegt ein gebratenes Schwein, und durch den Widerschein des gelben Lichtes auf seinem Leib sieht es besonders köstlich aus. Die Leute tanzen. Es ist eine andere Welt: Sich amüsieren und einfach so Geld ausgeben, das ist es doch, wozu alle Welt hierher kommt. »Hörst du, Maria? Das Leben, Maria!« ruft jemand voller Freude.

Da ist der Schuster. In seinem Haus. Wo Freunde die Familie ersetzen. Er beobachtet Lula aus einiger Entfernung und sieht dann auf die Taube. »Endlich eine Gelegenheit zu reden«, denkt er. Der Schuster nimmt das Engelshaar, mit dem der Phantasiebaum geschmückt ist, und holt die beiden herein. Diese so ganz und gar gegensätzlichen Gestalten verleihen dem Fest einen völlig neuen Glanz: einen Hauch von Bembé-Ritual, weißer Reis und helle Bohnen.

Die Taube beginnt zu atmen. Lula setzt sich und beobachtet, wie die anderen angezogen sind und was alles aufgetischt ist. Auch Pampelmusengelee gibt es, weißen Reis und süßliches Püree aus schwarzen Bohnen. Lula beginnt auf das geschmückte Tischtuch zu schreiben: »Das letzte Mal, als ich alle Kerzen ausgeblasen habe, war ein Vierundzwanzigster. Ich wußte weder wo, noch mit wem ich zusammen war.«

Anmerkungen: Die Zahl 24 hat hier mehrfache Bedeutung: sie steht für den 24. Dezember, zugleich ist Lula 24 Jahre alt, und darüber hinaus ist von der kubanischen Lotterie die Rede, bei der jeder Zahl eine bestimmte Bedeutung zugeordnet ist. Die Vierundzwanzig steht zum Beispiel für die Taube. Sieht jemand morgens eine Taube, wird er an diesem Tag wohl die Vierundzwanzig spielen.

Obatalá ist ein Gott des Santaría-Kults, einer Religionsform, die durch die als Sklaven nach Kuba gekommene schwarze Bevölkerung weite Verbreitung auf der Insel fand.

ELENI TOROSSI

Nikolaus und Co.

Seit Jahren schon hat sich Marina einen Adventskalender gewünscht. »Adventskalender?« meinten die Eltern Papadopoulos abwehrend, »so etwas kennen wir Griechen nicht. Als wir klein waren, haben wir in unserem Dorf in Griechenland nie einen Adventskalender gesehen. Das ist ein deutscher Brauch!«
»Aber in unserer Klasse in München haben wir einen, und ich will auch einen für zu Hause wie alle Kinder!« sagte Marina.

210

Am ersten Dezember bekam sie tatsächlich einen Adventskalender. Jetzt macht sie jeden Tag ein Türchen auf und findet kleine süße Überraschungen.

Wie sie sich am 6. Dezember ihrem Kalender nähert, wird das 6. Türchen plötzlich zum Tor – und als es sich öffnet, springen zwei große, weißbärtige Männer heraus. Der eine ist in ein langes dunkelblaues Gewand gekleidet und hält ein Schiff in den Händen. Der andere trägt einen langen roten Mantel, hat eine goldene Bischofsmütze auf dem Kopf, einen Bischofsstab in der Hand und einen schweren Sack über der Schulter. Sofort entschuldigt er sich, weil er seinen Diener, den Knecht Ruprecht, zu Hause lassen mußte, aber für den sei im Adventskalender kein Platz mehr gewesen. Vorwurfsvoll blickt er in Richtung des Blaugewandeten.

Marina staunt. Die zwei Weißbärtigen aber achten schon nicht mehr auf das kleine Mädchen, sondern beginnen sofort heftig miteinander zu streiten.

»Was willst du eigentlich hier? Verzieh dich! Du bist ja gar nicht an der Reihe! Heute ist nämlich Nikolaus-Tag!« keift der rote Bischof erbost den blauen Kollegen an.

»Was? Ich bin heute gar nicht dran? Na, dann sag mir mal lieber, was du hier suchst! Der Nikolaus bin nämlich ich, so wahr ich hier stehe!« schreit der erbittert zurück.

»Was, du willst der Nikolaus sein? Ha, daß ich nicht lache! Du und der Nikolaus! Wo ist denn der Sack mit den Geschenken, und wo hast du deinen roten Mantel gelassen? Und die Bischofsmütze und den Stab hast du wohl auch vergessen?« ereifert sich der Rotgewandete.

»Wir in Griechenland brauchen so eine lächerliche Verkleidung nicht! Ich bin der echte heilige Nikolaus! Die Geschenke bringt bei uns mein Kollege, der heilige Basilius, und zwar am 1. Januar, wie es sich gehört! Ich, Sankt Nikolaus, bin der Beschützer der Schiffe und der Seeleute. Ich sorge dafür, daß alle Seereisen gut ablaufen und die Schiffe rechtzeitig in ihren Hafen zurückkehren. Und wenn es stürmt, greif ich auch schon mal ins Steuer und lenke das Schiff, bis das Meer sich wieder beruhigt hat. Heute hat mich Marinas Großvater hierher geschickt, der ist in Griechenland Kapitän. Ich soll ihr von ihm ganz herzliche Grüße bestellen und ihr das Holzschiff hier bringen, das er selbst für sie geschnitzt hat.«

Marinas Augen leuchten vor Freude, als sie das hört. Ein Geschenk vom Großvater – damit hatte sie nicht gerechnet!

Der rote Nikolaus ist inzwischen auch rot vor Zorn. Wütend fuchtelt er mit seinem Bischofsstab. »Hör mir jetzt endlich einmal genau zu, du seltsamer Heiliger, du! Wir sind hier nicht in Griechenland, sondern in Deutschland, und hier gelten unsere Sitten und Bräuche! Also, nimm dein lächerliches Holzschiff und zieh Leine, du Gastarbeiter! Heute ist mein Tag, und ich will jetzt endlich die Geschenke aus meinem Sack loswerden. Meinst du vielleicht, daß ich die Äpfel, Nüsse und Mandarinen zum Vergnügen mitgeschleppt habe?«

»Das ist dein Problem. Bei Marina hast du jedenfalls nichts zu suchen«, kontert der griechische Nikolaus. »Sie ist schließlich ein griechisches Kind! Von dir hat sie überhaupt nichts zu bekommen!«

Mit diesen Worten stürzt er sich auf seinen Widersacher und reißt ihn am Bart.

In diesem Augenblick hat Marina ihre Sprache wieder gefunden: »Aufhören, aufhören«, schreit sie, »das darf doch nicht wahr sein, daß zwei Heilige miteinander raufen. Ob deutsch oder griechisch – ich will meine Geschenke bekommen – und zwar sofort!«

Das wirkt. Erschrocken besinnen sich die zwei weißbärtigen Raufbolde auf ihre himmlische Mission, legen die erhitzten Gesichter in gütige Falten und lächeln Marina etwas verlegen an.

Die lächelt auffordernd zurück. Da zieht der rote Nikolaus ein wunderschönes Buch mit Weihnachtsgeschichten aus seinem Sack heraus und schüttelt noch eine Ladung

Äpfel und Nüsse hinterher. Der blaue Sankt Nikolaus aber legt ihr das Schiff in die Arme, das der Großvater mit so mit viel Liebe gebastelt hat.

Gleich darauf springen beide erstaunlich behende durch das sechste Türchen zurück in den Adventskalender... und weg sind sie!

RALF GÖDDE

Die Euro-Krippe. Ein Volkshochschulkurs

Leiter (L), vier verschiedene Teilnehmer (T1, T2, T3, T4)

T1 Bei unserem Esel fehlt ein Ohr, und das Bein von Maria, das wackelt immer so.

L Meine Damen und Herren, ich begrüße Sie ganz herzlich hier in der Volkshochschule zu unserem Seminar: Die Euro-Krippe – leicht gebaut.

T2 Bei unserem Josef ist vor zwei Jahren der Bart abgebrochen.

L Grundlage ist die neue EU-Norm Nr. 43/809 A zur Harmonisierung der Klein-Krippen-Gestaltung in privaten Wohnhäusern...

T2 Ich hab versucht, den wieder dranzukleben. Aber der hält ja nicht.

L Im Prinzip ist es ganz einfach. Sie dürfen dieses Jahr nur noch maximal elf Figuren in die Krippe hineinstellen. Und Maria und Josef dürfen höchstens 12,8 cm weit auseinanderstehen.

T3 Auch wenn sie vor dem Krippchen stehen?

L Stehen Sie vor dem Krippchen, so muß Josef den Ochsen und Maria den Esel sehen können.

T4 Und wenn sie links stehen?

L Maria und Josef?

T4 Nein, Ochs und Esel!

L Ochs und Esel müssen rechts stehen!

T1 Rechts vom Krippchen aus gesehen?

L *(langsam entnervt – steigert sich zunehmend in Rage)*
Nein, rechts – von vorne aus gesehen.

T2 Bei uns stehen Ochs und Esel aber immer links.

T4 Wo stehen denn die Hirten überhaupt?

L Die Hirten stehen vor dem Krippchen, aber hinter Ochs und Esel.

T2 Rechts oder links?

L Links!

T1 Und warum dürfen die nur 12,8 cm weit auseinanderstehen?

L Die 12,8 cm gelten nur für Maria und Josef!

T3 Auch wenn Ochs und Esel dahinter stehen?

L Die stehen davor und zwar rechts!

T2 Aber dann können die Hirten sie doch gar nicht sehen.

L Die Hirten müssen sie ja auch nicht sehen, Maria und Josef müssen sie sehen.

T3 Wen? Die Hirten?

L Ochs und Esel!

T4 Aber die stehen doch HINTER den Hirten!

L Tun sie nicht! Sie stehen VOR den Hirten.

T3 Rechts oder links?

L RECHTS!!

T2 Aber vom Krippchen aus gesehen!

L VON VORNE AUS GESEHEN!

T1 Und die Hirten? Stehen die auch rechts?

L LIIIIIIIIIIIIIIIIINKS!!

Pause

T2 Muß Josef einen Bart tragen??

L *(wütend und sich rächend)*
JA. Und Maria muß eine Schürze tragen, die halb so lang ist wie die Entfernung zwischen Ochs und Esel. Und jeder Hirte muß genau ein Schaf mehr hinter sich haben als der Hirte vor ihm vor sich. Und pro Schaf

muß ein Engelchen über dem Krippchen schweben,
und zwar in genau der Höhe, die sich ergibt aus der
Summe der Einzelentfernungen zwischen Ochs und
Esel und Maria und Josef. Und die Heiligen Drei
Könige sind allesamt Brillenträger, und ihre Diop-
trienzahl darf nicht größer sein als die Anzahl der
Hirten, die links vom Ochsen, aber rechts vom Esel
stehen. Und jetzt wünsche ich Ihnen allen FROHE
WEIHNACHTEN!!! Auf Wiedersehen!

Tür zu/kurze Pause

T1 Darf denn jetzt bei dem Esel auch ein Ohr fehlen?
T2 Ich glaube, nur wenn Josef keinen Bart trägt!

Luísa Costa Hölzl

Christfest

Deine Geburtstagsfeier	A tua festa de anos
wird immer	está cada vez
bunter	mais
und lauter	mexida e barulhenta
es ist mir alles zu viel	isto é demais para mim
sagst du	dizes tu
und entschließt dich	e resolves
nicht zu erscheinen	não aparecer
und keiner merkt es	e ninguém dá conta
erst später viel später	só mais tarde muito mais tarde
vielleicht im März oder im Juli	talvez em Março ou em Julho
kommst du mit leisen Schritten	vens pé ante pé
und dein Lächeln	e o teu sorriso
erfüllt die Zeit	cumprirá os tempos

215

Autoren, Bild- und Quellennachweis

Elisabeth Barmetler. 1934 in München geboren, lebt in München.
Der Hase, Hinterglasbild

Michael Basse. 1957 in Bad-Salzuflen/NRW geboren, lebt als freier Autor und Rundfunkpublizist in München. Gedichte, u.a. *Und morgens gibt es noch Nachricht* (1992), *Die Landnahme findet nicht statt* (1997), Lyrikübersetzungen aus dem Bulgarischen, Französischen und Englischen.
Weiße Weihnacht, Erstveröffentlichung

Werner Bergengruen. 1892 in Riga geboren, 1964 in Baden-Baden gestorben. Schrieb Lyrik, Erzählungen, Romane, Reisebücher, Jugendbücher und Märchen, u.a. *Der Großtyrann und das Gericht* (1935), *Am Himmel wie auf Erden* (1940), *Der letzte Rittmeister* (1952).
Kaschubisches Weihnachtslied, aus: Werner Bergengruen, »Gestern fuhr ich Fische fangen…«. Hundert Gedichte. Hg. v. N. Luise Hackelsberger © 1992 by Arche Verlag AG, Raabe + Vitali, Zürich

Henri Bosco. 1888 in Avignon geboren, 1976 in Nizza gestorben. Lyriker, Erzähler, Romancier. In deutsch erschienen u.a: *Der Esel mit der Samthose* (1954), *Der Hof Théotime* (1953), *Die schlafenden Wasser* (1958).
In der Weihnachtsnacht (Nuit de Noël, 1941), in: Les Cahiers de l'Amitié Henri Bosco, 18/Déc. 1979, deutsch von Brigitta Rambeck, deutsche Erstveröffentlichung

Barbara Bronnen. 1938 in Berlin geboren, lebt in München. Publizistin, freie Schriftstellerin. Romane, u.a: *Die Tochter* (1980), *Die Überzählige* (1984), *Das Monokel* (2000). Schreibt auch Biographien sowie themenbezogene Prosa, z.B. *Die Stadt der Tagebücher* (1996).
Weihnachten ist ein bewegliches Fest, Erstveröffentlichung

Rostan Buczkowski. 1967 in München geboren, wohnt in München.
Die heilige Nacht

Luísa Costa Hölzl. 1956 in Lissabon geboren. Lebt seit dem Studium in München. Übersetzerin, Herausgeberin, publiziert seit 1980 Kurzprosa und Lyrik in deutschen und portugiesischen Zeitschriften und Anthologien, zuletzt u.a. in: *Die Lehre der Fremde. Die Leere des Fremden* (1997), *Altwerden ist ein köstlich Ding?…* (2000).
Christfest, deutsch und portugiesisch von Luísa Costa Hölzl, Erstveröffentlichung

Veronika Eberl. 1960 in Innsbruck geboren, lebt in München. Studium Germanistik/Romanistik. Schauspielausbildung. Engagements u.a. bei den Tiroler Volksschauspielen, am Münchner Volkstheater. Kurzprosa und Theaterstücke, u.a. *Der unheimliche Geliebte* sowie 11 Theaterstücke für Kinder.
Das Christkind kommt in die Jahre, Erstveröffentlichung

Joan Frisch. 1926 in East Yorkshire geboren. Sprach- und Wirtschaftsstudien. Seit 1950 in den U.S.A. an der British Embassy in Washington, D.C., und bei den United Nations in New York City tätig. Lebt in Kalifornien, verfaßt ihre Lebenserinnerungen.
Nostalgia, deutsch von Guido Rambeck, deutsche Erstveröffentlichung

Robert Gernhardt. 1937 in Reval geboren, Maler und Schriftsteller. Lebt seit 1966 in Frankfurt a. M. Satirische Gedichte (*Körper in Cafés,* 1987), Prosahumoresken (*Es gibt kein richtiges Leben im valschen,* 1987), Romane, Schauspiel, *Bildergeschichten* (1983) und *Bildergedichte* (1985), Kinderbücher.
Der Ursprung des Festes, aus: Es ist ein Has' entsprungen, Haffmans 1999. Alle Rechte vorbehalten S. Fischer Verlag GmbH, Frankfurt am Main

Günther Gerstenberg. 1948 in Erlangen geboren, lebt seit 1954 in München als Maler, Bildhauer und Historiker. Veröffentlichungen zur Münchner Geschichte, u.a. *Hiebe, Liebe und Proteste. München 1968* (1991), *Rosa Aschenbrenner – ein Leben für die Politik* (1998).
Solange unser Glaube brennt – Werksweihnacht 1943, Erstveröffentlichung

Ralf Gödde. 1970 in Lippstadt geboren. Journalist, wissenschaftliche Arbeiten über »Teamarbeit für freie Autoren«. Volontariat beim WDR, dann freier Autor in einem Autorenbüro, vorwiegend für den ARD-Hörfunk. CDs, u. a. *Abseits'98. Eine Radio-Comedy zur Fußball-WM.*
Die Euro-Krippe, Rundfunktext, Erstabdruck

Axel Hacke. 1956 in Braunschweig geboren, lebt als freier Autor in München. Bis 2000 Reporter und Streiflicht-Autor bei der SZ, weiterhin Autor der Kolumne »Das Beste aus meinem Leben«. Bücher u.a.: *Nächte mit Bosch* (1991), *Hackes Tierleben* (1995), *Ich hab's Euch immer schon gesagt* (1998), *Auf mich hört ja keiner* (1999), *Ich sag's Euch jetzt zum letzten Mal* (2000).
Lebst du Weihnachten noch? SZ Magazin, 9.11.2001, © über Verlag Antje Kunstmann, München

Ernst Jandl. 1925 in Wien geboren, 2001 dort gestorben. Gymnasiallehrer, Dozent, Lyriker, Hörspiel- und Theaterautor. U.a. *Laut und Luise* (1966), *Fünf Mann Menschen* (1968, mit F. Mayröcker), *Aus der Fremde* (Drama, 1980), *Aus dem wirklichen Leben* (1999).
ernst jandls weihnachtslied, aus: Ernst Jandl, poetische Werke, hrsg. von Klaus Siblewski, Band 2, Laut und Luise & verstreute gedichte © 1997 by Luchterhand Literaturverlag, München, einem Unternehmen der Verlagsgruppe Random House GmbH

Uwe Johnson. 1934 in Cammin/Pommern geboren, 1984 in England gestorben. Prosaschriftsteller. U.a. *Mutmaßungen über Jakob* (1959), *Jahrestage (1970–83)*, *Eine Reise nach Klagenfurt* (1974), *Heute neunzig Jahr* (1984).
Ein Weihnachtsbrief aus New York. 1967, aus: Jahrestage, Bd. 2 © Suhrkamp Verlag Frankfurt 1968

Leopold Kammerer. 1925 in München geboren, in Feilnbach ansässig. Zahnarzt und Schriftsteller. Schreibt Geschichten und Gedichte in Bayerisch und Hochdeutsch; u.a. *Hochzeit ist die schönste Zeit, Aus lauter Liab*.
Eiszapfen, aus: Winterland, Verlagsanstalt »Bayerland« Dachau 1992

Ellis Kaut. 1929 in Stuttgart geboren, seit Kindheit in München. Ausgebildete Schauspielerin und bildende Künstlerin. Bekannt als Fotografin (u.a. *München zu jeder Jahreszeit),* berühmt als Autorin von Hörfunktexten, Drehbüchern, Büchern – v.a. durch ihren weltbekannten Kobold Pumuckl.
Der Hase, Erstveröffentlichung

Daniel Kehlmann. 1975 in München geboren, lebt in Wien. Werke: *Beerholms Vorstellung«* (1997), *Unter der Sonne* (1998), *Mahlers Zeit* (1999), *Der fernste Ort* (2001).
Die Legende von Basilius, aus: Schräge Weihnacht, Artemis & Winkler 2000. Rechte beim Autor.

Rüdiger Kind. Geboren 1950 in Stuttgart. Germanist, Historiker, unterrichtet ausländische Jugendliche in München. Schreibt Satiren, Parodien, Grotesken u.a. für SZ, taz, Eulenspiegel und den Bayerischen Rundfunk.
Weihnachtsgrüße, Rundfunktext, Erstabruck

Jakob Kirchheim. 1962 in München geboren, Malereistudium in Berlin, seit 1984 Ausstellungen, seit 1987 Produktion experimenteller Trickfilme. Arbeitet als Illustrator, Maler, Grafiker, Filmemacher und Webdesigner in Berlin.
Vignetten zu den Kapitelanfängen

Deutsche Kriegsweihnacht. Sonderdruck zur Ergänzung des Parteiarchivs für nationalsozialistische Feier- und Freizeitgestaltung »Die neue Gemeinschaft«, hrsg. vom Hauptkulturamt in der Reichspropagandaleitung der NSDAP, Zusammenstellung Hermann Liese, Zentralverlag der NSDAP. Franz Eher Nachfolger, München 1942.
Vermittelt durch das Feldpost-Archiv, Berlin

Carl Olof Larsson. 1853 in Stockholm geboren, 1919 in Sundborn gestorben, populärster schwedischer Maler seiner Zeit.
Der Tag vor Weihnachtsabend

Joe Lederer. 1907 in Wien geboren, 1987 in München gestorben. 1933 Emigration nach China, 1938 nach England. Schrieb Reportagen, Essays, Romane, Erzählungen, u.a. *Das Mädchen George* (1928), *Unruhe des Herzens (1956), Ich liebe dich* (1975).
Das Geschenk des Glücks, aus: Von der Freundlichkeit der Menschen © 1978, 1992 by Herbig in der F.A. Herbig Verlagsbuchhandlung GmbH, München

Dagmar Leupold. 1955 in Niederlahnstein geboren. Literaturwissenschaftlerin, Übersetzerin, freie Autorin, lebt bei München. Lyrik, u.a. *Wie Treibholz* (1988), Romane, u.a. *Edmond* (1992), *Federgewicht (1995), Ende der Saison* (1999).
Winter, aus: Byrons Feldbett © S. Fischer Verlag, Frankfurt am Main 2001

Erik Liebermann. 1942 in München geboren. Industrie-Designer, Fotograf, Aquarellist, seit 1969 Cartoon-Veröffentlichungen in Zeitungen, Zeitschriften, Büchern, für Behörden, Betriebe, Werbung.

Max Mannheimer. 1920 in Neutitschein/Tschechoslowakei geboren. 1943–45 Auschwitz, Warschau, Dachau. Erste Interviews zur Vergangenheit 1956 (Archiv KZ-Gedenkstätte Dachau). Autobiographie: *Spätes Tagebuch*. Seit den 50er Jahren unter dem Namen Ben Jakov auch als Maler bekannt geworden.
Das Christkindl mag die Juden nicht (»Zu meinen ersten Eindrükken...«), aus: Spätes Tagebuch © Pendo Verlag GmbH, Zürich 2000
Ben Jakov, Ecclesia und Synagoge, Federzeichnung. Rechte beim Autor

Francesco Micieli. 1956 in Santa Sofia d' Epiro (Italien) geboren. Lebt seit 1965 in der Schweiz. Theaterstücke, Opernlibretti, Prosa, u.a. *Tagebuch eines Kindes – Ich weiß nur, daß mein Vater große Hände hat* (1986), *Das Lachen der Schafe* (1989), *Meine italienische Reise* (1996).
Weihnachten zwischen den Welten, aus: Ich weiß nur, daß mein Vater grosse Hände hat, Zytglogge, Bern 1998. Rechte beim Autor

Dagmar Nick. 1926 in Breslau geboren, lebt in München. Lyrikbände, u.a.: *Gezählte Tage* (1986), *Gewendete Masken* (1996), *Trauer ohne Tabu* (1999). Poetisch-historische Reisebücher, Prosamonologe: *Medea* (1988), *Lilith* (1992), *Penelope* (2000).
Maria an den Engel, Verkündigung, Christi Geburt. Rechte bei der Autorin

Fabienne Pakleppa. 1950 in Lausanne geboren, seit 1972 in Deutschland, wohnt in München. Übersetzerin, Lektorin, Publizistin. Erzählungen und Romane, u.a. *Die Himmelsjäger* (1993), *Die Birke* (1999), *Mein unverschämter Liebhaber* (2000).
Die Baumfrage, Erstveröffentlichung

Gerhard Polt. 1942 in München geboren, lebt am Schliersee. Skandinavist, Autor, Schauspieler, Kabarettist, Drehbuchautor, Regisseur, Filmemacher – dabei häufig enge Zusammenarbeit mit dem Regisseur, Autor, Komponisten, Darsteller und Produzenten Hanns Christian Müller, Jahrgang 1949. Bücher, u.a.: *Das Beste von Gerhard Polt* (1982), *Tschurangrati* (1993), *Nikolausi* (1995*)*, *Gesammelte Werke* (2002).
Kindermodenschau, aus: Gerhard Polt, Circus Maximus © 2002 KEIN & ABER AG, Zürich

Brigitta Rambeck. 1942 in Pernitz geboren, lebt in München. Literaturwissenschaftlerin, Publizistin, Malerin. Bücher, u.a.: *Henri Bosco* (1973), *Schwabing* (1980), *Meisterschule Hinterglasmalerei* (1993). Herausgeberin der Anthologien *Mein Weihnachten* (2000) und *Stille Zeit, heilige Zeit?* (2001).
Die Weihnachtsmaschine, Erstveröffentlichung
Illustrationen: *Der Chinesische Turm im Englischen Garten. Der alte Nördliche Friedhof in München.*

Guido Rambeck. 1980 in München geboren. Student, Praktikant im Studio Photodesign Limberger, München.
Das Weihnachtshundl

Anatol Regnier. 1945 in St. Heinrich am Starnberger See geboren. Gitarrist, Dozent für klass. Gitarre, u.a. in Hamburg, München, Australien. Romanbiographie: *Damals in Bolechów – eine jüdische Odyssee* (1997*)*. Kurzgeschichten. Lebt als freier Schriftsteller, Rezitator, Chansonsänger in München.
Thai-Curry, Erstveröffentlichung

Herbert Riehl-Heyse. 1940 in Altötting geboren, studierter Jurist. Seit 1968 Journalist, leitender Redakteur der SZ in München. Bücher: *CSU – die Partei, die das schöne Bayern erfunden hat* (1979), *Bestellte Wahrhei-*

ten (1989), *Götterdämmerung* (1995), *Ach, du mein Vaterland* (1998). *Verrückt nach Mary*, SZ Magazin Nr. 51, 22.12.2000. Rechte beim Autor

Elvira Rodríguez Puerto. 1964 in Havanna geboren, Mitglied des kubanischen Künstler- und Schriftstellerverbands UNEAC. Lyrik, Romane, experimentelle Kurzgeschichten. 1999 Stipendium der Villa Waldberta, wo ihr Roman *Madam Queso* entstand. 2002 Filmprojekt mit Doris Dörrie.
Die Taube, die Prostituierte und der Schuster, deutsch von Christine Grothe und Jakob Kirchheim, deutsche Erstveröffentlichung

Philipp Otto Runge. 1777 in Wolgast bei Greifswald geboren, 1810 in Hamburg gestorben, deutscher Maler, Zeichner, Dichter und Kunsttheoretiker der Frühromantik
Musizierender Engel

Jan Scácel. Tschechischer Dichter, 1922 in Vnorovy bei Stráznice geboren. Journalist, Rundfunkredakteur, Verfasser von Jugendbüchern, Lyriker. In deutscher Übersetzung, u.a. *Fährgeld für Charon* (1967).
Erwachsenenweihnacht, Nachdichtung von Reiner Kunze, aus: Reiner Kunze, Am Sonnenhang © S. Fischer Verlag, Frankfurt am Main 1993

Hardy Scharf. 1939 in Petersweiler geboren, lebt als Autor satirischer Texte und Kabarettist in München. Schreibt für Zeitungen, Rundfunk und Fernsehen. Bücher, u.a.: *Spötterspeise und Konfekt* (1979), *Sei lachsam* (1984), *Nie wieder Stau* (2000*).*
Gen Bettlehem, Erstveröffentlichung

Cornelia von Schelling. 1945 in Bad Wildungen geboren, in Kolumbien und Brasilien aufgewachsen. Journalistin und Autorin in München. Fachbücher, u.a. im Bereich Psychologie und Erziehung. Zuletzt erschienen: *Brasilien – Land und Leute* (Neuaufl. 2001), *Die Frauen von Havanna* (2001).
Das Fest der Liebe – auf spanisch, Erstveröffentlichung

Michael Schwarzmaier. 1940 in Frankfurt am Main geboren. Schauspielausbildung in Berlin. Theaterengagements u.a.in Göttingen, Hannover, Kammerspiele München. Für Film, Funk, Fernsehen, Synchronarbeiten und in der Werbung tätig.
Rauschgoldengel, Erstveröffentlichung

Albert Sigl. 1953 in Landshut geboren, lebt in Erding. Schreibt Erzählungen, Romane, Gedichte sowie Beiträge für den Rundfunk. *Kopfham* (1982, 1985 als Hörspiel), *Die gute Haut* (1985).
Der Glanz, Erstveröffentlichung

Franziska Sperr. 1949 in München geboren, lebt am Starnberger See. Freie Journalistin, Übersetzerin, Autorin. Erzählungen, Hörspiele, Filmtreatments. 1995: *Die kleinste Fessel drückt mich unerträglich. Das Leben der Franziska zu Reventlow.*
»Komm, du süße Todesstunde«, Erstveröffentlichung

Johano Strasser. 1939 in Leeuwarden (Niederlande) geboren. Lebt am Starnberger See. Seit 1983 freier Schriftsteller, ab 1995 Generalsekretär des westdeutschen, dann des gesamtdeutschen P.E.N. Sachbücher, Romane, Hörspiele, Gedichte. Zuletzt: *Leben oder Überleben* (2001), *Die Tücke des Subjekts* (2002).
Schöne Bescherung, Rechte beim Autor

Uwe Timm. 1940 in Hamburg geboren. Freier Autor. Roman, Essay, Lyrik, Hörspiel, Kinderbuch, u.a.: *Heißer Sommer* (1974), *Der Schlangenbaum* (1989), *Rennschwein Rudi Rüssel* (1989), *Die Entdeckung der Currywurst* (1993), *Rot* (2001).
Mitten im kalten Winter, Rechte beim Autor

Eleni Torossi. 1947 in Athen geboren, lebt seit 1968 in München, schreibt seit 1972 für den BR, SWR und WRD Hörspiele, Kindergeschichten sowie Beiträge für das Ausländerprogramm. Schreibt griechisch und deutsch, u.a: *Die Papierschiffe* (1990), *Tanz der Tintenfische* (1998), *Kleine und große Worte* (2001).
Nikolaus und Co., Erstveröffentlichung

Soti Triantafillou. 1957 in Athen geboren. Übersetzerin, Lektorin, Dozentin, Journalistin. Sachbücher, Erzählungen, Romane, in deutsch: *Der unterirdische Himmel* (2001).
Das Weihnachtswunder – eine beinahe wahre Geschichte, deutsch von Ina Wienert, deutsche Erstveröffentlichung

Laura Waco. 1947 in Freising geboren, in München aufgewachsen, College in England, mit 18 Jahren nach Kanada ausgewandert, lebt seit 1968 in Kalifornien. *Von zuhause wird nichts erzählt* (Autobiographie, 1996).
Christbaum und Menorah, aus: Von zuhause wird nichts erzählt © Kirchheim Verlag 1996

Robert Walser. 1878 in Biel geboren, 1956 in Herisau gestorben. Lyriker und Autor von Romanen, Essays, poetischer Kleinprosa. *Gesamtausgabe* hrsg. von Jochen Greven (1978).
Der Schnee, aus: Das Gesamtwerk, Band II © Suhrkamp Verlag Zürich/Frankfurt 1978, mit Genehmigung der Inhaberin der Rechte, der Carl Seelig-Stiftung, Zürich

Xiao Hui Wang. 1957 in Tianjin (China) geboren. Lebt seit 1986 in München und Shanghai. Architektin, Foto-Künstlerin, Filmemacherin und Autorin. Fotobände, u. a. *Close the Eyes* (2002), biographisch-autobiographische Texte: *Töchter des halben Himmels, Mein visuelles Tagebuch.*
Ein bißchen Weihnachtsgefühl, Erstveröffentlichung

Edith von Welser-Ude. 1939 geboren, lebt seit 1963 in München, wo sie 12 Jahre lang als Stadträtin fungierte. Seit 1990 freie Fotografin. Publizierte u.a.: *Moskauer Ansichten* (1992), *Wand Art* (1992), *Bäriges München* (1994), *Menschen und Miezen* (2001).
Engerl-Bengerl

Hanne Wickop. 1939 in Hamburg geboren. Seit 1964 in München. Schauspielerin, Puppenspielerin. Malt seit 1979, schreibt seit 1989, u.a. die Trilogie *Hitze* (1997), *Sturz* (1998), *Durst* (1999).
Die drei Zuckerbäcker, Erstveröffentlichung

Inga Wolf. 1984 in Starnberg geboren, lebt in München. Besucht die soziale Fachoberschule. Hat mit zwölf angefangen, Geschichten zu schreiben.
Katzenweihnacht, Erstveröffentlichung

Barbara Yurtdas. 1937 in Leipzig geboren, lebt heute – nach zwölf Jahren in der Türkei – in München. Sachbücher, Romane, u.a. *Wo mein Mann zuhause ist* (1983), *Wo auch ich zu Hause bin* (1994), Erzählungen: *Wenn Frauen reisen* (1995), Lyrik, u.a. *Im Bachbett des Schmerzes* (2002).
Weihnachten in Izmir, Erstveröffentlichung

Alfred Zacharias. 1901 in Regensburg geboren, 1998 in Gauting gestorben. Kunsterzieher.. Sein wesentlichstes Ausdrucksmittel war immer der Holzschnitt. Buchillustrator. Holzschnitte in Mappenwerken.
Weihnachtlicher Julbaum, Holzschnitt

Walter Zauner. 1945 in Lindau geboren, lebt in München. Seit 1980 als Autor, Komponist, Regisseur und Kabarettist tätig (Revuekabarett »Blackout«, »Münchner Aschentonnenquartett«, »Beier-Bauer-Zauner«). Beiträge für Funk, Fernsehen, Printmedien.
Wintersterben, Erstveröffentlichung

Für Hinweise und Kontakte danken wir: Marianne Haller, Katrin Kilian, Bernhard Limberger, Juliana Raskin-Schmitz, Michael Skasa, Eleni Torossi, Cornelia von Schelling, Eva Wiedemann, für die rasche Erstellung von Übersetzungen aus dem Spanischen, Griechischen, Französischen und Englischen: Christine Grothe, Jakob Kirchheim, Brigitta Rambeck, Guido Rambeck, Ina Wienert.

ERNST JANDL

ernst jandls weihnachtslied

machet auf den türel
machet auf den türel
dann kann herein das herrel
dann kann herein das herrel
froe weihnacht
froe weihnacht
und ich bin nur ein hund
froe weihnacht
froe weihnacht
und ich bin nur ein hund

Guido Rambeck, Das Weihnachtshundl